李纯普 著

冬夜絮语

北方联合出版传媒(集团)股份有限公司
春风文艺出版社

图书在版编目（CIP）数据

冬夜絮语 / 李纯普著. — 沈阳：春风文艺出版社，2019.12（2021.1重印）
　ISBN 978-7-5313-5674-5

Ⅰ.①冬… Ⅱ.①李… Ⅲ.①中国文学—当代文学—作品综合集 Ⅳ.①I217.2

中国版本图书馆CIP数据核字（2019）第206589号

北方联合出版传媒（集团）股份有限公司
春风文艺出版社出版发行
http://www.chunfengwenyi.com
沈阳市和平区十一纬路25号　邮编：110003
永清县晔盛亚胶印有限公司印刷

责任编辑：刘　维	责任校对：于文慧
装帧设计：金石点点	幅面尺寸：145mm×210mm
字　　数：230千字	印　　张：9
版　　次：2019年12月第1版	印　　次：2021年1月第2次

书　　号：ISBN 978-7-5313-5674-5
定　　价：48.00元

版权专有　侵权必究　举报电话：024-23284393
如有质量问题，请拨打电话：024-23284384

周瑜青壇卅六专人曾饲灰烬食矣风来未风去山簌桥亭素我泸亭分云不尽豪原盏以土河僑席庵势如素蒙玉蘇未底酸搞自妙新茶味尚醇

杏花生水國

為友人題 己亥冬 蕭龍士

序一

感恩的守望

读一个人的文字，就如同走近这个人，真是见字即见人。读这部书稿之前，我只知道作者是位乡村高级教师，未曾谋过面，但随着一行行文字扑入眼帘，一股股情愫融入心底，作者已然成为我的"知己"。

读作者这部书稿，特别是那些散文等体裁的作品，我是在两个时代的跳跃中完成的，一会儿跳到二十世纪五六十年代的清贫、温暖、单纯、快乐之中，一会儿又回到喧嚣、躁动、茫然、无措的现实；时而回到被精神的徽章缀满得令人因赤诚而陶醉的昨天世界，时而又回到因充塞着物质与数字游戏而令人窒息的今天环境里。我在这样大的反差中，思考着作者情感的脉动和心跳。

作者为何丢开锦衣玉食的现实生活，常常流连忘返于二十世纪五六十年代，去缜密地再次咀嚼那一个个青涩难忘的故事？

那三间半营建于心底的不朽老房子，那个几乎用尽全家之力来筹备才飘香的年三十，那个难舍的赵喜庭老同学，那盏冒烟熏眼的知性老油灯，那个忘了上弦也能准点报时的终守老座钟，那棵努力结果的老枣树，以及小说《教研组的故事》《古镇流香》《良心》《朋友》等作品中所刻画的各类人物、令人动容的情境，这些人物和故事，为何不被岁月的浮尘遮蔽，还那么清晰在目、触手可及？在反复追问、反复品读中，我似乎倏然间得到了答案。

　　岁月不能回溯昔日，更不能倒流时光，但那藏于岁月里的生命品质与人性至善的本色，是祖辈沉淀岁月后留给我们的无价财富。他们的恩泽往往能像哲学一样恒长，无论时代如何嬗变，这些"宝藏"永远是我们生命长河的源头，会伴随我们迎来送往，相契于地老天荒。

　　作者是创作旧体诗词的行家里手。在整部书稿中，旧体诗词占有重要一席，也为全书增添了韵律之美和古典文学的光彩。选材既有歌颂盛世光辉的大主题，也有关注身边人与事的生动活泼的小题材，读来令人感到熟悉、亲切。而这些旧体诗词，更多表达出作者所具有的独特悲悯情怀。这一点跟我的情感很契合，令我产生相识恨晚之感。

　　比如，初春旱情厉害，种进田间的种子就像断了母乳的幼婴，嗷嗷待哺。作者看见后是那么焦灼不堪。当得知金贵如油的春雨城乡同沾，已经住进城里的他，难掩心中的喜悦，马上写下这样的一首《七绝·雨中问苗》：

　　　　今年初雨晚来急，
　　　　马路低平作浅溪。
　　　　遥问家乡苗几寸，
　　　　答云三日可出齐。

　　而另一首《七律·悯农》的诗，更表现出作者对乡村农时的牵挂：

　　　　冬无片雪怕春干，三月甘霖润草滩。

买种赊肥修杖具，耘苗除秽碎泥团。
伏天雨断飓风起，赤日禾黄半叶残。
两季辛劳成泡影，农家几日得心宽。

  不近世势，牵念一草一禾、一樵一木，最能体现一个人脱俗清虚的至善情怀。阅读作者大量古典诗词歌赋及散文等文学作品，时时会让人感受到离乡、还乡的感动。其实，这些文采斐然的诗文的潜台词，已经让我们听懂作者的另一番苦心的提醒与呼唤：今天，恳请现实不要淡却农耕文明与田园的清心恬淡带给我们心灵的浸润和修复，这些世代相传的传统人文精神，对工业化社会及现代文明的涵养之功，绝不亚于西方的《圣经》。这应当是作者透过诗文，不厌其烦地一再传达出的需要我们和整个社会萃取的思考命题吧。

  看山是山，看水是水，是艺术认识力的婴幼期；看山不是山，看水不是水，是提升审美认知的创造和延伸期，更是作品本质力量的自我体现，它往往是作品魂与灵的升华、碰撞；看山还是山，看水还是水，是艺术认识逻辑的高级阶段，是审美认识螺旋式的上升，是创作的巅峰期。此时回归本源母体的目的，是实现对艺术存在的再度提炼，是温故而知新，更是审美境界与目标的最终抵达。

  作者创作的旧体诗词，题材广泛，虽以吟咏乡愁和山水风物为主，可是视角又能触及现实社会的各个方面。读作者的斑斓诗句，总能让我在获得内核与形式之美的同时，又能体味到古老律诗在新时代自我蜕变和探索创新的精神。我能感受到的这些，已然是作者肩负的使命和责任。

  作者幼小酷爱文学，从教退休，晚年笔耕不辍，创作之情那么浓郁，感恩之心那么强烈，实在难能可贵！最后，衷心祝愿作者：诗笔充盈，老而弥香。精神矍铄，生活幸福！

王志多

2019年6月16日于浑河之畔鸣牖斋书屋

（王志多，《辽宁青年》杂志社总编辑。）

序二

童年的风声
——写在《冬夜絮语》出版之际

父亲的书终于要出版了。

这个"终于"不是艰辛,而是期待太久。父亲几十年来积累的文字成书,于他,于我们全家和亲朋挚友,于他所有的学生,以及熟悉他的人,都是一场神圣的仪式。"著书立说"是传统文人的终极梦想,是一个能用文字表达所见所思所想者的心灵寄托,与美术者的一幅画和庖人的一道拿手菜没有什么两样,这与名和利无关,只是我们感觉到他的文章就属于他,他就应该写出这样的文章,水到渠成而已。

父亲的职业是语文老师,从教四十二年,从村里到县城育人无数,可谓"桃李满天下",名传乡里。从我记事开始,太多的人提到父亲都说"嗯,李老师教得好"云云,遗憾的是父亲从来没有在课堂上教过我。小学时候有一次语文课播放课文《美丽的西沙群岛》的朗诵录音,听后又熟悉又觉得不可能,确认是父亲朗读的以后,我得意了好久。父亲多才多艺,通晓音乐,特别精通于手风琴,学校、县城有重要的活动都找父亲伴奏、编排音乐、写剧本和写主持词。《要路沟中心小学校歌》《古镇流香》《华夏一家亲》都是他应邀创作的。还有印象很深的是,每年正月扭大秧歌,每天下午家里都来许多人,排队找父亲化装,他化装没有那么夸张,男扮女装能画出秀美,能画出许仙与白娘子、孙悟空和唐僧等诸多故事中的人物。

不仅是缘于职业，更多是对文学的热爱，多年来父亲一直笔耕不辍。家里搬到县城以前，全家人住一铺炕，父亲住在炕梢，在大梁下面，挂着一盏瓦数不高的白炽灯，每天晚上他侧卧看书的剪影，仿佛还在眼前。临近退休他还和几位志同道合的同事组建了新荷文学社，给爱好文学的学生创造了展示才华的空间，把文学的种子播撒在文化贫瘠的县城高中。退休以后，家人鼓励他继续写作。尽管双手震颤患病多有不便，但写作已成为他生活的重要组成部分和快乐的源泉，开了博客，以文会友，一发不可收。

父亲的作品散发着乡土的气息。我的家在辽西的一个小山村，十年九旱，靠天吃饭，但是民风淳朴，清静自然。一方水土养一方人，家乡的山山水水、人情世故，给父亲的写作提供了丰富的滋养。《杏花开北国》《夏夜清凉》《东北春·东北人》描绘了家乡的原生态，在我看来不啻陶渊明笔下的桃花源，那是我永远魂牵梦绕的乐园。

父亲的作品，闪耀着文学的光彩。父亲早年毕业于凌源师范，对文学理论、经典著作有过系统学习，多年工作、生活的历练与积淀，让作品形式与内容相得益彰，散文、旧体诗、新诗、小说、戏剧多种体裁得心应手。本书因篇幅所限，收录散文三十九篇，诗歌六十七首，小说（剧本）七篇，皆为精益求精之作。

父亲的作品，映射着时代的变迁。我家的祖辈也是从山东闯关东而来，据父亲考证祖籍在原济南府。《高山仰止》《我的母亲》《老房三间半》《怀念小火盆》《荞麦开花满地霜》等多篇作品浸透着父亲对亲人的怀念，对生活的感恩。《在盘锦的日子》《江南游记》《七律·白狼山追春》等记录了旅游的所见所闻。从一个与新中国几近同龄人的讲述中，从一个个小山村、小家庭、小人物的故事里，我看到了新中国从成立到富强的时代巨变。

小时候，家里条件有限，没有买太多的书，我读的大多是父亲读函授时的课本，《中国古代文学作品选》《外国文学作品选读》等，偶尔翻看，记忆并不深刻，但后来语文学习没有感到吃力。有人说父亲教得好，我甚至曾经并不以为然——父亲很少给我们长篇大论地讲过语文。现在想来虽然我不用功，但相比之下，有更多的人肯定没有这种便利条件。书不多，但都是经典中的精华，字字珠玑，得皮毛即可鱼目混珠。父亲的身教胜于言教，是谓"熏陶"。在我们家微信群中父亲经常信手拈来几句，其他人胡乱凑上几句，一唱一和，自得其乐，这个微信群名叫作"诗礼传家"。

父亲在后记中表达了感谢之情。在此我仍然要感谢：感谢辽宁出版集团、春风文艺出版社的辛勤统筹；感谢辽宁省文联名誉主席郭兴文先生、著名书画家黄广亮先生为本书题字；感谢《辽宁青年》杂志社总编辑王志多先生作序并提出宝贵意见；更要感谢我的父亲，在融媒体日新月异的今天，在呼唤传统文化的今天，用一本书让更多的人感受文学的魅力，感慨乡情的难忘，感悟时代的前行。

今天是父亲节。朋友圈里有图配文"坐在爸爸的单车后面，我能听到风的声音"，在物质并不缺乏的年代，这"风声"也算是特别的礼物吧。

李　佳
2019 年 6 月 16 日夜于盘锦广厦新城寓所

目　录
CONTENTS

散文卷

杏花开北国	/ 005
东北春·东北人	/ 008
夏夜清凉	/ 011
秋　林	/ 014
秋　韵	/ 015
北国之冬	/ 018
冬夜絮语	/ 022
清　晨	/ 024
夏日黄昏	/ 026
苔痕星影	/ 028
高山仰止——回忆父亲	/ 039
我的母亲	/ 048
漏　哥	/ 055
过年的"意思"	/ 057
记忆深处的煤油灯	/ 063
怀念小火盆	/ 066
荞麦花开满地霜	/ 069

老　座　钟　　　　　　　　　　　　　／072

老房三间半　　　　　　　　　　　　／075

山杏情怀　　　　　　　　　　　　　／080

枣　　树　　　　　　　　　　　　　／083

冬夜断想　　　　　　　　　　　　　／085

花落知多少　　　　　　　　　　　　／088

悼同学赵喜庭　　　　　　　　　　　／090

雪　　狼　　　　　　　　　　　　　／096

三轮车夫　　　　　　　　　　　　　／107

在盘锦的日子　　　　　　　　　　　／110

阳台上的风景　　　　　　　　　　　／118

孤寂的海　　　　　　　　　　　　　／122

2009年春黑山行　　　　　　　　　　／126

8月盘锦游　　　　　　　　　　　　／129

本溪水洞　　　　　　　　　　　　　／134

江南游记——上海　　　　　　　　　／136

江南游记——乌镇　　　　　　　　　／140

生命之光　　　　　　　　　　　　　／145

潇　洒　谈　　　　　　　　　　　　／146

故乡遗梦　　　　　　　　　　　　　／148

2016年同学聚会祝酒词　　　　　　　／155

爱　竹　说　　　　　　　　　　　　／157

小说卷

古镇流香　　　　　　　　　　　　　／161

家国情缘　　　　　　　　　　　　　／188

华居灯影	/203
教研组的故事	/206
朋　友	/220
良　心	/224
华夏一家亲（情景剧）	/228

诗歌卷

七律·自嘲	/237
七律·花甲抒怀	/237
七律·退休感言	/237
七律·回顾	/238
七律·纪念父亲逝世五十四周年	/238
七律·祭母去世三十三周年	/239
七律·残荷	/239
七律·文竹	/239
七律·咏老梨树	/240
七律·水仙	/240
七律·紫牵牛	/240
七律·折扇	/241
七律·春游黑山（二首）	/241
七律·游龙潭大峡谷	/242
七律·忆长寿山游	/242
七律·寻春	/242
七律·惊蛰飞雪	/243
七律·冬至抒怀	/243
七律·秋夜感雨	/243

七律·冬夜听雪	/ 244
七律·贺"小城春秋"群友首聚	/ 244
七律·重阳登高	/ 244
七律·白狼山追春	/ 245
七律·春来	/ 245
七律·同学聚会有感	/ 245
七律·喜迎学友来访	/ 246
七律·88级师生葫芦岛聚会	/ 246
七律·凌师建昌学友秋游白狼山	/ 246
七律·十月看雪	/ 247
七律·千岛湖好运岛观光	/ 247
七律·黄山松	/ 247
七律·黄山石	/ 248
七律·凌河源广场漫游	/ 248
七律·北国秋意	/ 248
七律·读兴忱兄美篇《我心中的凌师》（二首）	/ 249
七律·答致中兄	/ 250
七律·致致中兄	/ 250
七律·悯农	/ 251
七绝·随心老翁	/ 251
七绝·雨中问苗	/ 251
七绝·春花三咏	/ 252
七绝·秋夜闻蛩	/ 252
七绝·野菊（二首）	/ 253
七绝·悲秋（二首）	/ 253
七绝·红楼（四首）	/ 254
七绝·题《红梅报春》图（二首）	/ 255

七绝·答兴忱兄	/ 255
五律·夏夜迎凉	/ 256
五律·登栈桥抒怀	/ 256
古风·中秋咏月	/ 257
鹧鸪天·咏菊	/ 257
采桑子·雨雁	/ 258
满庭芳·咏瘦西湖	/ 258
满江红·黄山抒怀	/ 259
一剪梅·秋至荷塘	/ 259
鹧鸪天·扬州个园有感	/ 260
如梦令·病中唱和（两首）	/ 260
行香子·斜阳舞影	/ 261
自度曲·村头晚眺	/ 261
自度曲·喜相逢	/ 262
相约在明秋（歌词）	/ 263
重逢（歌词）	/ 264
要路沟中心小学校歌（歌词）	/ 265
校园之恋	/ 266
原野童歌	/ 267
秋　歌	/ 268
火车与铁轨	/ 269

跋　　　　　　　　　　　　　　　　/ 270

时间像条河，水流过去了，却留下了苔痕；像夜幕，遮掩了万物，却闪着星光；像面筛子，筛掉了很多杂质，却存留下不少精华。记忆就是苔痕和星光保留下的精华。

散文卷

SANWENJUAN

杏花开北国

人们喜欢用"铁马秋风塞北,杏花春雨江南"来描绘大江南北的地理差异,我却觉得杏花不该属于江南,而应属于塞北。

江南,早在杏花开放之前,就有梅花开放。对于江南人来说,杏花已不新鲜。而北方人经过了将近半年的寒冬,早已看够了单调的黄土和白雪,急盼着一点儿花草来点缀世界,杏花,就是北国的东风第一枝,是新一年的象征,新季节的信使。

当北风转为东风,杏树的枝条刚一变软透红,北方人就春心萌动了。女人在炕上挑选种子,男人在院里修理犁杖,孩子急切地甩掉棉鞋,姑娘们偷偷地准备嫁妆……而关于杏花的信息一个接一个传来,一天一个样:杏花长骨朵啦——杏花冒嘴儿了!

某天早晨一开门,呀,满山遍野的杏花全开了!高岗、山坡、沟谷、溪边,哪儿都是,真是忽如一夜春风来,千树万树杏花开。那白生生、粉盈盈的花儿缀满枝条,开得娇艳,开得奔放,开得坦白,开得张扬。一如北方娘儿们的泼辣,更像北方汉子的豪爽。宋祁词曰"红杏枝头春意闹",真是闹得热烈!

田野里也热闹起来了。东一块西一块的傍山坡地上,到处都是忙碌的景象。五六个人一副犁杖,扶犁、点种、滤粪、拉簸箕、轧磙子,各有各的活儿。虽然很忙,但是都很兴奋,额上沁出了汗珠,脸儿却笑得跟杏花一样。扶犁的有时停下来,拉着长声朝对面山坡喊："哎——今年种啥呀——""种——苞——米——"对面坡上高声回答。春风里，不时传来几声牛哞，几阵欢声笑语，夹着清新的杏花香。

孩子们更闲不住了。他们拿着小铲刀，挎着小篮子，兴高采烈地跑到还没播种的地里挖野菜。苦麻子、苣荬菜、婆婆丁、小野蒜，啥都行，扛到篮子就是菜！挖够了，就跑到田埂上揪羊犄角（一种野菜，叶似羊角，味甜）吃，把一个个小嘴巴吃得黢黑。不知谁喊了一声："走，撷杏花去！"于是一个个跟兔子似的蹿上山，先撷几枝白得耀眼的，再撷几枝红得诱人的，互相比着谁的最好看。然后挑选几枝含苞未放的插在篮筐上，摇摇摆摆蹦蹦跳跳说说笑笑打打闹闹地回家了。到家后，先把杏花插在空酒瓶里，灌上水，摆在柜子上，马上就暗香盈室了；然后抓起一大把野菜，趴在墙头上大声喊："二婶——给你苣荬菜！"二婶"哎哎"地答应着，接过野菜，顺手递过来一块黄澄澄的大饼子。

北国的杏花哟，你给北国的人们带来了多少快乐和温馨！

我觉得，北国的杏花完全能媲美南国的梅花。其枝相似，虬枝铁骨；其花相似，五瓣捧蕊；其色相似，粉面含春；其香相似，清新淡雅。而梅花能独占花魁，杏花却只能"桃李杏春风一家"。我不禁为杏花鸣不平了。是杏花开放的时间不如梅花早？其实北国杏花开放时的气温并不比南国梅花开放时的气温高，雪冻杏花的现象并不少。是梅花稀疏零落更显娇小，杏花的繁茂奔放有失风韵？我看病态不比健康更好。是南国文化发达，描写花草的诗文多，北国的文人雅趣少？我明白了，就是古代文人的所谓雅趣抬高了梅花的地位，而北方人不善张扬，杏花也就跟着委屈了。

但是，我更爱杏花，也许因为我是北方人。杏花热情爽朗、茁壮朴实，也不失妩媚，就像我们憨厚质朴、豪爽大方的北方人。

附小诗一首：

  红杏开北国，
  春来花满枝。
  请君多采撷，
  留待慰相思。

东北春·东北人

　　按照时序，农历正月、二月、三月应当属于春季。可是东北却没有一点儿春的影子，北风依旧凛冽，天气依旧寒冷，一片片积雪依然泛着清冷的光，树木的枝条依然在瑟瑟抖动，人们依然穿着棉袄棉裤棉鞋。直到春分过后，背风向阳处的小青蒿才畏缩地秀出一点儿青绿，让人看了发冷，哪里有什么"日出江花红胜火，春来江水绿如蓝"的明艳和"杂花生树，群莺乱飞"的繁荣？儿时的我认为，把一至三月份定为春季实在是没有道理。

　　上学以后学了地理，才知道中国并不只有东北这么大，各地的气温是不一样的。早在一月份之前，春姑娘就已踏上了南国，挥动着飘柔的长袖，吹起和煦的东风，挽着七彩花篮，一路纷撒过来——茶花开了，木棉开了，梅花开了，桃花开了，油菜花开了！她要融化冰雪，催动河流，绿化山川，唤起莺啼，大概是因为繁忙，误了行期，等到了东北的时候，就已经是四月下旬了。她知道迟到了，赶紧舞起长袖，招来东风顶回北风，来不及细细纷撒，就把花篮一股脑儿倒出来，于是，杏花、李花、桃花、梨花都争先恐后地开放，让人应接不暇。溪边的冰凌还没有融化，溪水就淙淙流淌了。鬼精灵的小燕子，一下子飞个满天，不知它们原来藏在哪里。昨天还捂着棉袄的小孩子，今天就光着膀子扬起衣衫，飞在菜花间捕蝴蝶了。美丽的姑娘们换上浅色花布衫，叽叽嘎嘎地说笑招摇；健壮的小伙子把外套甩在肩膀上，摇头晃脑地吹着口哨——活了，一切都活了起来！他们知道，马上就进入夏天了，谁不想在春天里展露生机呢？北国的春天哟，一开始就展现了夏天般的热烈。

"一方水土养一方人"，这话一点儿不假，我还想说，什么样的春滋生什么样的人。

东北的春季阳光灿烂，少雨缺水，所以这里的人没有"无边丝雨细如愁"的阴柔，只有"草色遥看近却无"的开朗；没有"梨花一枝春带雨"的惆怅，只有"白桦林里人儿笑"的乐观；没有"犹抱琵琶半遮面"的娇羞，只有"酒酣胸胆尚开张"的豪爽；没有"纤纤作细步"的扭捏，只有"红杏枝头春意闹"的热烈。如果说江南人像刘兰芝和唐伯虎，东北人就像花木兰和王尔烈；如果说江南人是小园幽谷中的娇花，东北人就是冰天雪地里的青松。

在东北，看不见臂挽竹笼、手持银钩的少女采桑于陌头，也看不见粉面纤指、玉臂轻舒的村姑浣纱于溪边，却常见头裹方巾、手执长鞭的妇女赶车送粪，或是跟在犁杖后面撒粪点种。她们吃饭不像雅人那样细嚼慢咽，默不作声，而是狼吞虎咽，把盐豆嚼得嘎嘣嘎嘣响，把大葱吃得有滋有味。东北人喝起酒来，从不"浅斟低唱"，不够六十度没劲。朋友们坐在一起喝酒，就像打架似的，脸红脖子粗，吆五喝六，大有"龙潭虎穴我敢闯"之势。有时，连菜也不需要，站在柜台边一仰脖儿，咕咚咕咚，半斤酒下肚了。他们喝水也是突突直响，不渴不喝，一喝几大碗，哪像雅人们拿个拳头大的茶壶、酒盅大的茶杯，慢慢地消磨。江南人说笑起来如莺歌燕语，东北人说笑起来如山倒雷炸。就是找对象，南北都不一样。有人提亲时，南方人红云飞颊，俯首掩面，心里愿意，也说"婚姻大事，只凭父母做主"；东北人则大胆地宣言:"这一回我可要自己找婆家!"杭州人试情要红楼借伞,东北人则闷声闷气地直接问:"你同意不?"南方人约会是"月上柳梢头,人约黄昏后",东北人则是找土坎根或干草垛,或是手拉手肩并肩地轧马路、逛商店——隐就隐得彻底,露就露得坦白。杭州人分手要相约断桥,东北人则说:"拉倒就拉倒,他不干咱也不干了!"不要说东北人不会缠绵,订婚的姑娘为了给对象绣红兜肚,不怕十指流丹;满脸胡楂的汉子会把女人按在炕上胳肢得上气不接下气,满炕乱滚。我觉得,江南人似雨,东北人似雹。

很多东北人的祖辈都是闯关东来到此地的,本来敢闯敢创,可是后代安顿下来以后,许多人也滋生了懒惰和保守心态。他们安土重迁,大钱挣不来,小钱懒得挣。在街头,常看到云南那边的小姑娘,挑着悠悠的担子卖茶叶,这对东北人来说是很难的:离家太远,挣钱不多,何苦呢?别说小姑娘不去,家长也不让去。他们去外地,或是开饭店,或是去建筑工地,总得找一个安身的地方。毋庸讳言,在改革开放的潮流中,东北人相对滞后了。祖辈的闯劲、拼劲,哪儿去了呢?

当前,已进入南北大融合、全球一个村的时代,各种文化相互影响,相互渗透,相互消磨,相互融合,地域色彩逐渐淡化。但愿东北人传承祖辈勇于开创、敢打敢拼的血性,发扬吃苦耐劳的精神,摈弃保守和小富即安的思想,莫把豪爽变粗俗,莫把知足变懒惰。

现在,随着小品、二人转的广泛传播,东北方言深受欢迎。但"一花独放不是春,百花齐放春满园",快让那墙里的满园春色和无限生机展现出来。虽然东北的春天来得晚些,但那推进的速度何其快也,几场春风一过,定会莺燕满天、山花遍野!

夏夜清凉

太阳驾着火光四射的华舆，从正东到正西，尽职尽责地巡视完它的属国，似乎已经倦怠，悄无声息地溜到后宫去了。它拉上淡紫色的帷幕，慢慢合上眼睛……它留下的余热渐渐消散，是融化在空气中，还是沉浸到草丛里，抑或渗入地底下了呢？

村里，炊烟升起了，渐渐扩散，与天宇融成了一个颜色。耕耘一天的农人荷着锄头从高坡走回家园，在淡紫色的背景上移动着黑色的剪影。晚归的牛羊经受了一整天的烘烤，又恢复了旺盛的精气神，在牧人的哄赶下，撒着欢儿奔向村子。几只调皮的小羊不时舔舔这个，碰碰那个。放牧人着急了，扬起胳膊甩几鞭，鞭声格外响亮，荡过暮霭，蹦蹦跳跳地奔向远方，碰到山峦又回头眷顾一下。几头老牛走到村头的池塘边，低头喝了一通水，又仰起头来哞哞叫几声，抒发满足的情感。

各家的小院子打扫得干干净净，又洒上一层水，清清爽爽。人们把饭桌放在门前，摆几个木墩儿，各就各位：小米水饭，一把生菜，几根大葱，三五根黄瓜，六七个辣椒。主菜是茄子炖土豆，烂烂的，黏黏的，就着水饭吃，很可口。吃完饭，男人装上一袋烟，有滋有味儿地吸；女人起身收拾碗筷；孩子等不及把最后一口饭咽进去，就忙不迭地跑了出去。

天上有一层淡淡的云，月光朦朦胧胧的。远处的山坡、田野，像抹上了一层银。河套里的水哗哗流淌着，上面浮起薄薄的柔柔的雾。四面的蛙声此起彼伏,呱呱——呱。蝼蛄也赶紧凑热闹。哇哇——哇哇——栖息在树梢的老鸦,时而扑棱棱地拍几下翅膀,不知什么鸟儿也偶尔嘎嘎地凑几声趣。

男人们聚在当街的石堆上,东西南北中、上下五千年地扯着,当然也不失时机地加进自己的理解和感受。"那年发大水,水漫到炕上,那大锅就像有人薅起来似的,顺顺溜溜地顺水漂走了。"五爷活灵活现地说,既有感慨叹息,也不乏骄傲——这叫见识!"这几年雨是少了,早先河套比这宽多了。"三叔应和着。二爷不平了,横过来说:"那有什么稀奇!那年老王家大爷娶媳妇,水大河宽,新媳妇过不来河,是用大笸箩漂过来的。""哎——听说老孙家丫头经她表兄介绍,嫁给城里人了,虽然腿脚有点儿毛病,但结婚就上班,一个月挣三十多呢!"

大哥报道着最近的新闻,语气里不乏羡慕。是啊,在生产队劳动,一个工两三毛钱,就算一个工不缺,一个月也只有七八块钱。"城里有啥好?连吃根葱都得买。"大家评论了一阵儿,语气里有几分不忿。"不早了,散了吧。"于是打着哈欠各回各家——明天还要早起劳作呢。

孩子们是不愿意在大人跟前玩的,稍一放肆,就会遭到呵斥。他们溜到村西边,摸进老刘家后院,摘几个安梨,一咬,硬硬的,涩涩的,一点儿都不好吃,就撇到沟渠里去了。他们的笑声惊动了老两口,屋里传出老太太的声音:"那玩意儿还没熟,咋这么祸害人呢!""喊!小气,谁稀罕吃啊!"他们小声嘀咕着,又去了老王家的瓜田,摸摸这个,闻闻那个,挑了几个满意的出来,一边走一边吃,必须在回家之前吃完,要不会挨骂的。

鞋已被瓜田的露水打湿了,一落脚咕叽咕叽地响。路上,飘来几点流光,那是萤火虫。他们捉了几只,把虫屁股揪下来粘在眼皮、鼻尖,扮成鬼脸儿,剩下的装在葱裤里,像一只只小小的霓虹灯。路过池塘边时,听到扑通、扑通几声。他们知道,是他们的脚步惊起的青蛙,从草丛跃进池塘,一定会在水面荡起一圈圈涟漪。天边打闪了,于是赶紧回家。刚进大门,父亲发话了:"三儿,搬几捆柴火进来,待会儿兴许下雨。"三儿搬进来三四捆,堆在厨房旮旯,然后摸到饭盆,拿勺子舀几口冷粥,抹抹嘴巴,进屋了,连衣服都没脱就仰八叉地躺炕上睡了。

闪打得更紧,把窗纸照得贼亮。不一会儿,响了一声闷雷,雨点儿淅淅沥沥地落下来,不过几分钟就停了。月光更亮了,更冷了,如水一样泻进屋里。母亲把孩子蹬下的被子往上拉了拉,安心睡了。鼾声均匀,小屋弥漫着温馨、祥和,任外面夜风凉凉地吹,小河水哗哗地淌,月光朗朗地照。

秋　林

一年四季，最喜欢秋季。

秋季，最喜欢山林。

几场冷雨，几度风霜，西风带着神奇的画笔，一路点染过来，山林立刻五彩斑斓了。

黄的如金，粉的如霞，红的似火，紫的似檀，漫山遍野，铺天盖地。哪幅画有这么丰富的颜色，哪个画家有这么大的手笔！难怪杜牧盛赞"霜叶红于二月花"。

我想，秋林如此绚烂，大概是因为它经过了风的吹拂，雨的冲刷，霜的洗礼，所以才具有春的明媚，夏的热烈，秋的成熟，绚烂至极。

于是我想到了那些老年人。

他们甜过，苦过，忙过，累过，伤过，痛过，饱经风霜，深谙世事，所以广博，所以深刻，所以是真的智者。别看他们弯腰驼背，步履蹒跚，形如槁木，也许就是智慧的宝库，真理的化身。

不要慨叹"夕阳无限好，只是近黄昏"，须知"莫道桑榆晚，为霞尚满天"。

我爱秋林，愿在人生的秋季绽放出绚烂的色彩。

秋　韵

对"韵"这个字，我只感到很优雅、很含蓄，其确切定义还真说不准，于是就去翻字典。字典里解释说："1.好听的声音。2.情趣。"但我觉得解释得还不够。据我的理解，似乎应该是由声、光、色、味、形、神、动、静所构成的使人产生美感的一种情调。如果你认可我的定义的话，那么我想说，秋天是最有韵味的了。

当草叶上的露水打湿你的鞋子和裤脚的时候，当正午的阳光照耀得你睁不开眼的时候，当晚风吹得你膝盖发凉的时候，秋天来了。

最先向人们报告秋天消息的，是知了，我们这个地方叫它"秋凉儿"或"呜嘤哇"。在艳阳暴晒的正午，你听，它叫了："呜嘤，呜嘤，哇——""呜嘤，呜嘤，哇——"那声音沙沙的，爽爽的，像微风掠过高粱地，像往窗纸上扬沙子，像用簸箕来回地筛着干爽的豆粒。人听了，就像一张砂纸在起毛的心上擦过，清爽而熨帖。

午饭后，到沟里的水塘中洗个澡，然后躺在如茵的草地上，仰望着青天，你会发现天是那样高，那样辽远，那样湛蓝，仿佛一块洗净后又晾干的遥无边际的蓝宝石，没有春天游丝的纷扰，没有夏日雾气的升腾。那些浮尘也不知躲哪儿去了，是被吸附到天外去了，还是依附到草叶上了？总之，天是晶莹的，纯净的。偶有几片白云，像被撕薄了的丝绵，在广阔的天宇飘荡，慢悠悠的，好像既没有目的地，也没有行期，更不知归宿，似乎很无聊。看着看着，你会伤感起来：你看得见它，它会看得见你吗？人，何其渺小啊！真像苏轼所说："寄蜉蝣于天地，渺沧海之一粟。"太阳更加明亮，阳光一无遮挡地泻下来，可树荫下却见凉爽了。

　　田野里斑斓起来了。大片大片的野菊花开得好烂漫。别看花形很小，但要连起来，也真的像金，像雪，像霞，毫不娇羞，毫不扭捏，奔放，坦荡，它们是这个季节最旺盛的生命。高粱穗发红了，像微醉的壮汉，更显得旺盛健壮；苞米棒子的表皮发白了，不再像持枪而立的哨兵那样挺拔，好像刚从哨位上撤下来，微微松垮了；而谷叶大都已经变黄，只有上面的几片依然青绿，谷穗发沉了，头垂下来，像安静的老人，静穆地在暖洋洋的阳光里打盹儿。只有垄沟里的刺儿菜、苣荬菜异常鲜嫩，那是春夏时被锄掉又新冒出来的，在庄稼的荫蔽下享受着不冷不热的生活，安闲而优雅。不过现在它们只剩下了观赏的价值，在这瓜果满园的季节，谁还会采食它们呢？

　　风，不知从什么时候起从西边儿吹过来了。它漫过高岗，吹得杨树叶子翻着白，哗哗地响；它掠过庄稼地，像梳头似的，把高秆作物梳成一面倒的发式；有时，它溜进垄沟，挑逗着早就枯干的黄豆叶，然后一溜烟地蹿上山坡，去羞红原本青涩的梨杏的叶子。高天上，有几只鹞鹰张开翅膀，一动不动地悬在那儿，老人说它们是在"喝西北风"呢。这风声似乎有点儿忧伤，会把你的思绪牵得很远，让你想起春天的辛勤，夏日的劳作。漂泊在外的游子听到这声音，会想起遥远的家乡。

　　农人的镰刀早已磨得雪亮，孩子老婆齐上阵。嚓嚓、嚓嚓，汗水与镰刀一起闪亮。那汗是不用擦的，一会儿就被风吹干了。割倒的庄稼整齐地排成行，像梳头的篦子。谷子垛起来，远看像一只只老黄牛；高粱秸攒一块儿，像一个个小窝棚。满载粮食的大车扇动着绿色的翅膀，像小船滑行在水面，鞭声清脆地响，骒马撒欢儿地奔。人们扛着成捆的粮食，有节奏地走着，像情人在耳边的絮语。

农家小院红火起来了。高高的苞米垛，是名副其实的"金字塔"；成串的辣椒挂在门框上，像喜庆的鞭炮；屋檐下，晾着一串串豆角、切成瓣儿的茄子，是准备冬天食用的。园里，白菜水灵灵，萝卜脆生生；园边儿，苹果鲜红鲜红，白梨金黄金黄，处处流溢着丰熟，流溢着喜悦。

至于秋天山林"霜叶红于二月花"的情景我就不说了，我已在散文《秋林》里描述过。谁都知道，那是一幅最美的图画。柞叶的金黄，杏叶的靛紫，枫叶的鲜红，是最丰富的色彩，是最富激情的生命的燃烧。

我说秋天是最具韵味的季节，就是因为它既有小姑娘的花枝招展，又有小伙子的爽朗热烈，还有中年汉子的成熟刚健，更有老年人的安详静穆，我喜欢秋天。我知道，就像"夕阳无限好，只是近黄昏"，秋天到了，冬天还会远吗？但生命只要有一季的灿烂，也就够了，什么东西会有真正的永恒呢？

北国之冬

昨天，10月18日傍晚，下了2010年第一场雪，的确比往年下得早些。

昨天一早，天就阴沉沉的，气温也比前几天低了几摄氏度。傍晚，先是淅淅沥沥地落几滴雨，不一会儿就见雪花飞下来，纷纷扬扬，落到地上就化成了水。但房顶渐渐地白了，地面上除了车轮碾过的地方也渐渐白了。这预告冬天已降临到北国。

北国的冬天是寒冷的，最低气温在零下二三十摄氏度。太阳像一张消失了血色的脸，苍白。地面裂开了缝，有手指宽。四野一片空旷，只有几只麻雀蜷缩在光秃秃的树枝上。偶尔看见一只鹞鹰，一动不动地展着翅膀，挂在天宇，迎着西北风瑟缩着。人们穿着厚厚的棉袄棉裤，戴着放下帽耳的狗皮棉帽，两手交叉着塞进袖筒里，趿拉着笨笨的大毡疙瘩，缓缓地在雪地上走，有节奏地咯吱咯吱地响，一团团白色的雾气随着每一次呼吸一股股涌出来。你说冷到啥程度？尽管在水缸外围上一圈草围子，再用黄泥抹上，缸里的水还是冻了厚厚的冰，连水瓢都放不进去，只好趁着暖和天儿把水缸放倒在厨房门口向阳的地方晒，再用斧子砍。头天晚上放在窗台上的一碗水，第二天早晨就会冻成冰了。

听我这么一说，南方的朋友恐怕会吓坏了，而把北方视为畏途。其实大可不必，北国的冬天也是最温馨的。农民经过一年的苦熬，也该休养生息了。一年的活儿已经干完，粮食已经归仓，蔬菜储存在地窖里，正好舒心地享受几个月。

冬季夜长日短，由一日三餐改为两餐，每天都可以睡他个自然醒。吃完早饭，已经将近九点，男人们走出家门，到哪家串门儿去了。如果天气好，哥们儿爷们儿就凑到向阳的墙根儿下，天南海北地扯上个大半天儿，一边儿聊一边儿抽着旱烟，眯缝着眼，享受着冬日的阳光。那些好玩的，则哪家炕热往哪家凑，放上一张小桌子甩起扑克来了，一玩就是一整天。回到家里，才觉得屁股和踝骨有点儿疼，脱掉鞋袜和裤子一看，已经烙出了大水泡。他们不敢喊疼，老婆听到会骂："活该，看到扑克比看着爹妈还亲！"然后拿出缝衣针，用火烧烧，给男人剥开，把里面的血水挤出来。"输了赢了？""赢了！"男人不自然地笑了笑。"你天天赢，我咋没看见你拿回家一分钱呢？"女人并不用力地在男人的脸上拧一下，嘿嘿地笑了。

男孩子们是不怕冷的。刚吃完饭，就急三火四地跑出去，招呼几个伙伴，或上山撵兔子，或者到河边捞鱼。用镐头刨开厚厚的冰层，就见聚成堆的小鱼黑乎乎的一片，他们咋咋呼呼地赶紧用网子往外捞，沙钻仔、白漂子、泥巴鳅，不一会儿就捞了一水桶。每人分一些拿回家，泡在水里，用小刀割开鱼肚皮，把内脏挤出来。尽管手冻得红红的，裂开无数条小口子，但没有谁嫌疼。母亲切一些萝卜条，打几块豆腐，和小鱼一起一炖，真是美美的晚餐。

女孩子呢？她们把伙伴邀到家里来，在炕上欻嘎拉哈。把五个泼在炕上，再把一个抛上去，不一会儿就欻到一千，接着就"扳枝儿"。她们的手很灵巧，一会儿"坑儿"，一会儿"包儿"，一会儿"平儿"，一会儿"枝儿"，简直是随心所欲。玩腻了，她们就到院子里去踢毽。不许动地的，看谁踢得多。毽子是用铜钱儿和山羊胡子做的，弄不到山羊胡子的，就用麻来代替，踢在穿着厚布棉鞋的脚上，铿铿作响，又平又稳，随着毽子的起落，她们的心也飞了起来。

还不到五点钟，晚饭就吃完了。如何消此长夜？村里的文化人找到一家宽敞的屋子，戴上老花镜讲起了老书，什么《聊斋志异》《杨家将》《封神榜》……人们边听边评论着。紧张处，人人敛声屏气；动人处，个个感叹唏嘘；讲到恐怖处，孩子们吓得直往炕上钻。

在农村，哪家的儿子娶媳妇了，哪家的孙子满月了，或是久病的人痊愈了，是要唱驴皮影的。影台就搭在院子里，台下摆几根木头，就是观众座席。哐哐锵锵一阵锣鼓后，就开唱了。唱花脸的瓮声瓮气，唱女角儿的娇娇滴滴。唱皮影戏的大都是男人，真不知道他们怎么把嗓子勒得那么细。那影人刻得真叫精致，花纹精美，颜色鲜艳，孩子们都盼望把影台挤倒，好抢几个影人，然而却没有倒过一回。时候长了，脚冻得生疼，就起来到人堆外生起的火堆那儿烤一烤，或者到东家屋里暖和暖和，顺道抽袋烟。

女孩子不大爱看皮影戏，就在家里围着火盆烧豆粒或苞米粒，噼噼啪啪的，迸出的火星有时会烧坏了被子。等到外出的人都回来了，母亲就从灶膛里扒出早已烧好了的地瓜或土豆，那滋味真的美极了，又甜又面。一家人吃完后，打着嗝儿满足地钻进被窝。

下雪，在北国是经常的。雪糁落下来沙沙作响，雪花飘起来寂寂无声。等雪霁初晴，真是粉妆玉砌，大地一片洁白，天空格外明净。老老少少赶紧出来扫雪，不一会儿，黑魆魆的小路就通往各家各户了。孩子们更忙碌了，堆雪人，打雪仗，滚雪球，别看小手冻得通红，额头上却沁出了密密的汗珠。于是他们在院子里扫开一小片空地，撒上几把谷粒，把一个草筛用木棍支起来，在木棍上拴上细绳，把细绳顺窗眼拉进屋里，密切地注视着。等无处找食的麻雀钻到筛子下面去，就把绳一拉，那些麻雀就被罩住了。然后把麻雀浑身糊上黄泥，埋进火盆里烧，一会儿就香飘满室了。扒出来掰掉泥层，就见一个肉色的圆蛋蛋呈现在眼前，香气直往鼻孔里钻。大家兴高采烈地啃着，样子幸福极了。他们不是在吃麻雀，他们是在品味胜利的快乐。

　　北国的冬天是寒冷的，也是温馨的。人真是怪，在艰辛中总是盼望幸福，在幸福中却常品味艰辛。经过时间的发酵，似乎寒冷也变得温馨，难道是岁月把苦山丁子酿成美酒了吗？今天，我坐在有着暖气、四季如春的屋子里，陪着我的是葱茏的花木，不知怎的，反倒生出一股"晚来天欲雪，能饮一杯无"的落寞。

　　哦，让人回味无穷的北国之冬……

冬夜絮语

　　冬季日短,下半晌四点多钟,灰白的日头还没来得及涂匀胭脂,就沉到山那边去了。袅袅的炊烟被晚风荡尽后,夜幕就悄悄地落下来。

　　性急的孩子顾不上抹去嘴角的饭粒,就从家里跑出来,呼朋引伴,不一会儿就来了十多个。他们来到碾坊前,先玩抢山。爬到高高的粪堆上,你推他,他搡你,张牙舞爪。一会儿爬上来一个,一会儿出溜下一个,出溜下来再爬,爬上来再出溜。膝盖和袖肘都露出了棉花,谁在乎呢?宁可回家挨骂!累了,暂歇一会儿。谁又提议——撞拐!一个个把小腿扳上去,用尽九牛二虎之力,昂扬地向对方冲过去。撞过几个回合,有的已吃不住劲儿,吭的一声坐在地上。伙伴们一阵嘲笑,另一个又撞上去。得胜的一方把手往袄袖里一抄,乜斜着眼睛,傲慢得很。

　　最后的游戏总是藏猫猫。先拔橛,赶上8的就抓人,其余的赶紧去找藏身的地方。谁管是柴火垛还是松枝堆,甚至坟地,只要隐蔽就行,就算平时最胆小的孩子也不知道害怕了。他们很守规则,不管找多长时间也得找下去——要不第二天晚上就不跟你玩了。

　　夜深的时候不得不回家,进大门就喊"妈——"这时胆小了。拿起饭勺从盆里舀两勺粥一口气喝下去,管它凉热呢,然后钻进被窝做梦去了。

月亮出来了，洒下如水的清辉。谁家的草垛后传来了叽叽咕咕的窃语。"咱们的事儿就这么定下了！"小伙仰着头，眸子里放着光。"谁跟你定呢？臭美。"姑娘骄傲地飞了一眼，低下头，饶有情致地摆弄着辫梢说，"我走了。"她走得并不快。小伙尾随着，一直跟到大门口。姑娘说："你走吧。"小伙并不走。姑娘定定地看了他几十秒说："我关门了。"小伙呆呆地站着，看着门慢慢地合上了。

月亮升高了，把窗纸照得亮亮的。不用点灯，屋里也有清幽的光。孩子们都睡着了，发出均匀的鼾声。丈夫和妻子还没睡，躺在被窝里唠嗑。"年前把孩子的事儿办了吧。""是该办了，可还没预备好呢。""有什么预备的，换套新行李，做套新衣服不就完了吗？""也是。"女人打了一个哈欠，"我困了，明天再说吧。"女人转过身，睡了。梁上响着蛐蛐的吟唱："干柴细米，干柴细米……"

起了一点儿风，檐间的麻雀偶尔啁啾几声，像梦中的呓语。远处，不知谁家的狗在汪汪地叫，在这寂静的冬夜显得格外清亮，该不是"风雪夜归人"吧。今天晚上，月光很好，只有微风撩起几片碎叶，窸窸窣窣的。

明天，准又是一个好天……

清　晨

　　清晨，揣着早已苏醒却未泛起微澜的心，站在阳台上望着凝固得如同寒潭静水的天宇大地，心也轻轻，神也清清。

　　淡紫微蓝的天宇，静静地笼罩着大地，不声张，不躁动，无忧无喜，无正无邪，就像尚未启蒙的处子，没有欲望，无所等待，偶尔的微风蹙不起她一丝笑纹，拂不晃她一根头发。

　　远山静默着，颜色比并不明朗的天还要深沉，像疲乏后的中年汉子坐在田野里打盹，睡得很香。脚下的流水唱着恋歌，幽幽地诉说着温馨和甜蜜。他们相依相守，缠缠绵绵，不知东方之既白。

　　河边的柳树，安静如端庄的淑女，夜里的微风，把她们的长发梳理得熨熨帖帖。她们静静地俯视着河水，好像在沉思，就连风儿、鸟儿，也不忍打扰她们的安宁。

　　最好是有霜的秋晨，一打开窗子，就有一股清新沁人心脾，只是清，并不冷。房顶、地面，像撒了一层薄薄的盐。所有的粉尘好像都被它们吸食覆盖了，一切都那么干净、清爽。偶有一行脚印，是早行人的足迹。他们起得这么早，是去赶集还是出远门？我能够想见他们的身影——轻敏，匆匆；听到他们偶尔的咳嗽——激越，清亮，在这肃静的早晨，传得很远很远。

　　微微起了点儿风，最先撩起的是檐间的麻雀，它们叽叽喳喳地叫起来，有几只突突地飞出了窝。接着就看见燕子在满天掠动着黑色的剪影，轻捷而潇洒。偶有一两只喜鹊，站在树枝上喳喳地叫几声，招呼贪睡的人早起。

　　太阳从远山后冒出脸来，透过薄薄的晨雾，把连成一条条的炊烟染成紫色的光带。鸡犬相闻，人影幢幢。推着小推车的，是到早市卖菜的妇女；骑自行车的，是睡眼惺忪的学生；在路边站牌下徘徊的，是要出远门的旅客，这从他们的衣装和背包上看得出来。他们或急或缓，或喜或忧，工作不同，家境各异，但都在为生计营谋。

　　等到艳阳高照的时候，清幽被掩盖了，世界显得喧闹而浮躁。不过，那已经不再属于清晨。

　　俗话说："一日之计在于晨。"清晨的宁静、肃穆，是为拼搏蓄势；清晨的清新、蓬勃，是生命奋发的起始。当然，清晨终究要走向黄昏，但没有清晨的朝霞，就没有黄昏的晚照。

夏日黄昏

要说黄昏，最好是夏季，而且是农村的夏季。

太阳燃烧了一整天，火苗渐渐弱了，变得柔和起来。远处的青山拖出了清幽的影子，荫蔽着晒得发蔫的庄稼、青草，看上去油油的。这些庄稼、青草也好像从午觉中睡醒了的孩子，虽然还懒得动，但那眼睛里却充满了精气神，风一吹，抖抖擞擞地，说着细碎的窃语。

河水像飘动的缎带，在夕阳的余晖下闪着金光，歌声比白天更清朗了。岸边阴柔的垂柳想挽留它，送去几片阴凉。可它却像不懂风情的快乐男孩儿，只管唱着歌朝远方奔去，连一点恋意都没有。

西天的云彩变红了，像一块块旺盛的火炭。蹿进云朵里的太阳，又给它镶上金边。它们也各显其能，化作棕熊，化作骏马，化作金光洞，化作火焰山……那才真的可以称为红红火火。

村里升起袅袅的炊烟，老态龙钟的老人坐在门前凉丝丝的石头上，眯缝着眼睛望着远处，是在欣赏天边的火烧云，还是盼望着从田野归来的儿孙？总之，看起来很享受。

太阳全沉下去了，山、树都已经变得模糊。山野的边缘移动着几个模糊的身影，那是晚归的劳作者。啪，啪，几声清脆的鞭响激起跳动的声波，山回谷应，哞哞哗哗——不一会儿，老牛迈着沉稳的方步，山羊绵羊拥挤着陆续回村了。牛在村头的池塘里喝一阵水，哞哞地仰头叫几声，羊则咩咩地叫着挤进圈里。

在人们吃完晚饭坐在院子里纳凉的时候，山里传来了鸟的叫声："王刚哥——王刚哥——"听起来很有些孤独和伤感。它们是栖息在树上，还是伏卧在草丛里呢？偶尔有几点微光，忽上忽下，飘飘悠悠，那是萤火虫在游荡。

夏天日长夜短，当昏黄的月光照在窗纸上时，屋里已经发出了均匀的鼾声，一天的劳累在这鼾声中缓缓消散，只有微微的晚风、潺潺的流水、唧唧的虫鸣告诉暗夜：生活还在继续。

苔痕星影

时间像条河，水流过去了，却留下了苔痕；像夜幕，遮掩了万物，却闪着星光；像面筛子，筛掉了很多杂质，却存留下不少精华。记忆就是苔痕和星光保留下的精华。这些东西也许很大，也许很小，也许很重，也许很轻，但经过时间的过滤，似乎都很美好，都很晶莹，让人觉得弥足珍贵。

一、出生

1948年农历十一月二十二下午五点左右，一个黝黑的婴儿在一座茅草屋里降生了。响亮的报到声给家人带来了极大的惊喜——男孩儿！在这之前，母亲生过四个孩子，两男两女，两个男孩儿都夭折了，算命先生说父亲没有儿子命，这对父亲的打击很大。生完第二个女孩儿，时隔三年才盼来这个小子。大姐一进屋，大妈就抓了一把血抹在大姐的脸上——"谁叫你眼睛太毒，这回叫你看不见！"闹得大姐一愣。老叔来了，弄了一把干草，裹上二斤肉，扔到西梁上，就说孩子死了，阎王爷别再找。因为孩子皮肤黑，当然也是想让孩子长结实，便名之曰"铁"，这就是后来的我！

据说，十个月前，父亲做了一个梦，梦见他在双庙岭那儿摘到了一个又大又红的杏儿，随后母亲便怀上了我。于是许下一个愿——每年的除夕和正月十五,都到双庙岭烧香。这个愿一直还到"文革"时小庙被彻底拆除。两个姐姐和妹妹都把父亲叫爹,唯独我叫爸。

二、童年

我小时候脾气很怪,怪到自己也不能理解。

第一怪,就是穿上一件衣裳就总穿着,不能再换。记得有一年,青草都长那么高了,可我还穿着大棉鞋,不管大人怎么说,就是不肯换夹鞋。有一天,吃完午饭,二姐领着我们一帮小伙伴去道边儿玩,跑得浑身是汗。二姐说:"咱们都把鞋脱下来放这儿,然后去薅乌拉草,拿回来絮鞋。"大家都脱了鞋子放在路边,去薅草了。等我回来,发现鞋没了。二姐说:"这回你把鞋弄丢了,到家非得挨骂。"我也无可奈何,只得回家换了夹鞋。后来我才知道,是二姐看我脱下鞋后偷偷地让别的孩子给送家去了。每次换季都是这样,你说可笑不可笑?

我五岁那年,四叔家的大姐生小孩儿了,妈妈、婶子和大妈要去帮忙。我正在河套玩,看见她们要走了,就从河套跑出来,要跟妈妈去。妈妈让我换身新衣服,我说什么也不换,而且还非得要去。爸爸发火了,拿根鞭杆打我,从大门口一直打到河套那边,拇指粗的鞭杆都打折了。当时我觉得爸爸真狠。现在想想,对这样的孩子,谁不得气急了呢?

第二怪是不敢见生人,哪怕是实在亲戚。家里来客人了,我不敢回家吃饭,藏到村外的水坑里,任凭家人到处喊,到处找,就是不出来,直到被找到强扭回家。怪吧?

第三怪,喜欢读书。那时,大姐已经上学。晚上,村里的几个女同学都到我家来,炕上放一张饭桌,点着一盏油灯,几个人静静地写作业，有时读课文。我真羡慕她们。有时老师也到我家来，指导她们学习，或跟爸妈唠家常。我觉得老师真能干，什么都懂，我要是能当上老师多好哇！

三、小学

七岁那年夏天，我跟着母亲去大舅家。一天中午，大姐拉着毛驴来接我们，说学校招新生了。我一听，高兴极了——多早就盼着这一天呢！说走就走，母亲搂着我骑着毛驴。一路上，我兴奋得又说又笑。

到家，大姐就领我去学校了。面试新生的是校长，叫王树凡。因为王校长和大姐熟，总逗我，问了很多问题，我回答得又快又好，满指望开学就上学了。可开学那天，大姐告诉我，学校不收，不满八周岁不要！我很失望。没想到开学一个来月后，大姐又告诉我可以去了，说跟校长说好了。

那天，我起得很早。母亲给我找了一块蓝底带小黄格的绸布，包上几个本，穿上二婶给做的白底带蓝格的小褂，兴冲冲地上学了。老师给了我两本书，一本语文，一本算术。上课的老师姓刘，个儿不高，好像很严厉。别看我刚去，可二十以内的加法我早就会了，简单的字也认识了不少，学起来并不费劲儿。可等老师让读拼音，我就蒙了，一点儿不会！当天布置的算术作业，不一会儿就交上了。第二天发作业，我以为肯定满分。可等别人的都发完了，还没发给我。怎么回事儿呢？原来我只写了得数，没有算式！但不到一星期，作业、考试都是满分，第一已非我莫属。

后来，一年级分成俩班，我在甲班。班主任叫杨恩贵，高高大大的。给我留下最深印象的是种牛痘。那天上午，杨老师先讲了为什么要种牛痘，然后就开始了。别说，老师讲的还真有用。要是在以前，我是说什么也不敢的，可那次竟没感到害怕。杨老师只教了我们半年多就病逝了，至今我仍然怀念他。

那年，我入了少先队，并当了中队长，也第一次知道什么叫感动——寒假作业的最后一页是连环画，题目是《老羊和小羊》，说的是老羊和小羊到山上玩，天黑了，小羊走失了，老羊找不到小羊，小羊也找不到老羊，它们在月光下咩咩地叫着。看到这儿，我哭了——清冷的月光，模糊的山野，黑魆魆的树影，孤零零的小羊，多可怜哪。

二年级时，是一个叫朱连珍的女老师教我们。有一次上课时，我把笔弄坏了，就哭起来。朱老师安慰我别哭，并给我买了一支新的。那年的寒假很长，放了五十七天。开学后，原来教我们的老师都没来，说他们是"右派"，被开除了。

三年级时，班主任还是个女的，叫王玉杰。她高高的，细细的，瘦长脸，除了教语文，还教唱歌。她唱歌跑调，一遍一个样，跟她学是永远学不会的。但那年的语文课本中，有一篇课文给我留下了非常深刻的印象，题目是《夏天过去了》，至今我还能背出来："夏天过去了，可是我还十分想念。那些可爱的早晨和黄昏，像一幅幅图画出现在眼前……"

四年级一开学，就换了一个代课的男老师，姓王，又高又大，脸上长满了红疙瘩，不会讲课，可够凶的。他把我们几个划成一个调皮小组，每周训一遍，烦死人了！好在没几天，他就当兵去了，据说后来还当上了副师长。接他课的是一位小个男老师，也姓王。这个老师可好了，讲课好，对学生也好，我们都很喜欢他。可是没过半年，有一天，学习委员一发作业，我们发现每个人的作业下边都有王老师写的留言。他走了，走得莫名其妙。直到现在，我也没打听到王老师的下落，留下了终生的遗憾。

但我会永远记住他，他叫王树民。

最幸运的是五年级和六年级。班主任老师叫袁树桐，刚从师范院校毕业，年轻，英俊，课讲得棒极了，尤其是语文。除了课文外，还讲了初中才该学的语法，并且经常给我们读一些报刊上的文章，像《红孩子》等。我喜欢语文，就是从那时开始的。他很喜欢我，经常让我帮他判作业，还教我唱歌，让我参加全公社的会演，唱的是《解放军同志请你停一停》。上课提问的时候，袁老师总是先提问别人，别人答不上了，再提问我。我也很争气，每次都对答如流。有一次上课时，老师让别的同学读课文，我就离开座烤炉子去了，刚烤十几秒，他突然叫我读。我听着正读的那个同学的尾音，边背边站起来往回走，到了座位再拿起书念，竟然一个字没错！

就在那一年的一天中午，老师把几个年龄大的同学叫到办公室去。不一会儿，他们回来了，眼睛红红的，收拾起书包，扛着凳子回家了，我们也不知道是怎么回事儿。过几天才知道，上级有指示，十八岁以上的学生不能再念书，要回乡支援农业。现在想，当时他们心里不定怎样难受呢。

自上学以来，我的学习成绩在同届中总是名列前茅。但在五年级后半年，有一个同学有时考试成绩竟然会超过我。我当然不服气。于是每次考完试，我都先去看他多少分，结果是我们俩各有胜负。这样持续了两个多月，我终于击败了他。有一次三个乡会考，我三门成绩拿了三百分，名声大震，我也得到一块三角板、一瓶墨水的奖励。

临毕业时，袁老师对我说，要争取在升初中考试时拿第一，我也觉得问题不大。可考试时考砸了，数学考了一百分，语文题的第四题是《劳动的开端》一课的主题思想，我忘了"表达了作者对旧社会的憎恨"一句。作文题是《毕业的感想》，本来临毕业时就做过，而且我的文章还成了范文，可考试的时候，我想，还写原来的东西有啥意思呢？于是现构思现写，分数一定不高。录取通知书下来了，我在三个乡里只考了第十七名，辜负了袁老师的期望。

就这样，我小学毕业了，遗憾的是，由于家穷，连一块钱一张的毕业照都没要。

四、初中

那天中学开学，录取通知书上说，新生每人交五块钱学费，五块钱书款。

我没有钱，也不敢跟父亲要，因为我知道父亲没钱。我就一声不吭坐在檐下台阶上生闷气。九点多了，我想学校里不定咋热闹呢——新生个个喜气洋洋，交完钱去领书，坐在教室里说笑着。想到这儿，我的眼泪流下来了。母亲说："你先去，以后再交。"我可不敢，要是叫老师撵出来，多没面子啊！后来，大姐打开柜子，翻出一双新做的布鞋，从里面摸出十块钱，说："先把这钱拿去吧。"我接过钱，高高兴兴上学去了。

我们的班主任是新分配来的，还没来报到。于是我就三天打鱼，两天晒网，抽空在家开荒地，学习成绩很快就落了下来，尤其是代数。书上让把下面的代数式写成代数和形式，怎么还有减号呢？我搞不明白，第一次知道了什么是不会，好在别的科还可以。

第一次露脸是开学后第一堂作文讲评课。语文老师，也就是我们的班主任，把批完的作文本拿进课堂，批评了一阵，说写得都不好，只有一篇还不错，没想到不错的就是我的文章。老师让我朗读了我的文章，并让我当了语文科代表。那时候我歌唱得不错，又当了音乐委员。记得第一学期的演讲会，我演讲的题目是《亡羊补牢》，结果获得了第一名，初三的贾玉荣获得了第二名。

当时，正值三年困难时期，很多同学纷纷退学。由于我家离学校近，在家吃在家住，所以坚持了下来。到初三时，我们班由初一时的六十四人减少到二十九人。初二这一年，我满十四岁了，摘下了红领巾。我细心地把它叠好、抚平，放进柜子，心中不免有些酸楚：我的少年时光结束了。别了，我的红领巾；别了，我的少年时代！

初三上学期，老师就告诉大家中考只考语文、数学、政治三科，可是我的数学成绩很不好，怎么能考上高中呢？努力吧！心想努力，但也没见多少行动，可成绩还真上来了，终于考了个中上等。那个时候，我们班没有一点儿学习风气，谁也不学。

报升学志愿了。报什么呢？高中全自费，自然念不起；报师范吧，有助学金，我也挺乐意当老师的。跟父母一说，父母也乐意。于是填报了师范，决定了我一生的命运。

考试那天，下大雨。我坐在最后一桌，心里挺郁闷。第一科是数学，答得真糟！前边有几道简单的题忘答了，后边一道大题是一个圆，给了直径长，由直径端点到圆周有一条弦，与直径的夹角是 60 度，求这条弦的长度。我由于缺课，不知道半圆上的圆周角等于 90 度这个定理，就试图从相似形的角度去证明。证了老半天，也求出了结果。但后来想，可能不会得分的。下午考语文，作文题目是《我受到一次深刻的教育》，这是以前写过的，而且我的文章还做了范文，轻车熟路，一会儿就交卷了。第二天考政治，天气很晴朗，那些试题都是早背熟的，如果老师给的答案不错，肯定得 100 分。后来才知道，政治得了 100 分，语文 85 分，数学只考了 64 分。还好，再多答一分就成二百五了。

毕业后，我的情绪很低落——数学没答好，心想指定考不上，一天到晚闷闷不乐，白天割点儿青蒿子，晚上发愁。有一天，护校的堂弟回来告诉我，老师让我去取通知书。我想，这是不可能的，就说什么也不去。弟弟说这是真的，我还是不敢相信，非得让他给我取回来不可。他说老师让你自己去取。没办法，勉强挪动了脚步。走到半路，我又站住了。不行，要是老师看错名字了，考上的不是我，是别人，我不得晕倒在那儿啊？最后还是让弟弟给我取回来的。

通知书上说8月15日开学。父亲赶紧给我办理户口、粮食关系，母亲开始抹眼泪了。

这一年，我们班就我一个人考上了。

五、师范

我要到离家二百多里的凌源去读书了，快趁没开学多干些活儿吧。于是天天去割青蒿子，好晾干烧火。又去三十多里外的大姐那里一趟，大姐给我买了一双球鞋，送我一条旧线毯，又给我三块钱。一切都准备好了，就等8月15日开学。没想到下了一场大雨，班车不通！录取通知书上说，开学一星期不报到者取消入学资格，可我实在是不能如期报到，于是请了五天假。五天过去了，班车仍然无望。父亲便向生产队借了一头毛驴，让存成哥从小路送我。

真凑巧，刚走到公路边，临公社的三个同届同学从西边过来了，也都牵着毛驴由家长陪同。他们说由县城去凌源的班车可能要开通了，还是去县城吧。于是都在我家住了一宿。第二天，恰好有三辆拉干草的大车去县城，跟车老板说说，我们就坐车走了。中午，在喇嘛洞集市上吃点儿饭接着走，没走出三里地，大雨瓢泼般落下来，一个个浇得落汤鸡似的。晚上住在一个离县城十里远的大车店里。第二天早起赶到县城，果然通车了，虽然是一辆大卡车。堂哥说："你们也有伴，我就回去了。"那天天很热，晒得人头痛，心情又不好，半路我就晕车了，从此就落下了晕车的毛病。

　　到了凌源，我们三个人雇了一辆小驴车，每人四角钱。到了学校，已过正午。报到后，总务主任领我们去食堂吃了饭，就各找宿舍了。宿舍是三间房的大屋，南北两溜板铺，就像家里的大炕。在北铺第三个位置，我找到了自己的名字。下午和同去的两位女同学上街，花八角钱买了一个饭盆，花五角二分买了一个鸭蛋青带蓝边的牙缸，很漂亮，直到现在还用着，已经整整四十五年了。那天晚上，满宿舍没有一个认识的人，我有如离群的孤雁被遗弃在荒滩，初生羔羊迷失于旷野，孤独至极。走出宿舍，想去找那两个女同学，可是有两个女宿舍，不知她们在哪个，就是知道也不敢去找。我一个人站在甬路边的桑树下，默默流泪。灯火明亮的窗子里传出阵阵笑语，使我更觉凄凉，就像五岁那年去舅舅家那天晚上一样，六神无主，难过极了。第二天，我赶紧写信给家里报平安，说这里一切都好。这所学校，比我的母校差远了，荒凉破败，连操场都没有。教室外就是高粱地，风一吹，沙沙作响，真是"其声萧条，其色惨淡"，不由得你不想家。后来一读到郭小川的"秋风像一把柔韧的梳子，梳理着静静的团泊洼"，我眼前就立刻浮现出当年的情景。

　　一个星期后，家里回信了，是二姐写的。打开一看，眼泪像决堤的洪水，簌簌地冲泻下来。二姐信中告诉我，一定要吃饱饭。可是搁什么吃饱哇？一天一斤粮，早晨一碗粥，中午和晚上是两个窝窝头，酸了吧唧。菜秋夏是茄子，冬春是白菜，初夏之交偶换菠菜汤，四年都是如此。你想，一个月只有九块钱的伙食费还能吃啥？最难过的是星期天，只有两顿饭，早八点下午三点。在学校待着有些无聊，去逛街又累得走不动道。不到两点，就一遍遍跑到办公室去看时间。夏天，下了晚自习，天还亮亮的，躺在床上肚子咕咕叫。可就是这样的伙食，却没有影响我长个儿，入学时一米五六，第二年一米六二，第三年一米七二，毕业后长到一米七八，由第一排坐到了最后一排。连做饭的师傅都说："数你长得快！"

由于想家，我的数理化成绩一塌糊涂，唯有音乐和语文出类拔萃。上语文课，我经常代表小组发言，有一篇作文被省教育厅牛厅长看到，大加赞扬，到全省各校去讲。我的识谱能力全校第一，音乐老师也鼓励我说已经高于他。也正因如此，我越发逞强，把正处于变音期的嗓子唱坏了，自己都觉得嗓音不堪入耳。放假回家，妹妹说："听到你现在的声音，想起你从前的歌声，我都伤心死了。"

开学后第一个来学校看孩子的，就是我父亲。那是一个星期六的下午，农历八月十八，老师告诉我父亲来了。我急忙跑到接待室去，只见父亲坐在那里，我赶紧把父亲领到宿舍。爸爸给我带来了十几个豆包，两块熟猪肉。我知道，这一定是家人没舍得吃而留给我的。第二天吃完早饭，我和父亲就上街了。父亲对凌源很熟悉，他在三十几岁的时候，就在这里的建华货栈待过几年。在大十字街逛了逛，父亲就领我去看望他的老朋友余永年大叔，叙了一会儿旧，余叔叔让我们去他家，父亲说来不及，不去了。临别，余叔叔给父亲十块钱，父亲不要，余叔叔急了："这么多年没见面了，又不到家里去，就这点儿心意还不让我表示表示？"我知道，父亲领我到那儿去，就是为了给我找一个"保护伞"。星期一早晨，父亲要走了，我送到车站，看着父亲一步步走向班车。我知道父亲已经患病多年，多看一眼是一眼。没想到，这次果然是最后一次看着父亲走路。

1964年12月30日，家里来电报，说父亲病重。第二天我赶紧回家，到家一看，屋里一片昏黄，父亲躺在床上，脸色蜡黄。我含泪叫着爸爸，爸爸睁开眼，轻轻地说："回来了？"我点点头，眼泪止不住地流下来。

腊月十三那天，母亲让我到十几里远的村子去接医生，父亲说："让田头（我堂哥的儿子，和我同岁）给他做伴去吧。"我们去了，可医生不在家，我们就往回走。走到离家还有十几里远的大杖子村，存福大哥急匆匆地迎过来，说："快回家，我三叔不行了，回头驴都烧了！"我到家时，父亲快要入殓了。我失声痛哭，以后没处喊爸爸了！

过完父亲的五七，我穿着蒙着白布的棉鞋回到学校，心里很不是滋味。每天就寝前，总设想着家中的情景：昏暗的屋子，如豆的灯光，忧伤的母亲，忙碌的二姐，幼小的妹妹，是怎样的清冷啊！从此，我患上了神经衰弱。

这四年转瞬即逝，如今岁月的风霜摧弯了我的腰身，衰老了我的容颜，但苔痕愈加清新，星光依旧闪烁。记忆中有快乐，也有痛苦，有温馨，也有凄楚，就是这些星星点点，构成了我青春的乐章。我曾在一首诗中写道，"酸甜苦辣皆有味，抑扬顿挫始成篇"。是的，苦难也是一笔财富。写下这些，是想告诉晚辈，我们曾经生活在怎样的年代，有过怎样的青春，从而珍惜今天，开创明天！

高山仰止

——回忆父亲

　　山，威严肃穆，使人望而生畏；山，崇高仁厚，哺育草木茁生。

——题记

　　小时候，父亲在我的眼里是一座威严高峻的山，望而生畏。那时，我胆很小，怕见生人，就是在外地工作的舅舅来了，我也怕得不敢回家。父亲朋友很多，家里经常来客人，有的不认识，有的虽然认识，但不知如何称呼，也就不敢说话。这时父亲就说了："见了客人连个好都不会问，一点儿礼貌不懂！"客人走了之后，父亲就把我叫到跟前训话，说他去谁谁家，刚一进门，人家的孩子就问："爹，我该叫什么呢？"然后称呼一声，问个好，敬个礼，该做什么做什么去了。我知道，父亲多么希望别人夸我。

　　冬天的早晨很冷很冷，衣服冰凉冰凉的，我就赖在被窝里不愿起来。这时父亲发话了："起来吧！人家老刘家的孩子早就起来拾柴火去了。庄稼人的孩子不勤快点儿行吗？这么懒以后咋过日子？"有时我在外面玩野了，弄得浑身是土，一进门，父亲又要说了："拿笤帚到外面扫扫，土驴子似的。"一天中午，别人都睡觉了，我和二姐睡不着，就学着小剧团演出的节目边唱边逗，正在得意时，只听父亲一声断喝："消停点儿！没看别人睡觉吗？"我们俩立刻噤若寒蝉。我有两个姐姐，一个妹妹，有时也难免吵嘴，这时，父亲就会把我们叫到一起，引经据典地讲兄弟姐妹应该和睦相处的道理，别的都忘了，只记得父亲曾说，"还得几世转弟兄"，意思是说能成为一家人，很不容易，是几世修来的缘分，必须珍惜才是。父亲并不经常打骂我们，但是只要他用责备的眼神瞅你一下，你就会感到毛骨悚然。

我由于成绩好，学习不费力，在小学五年级的时候就开始调皮了。当时教我们的老师叫袁树桐，他的父亲和我的父亲是世交，他经常到我家来，把我的调皮状说给父亲听。有一天晚上，我正在外面玩，二姐找到我，说父亲让我回家，我极不情愿地跟二姐回去了。一进屋，就觉得气氛异常严肃，炕上坐着袁老师、乡里的文教助理李树山表兄，还有贾文清老姨夫和大姐的公公。我立在地上，感到大难临头了。父亲说："今天，你的老师、你老姨夫、你表叔、你表兄都在这儿，你就说说这书你是念还是不念。要是不念，明天就不要上学了，回家放羊；要是念，怎么个念法，今天必须说明白。"我站在那里，一声不吭。"说啊，到底怎么办？不能让这么多人陪你闷一晚上啊！"父亲又催促了。我窘迫极了，书当然是要念的，书里有那么多有意思的故事，学校那么有趣，我的成绩又那么好，老师又那么喜爱我。面对这么大的阵势，唉，没办法，低头吧。于是我嗫嚅着表了态，做了几条保证。这一次，让我真的体会到了马克思回答燕妮的话——最大的痛苦是屈服！

那时我想，父亲就我一个儿子，别人以为很娇惯呢，可是咋那么严厉呢？现在回想起来才认识到，爱之深，责之切，父亲为了我的成长，真是用心良苦啊。

长大一些后，愈加理解了父亲对我们的深爱。

那时候，农村很少有娱乐活动，唯一盼望的就是每月一场的电影。当时电影是在区政府的大院里放的,要买票才能进去,票价是大人一角,学生五分,真是很便宜的。可是家里没钱啊!父亲那时已经得病,只靠母亲挣点儿工分,连口粮款都不够,哪有闲钱看电影呢?所以我们从来不敢向父亲要钱买票。但是父亲总是想法抠出点儿钱来满足我们的愿望。我们说:"爸,你也去看看吧。"父亲说:"我不愿意看,再说也得有人看家,你们去吧。"也就是在那时候,我看了很多电影,什么《草原上的人们》《三个母亲》《智取华山》《二度梅》……多少年之后,父亲去大姐家,看了一场《三打白骨精》,回来说:"电影真的很好看。"可是再演电影的时候,他还是不去。我们知道,他是舍不得钱——本来就没有钱啊!父亲去世几年后,大姐说她做了一个梦,梦见县剧团来我们乡里演戏,大姐和几个同事去看戏,发现父亲站在剧场外面。大姐问:"爹,咋不进去呢?"父亲神色黯然,叹息着说:"没钱啊。"说到这里,大姐哭了,我们也都哭了。梦,是现实的影像,父亲忍受了多少忧伤和痛苦啊!

父亲在1955年就患病了。在我的印象里,不记得年轻健康的父亲。那时家里没有男劳动力,只靠母亲出工挣点儿工分,生活十分贫困。1956年,大姐小学毕业,正好那一年家乡成立了初中,但大姐没能去念,尽管大姐当时是全校闻名的出类拔萃的好学生。1962年,二姐初中毕业,当时正是三年困难时期后的调整巩固阶段,所有中等专业学校全部停止招生,只有高中可上,而高中是收学费的,绝对念不起,二姐只能辍学回家参加劳动。1964年,我初中毕业了,父亲说我身板单薄,干不了重活儿,还是上学吧。于是我就报考了享有国家助学金的师范学校。开学的日期到了,可是由于下大雨,班车不通,父亲从生产队里借了一头毛驴,让存成大哥送我。临走那天中午,吃的是小米干饭（粮食紧缺，平时总是喝稀粥的）。吃了几口饭，父亲哭了，这是我第一次看见父亲流泪。父亲的朋友劝父亲说："孩子考上学是好事，别人想去还去不上呢，应该高兴才对啊。"父亲说："不惦记别的，他从小没离开过家啊。"我和大哥赶着毛驴上路了，回头看见全家人都站在大门口目送着我，我的眼泪涌了出来。

  第一位来学校看望孩子的家长就是父亲。那是农历八月十八，星期六。午后第二节课下课后，团委书记尹连峰老师告诉我，说父亲来了，在接待室里。我赶忙跑去，看见父亲坐在屋里。见我进去，父亲站起来，仔细地看着我的脸。我把父亲带的包拿起来，领父亲回到宿舍。父亲打开包，拿出带来的豆包和熟猪肉，说："家里那只猪几天不吃食，怕是有病了，就杀了。"父亲一边看着我吃，一边仔细地问我的生活、学习情况，我一一回答，当然省略了一些不如意的事。那天晚上父亲和我紧挨着睡了一夜。星期天，父亲领我上街去。对这个地方，父亲比我熟悉，他曾经在这里的建华货栈工作过几年，我出生时父亲就在这里。将近中午的时候，爷儿俩在小吃部吃了点儿煎饼，喝了碗豆腐汤。吃完饭，父亲领我去物资公司，那里有他早年的一位朋友，叫余永年，我该称四叔。多年不见的老朋友见面，自然是异常亲切。寒暄之后，父亲把我介绍给叔叔，告诉我如果有事，可以找叔叔帮忙。叔叔请父亲去他家，父亲说不去了，还有事要办。临走，叔叔给父亲十块钱，父亲百般推辞，但盛情难却，还是收下了。第二天，父亲要回家了，我把父亲送到车站，目送着父亲走向班车。心想，父亲拖着带病之躯跑这么远的路来看我，多么不容易啊！我凝视着父亲的背影，要把这一幕刻在心里，父亲已患病多年，谁知道还能撑几时呢？果然，那是我最后一次看到父亲走路。

那年 12 月 30 日,我接到家里发来的电报:"父病速归。"第二天早上,我心急火燎地坐上回家的汽车。回到家里,只见屋里一片昏黄,父亲盖着被子闭着眼睛躺在炕上,脸色蜡黄,我的眼泪簌簌地流下来,喊着:"爸,我回来了。"父亲睁开眼睛,看了看我,又闭上了,两颗泪珠从眼角溢出来。父亲脸色蜡黄,肚子很大。在当地享有盛名的私医沈先生说是大肚子病,开了些汤药,但总不见效。后来听说离我家十几里的大杖子村有个王先生,医道不错,于是决定找他给看看。腊月十三那天早晨,我去接王先生,父亲说:"路很远,让田头(和我同岁的本家侄子)给他做伴去吧。"吃完饭,我们俩拉头毛驴就走了。到村里一打听,王先生不在家,于是我们就往回走。走到大杖子村头,存福哥迎面匆匆走来,说:"快回家,我三叔不行了,回头驴都烧了!"我一听,脑袋里嗡的一下,知道父亲不行了(我们这里的风俗是男人快去世时,要趁人未咽气就烧纸糊的驴,以便死者骑),就赶紧往家走。

　　到家时,只见父亲的遗体躺在门板上,头顶点着长明灯,我失声痛哭。不一会儿,父亲就入殓了。在下葬的前一天晚上,我打开棺材盖和父亲做最后的诀别。我看见父亲的脸色比活着的时候好看了许多,额上的皱纹舒展开了。是啊,摆脱了所有的烦恼和病痛,也许是一种解脱。父亲生于 1910 年,历经了辛亥革命、军阀混战、日军肆虐、解放战争、土地革命、三年困难时期、病痛的煎熬,没有过过一天安稳的日子,这回总算解脱了,虽然带有诸多的遗憾。墓地是父亲生前自己请来阴阳先生查看的,就在村西的台子地,背靠长满松树的青山,前面有一条常年流水的小河沟。阴阳先生说这地方不错,儿孙会长相俊美,并且吃官饭。爸爸,为了晚辈的幸福,你真是费尽心血,操劳一生啊!当我从墓穴的四角各抓了一把土揣进怀里往回走的时候，我觉得一座大山崩塌了。

只爱自己的人，是自私的；只爱自己家人的人，是狭隘的；只有爱身边所有的人，才是仁厚的。从这点来说，父亲称得上是仁厚的长者。

父亲那辈兄弟五人，父亲排行老三。树大分枝，人多分心，一旦有人生了私心，就不宜再在一起过了，于是决定分家。可是爷爷却抹起了眼泪，父亲一看，把四叔五叔叫到一块儿，说："咱不能让爹哭天抹泪的，咱小哥几个还是一起过吧。"就这样，由父亲当家，小哥仨又一起过了。

二十来口人的大家庭并不是很好管理的。为了把日子过好，除了种地之外，还要到附近几个集市卖饭，经营切糕、油炸糕、片儿汤等多种小吃，兼做小生意。男人忙外，女人忙内。四婶有病，干不了活儿，五婶也不好好过日子，家里的活儿，主要落在母亲肩上。父亲说："我是当家的，你就得多干点儿了。"日子一天天地红火起来，又置了一些地。几年后，爷爷去世了，葬礼之隆重，在当地是不多见的。

爷爷去世后，分了家。父亲对两个弟弟说："房子和地，你们自己挑，剩下的是我的。"就这样，别家的土地都比我们家多，别家都分有房子，我家自己买了别人家的两间茅草房。母亲有时抱怨："张罗这么多年，别人还以为存多少钱呢，连一个好棉花套子都没落下！"父亲就是这样，宁可自己吃亏，决不亏待别人。

五叔和五婶感情不和，就出门做生意去了。在这段日子里，五婶和一个长工勾搭上了。一天，父亲问母亲："我看他老婶的肚子见大了，你问问是谁的孩子。"母亲自然不愿去问。父亲说："老五的脾气你不是不知道，他回来发现了，不得打死她啊？这是对两家都没好处的大事啊！"母亲一想也是，就问了五婶，五婶承认了。于是父亲找来了五婶的亲戚，讲明了利害关系，五婶的亲戚就把她领走了。父亲又自己花钱，给五叔娶了后来的五婶，肯像父亲这样对待兄弟的恐怕很难找到第二个。

我清楚地记得，一天晚饭后，我到当街去玩，大哥的大儿子田头也光着膀子在玩，坐在院墙外石头上的父亲把我招呼过去，说："把你的汗衫脱下来给田头。"父亲的话我是不敢违拗的，当场脱下穿在田头的身上。

父亲朋友很多，拜把兄弟就不下十几个，大都是生意人，但也有一个姓王的国民党军营副。有一天，一个穿着军装的人在我家的墙外往里望，父亲就问他有什么事，他说："我跟别人打听本地谁好交好为，都说是您，我想认识认识。"父亲把他请进屋，唠得很投缘，他叫父亲三哥，我们叫他大叔。他是四川人，我们第一次吃到的橘子就是他给带来的。在这之前，国民党的军队从我们家乡路过，找到父亲让管饭，父亲说："家里的女人都不在家（听说过兵，妇女都躲到亲戚家去了），没人做，有早晨做的现成的小豆腐，将就着吃吧。"这些兵一听，大发雷霆："你拿猪食喂我们啊？"接着就是拳打脚踢，把父亲打个半死。结识了王营副后，再过军队，他就事先来告知父亲："三哥，明天又过兵了，躲一躲吧。"看来，啥时候都有好人。

在我的印象中，我家的客人最多。村里的大人孩子都愿意到我家来串门。大人来了，父亲把烟笸箩往炕上一放，就坐在火盆边陪着唠嗑；孩子来了，不管咋闹，父亲也不厌烦。尤其到了集日，亲戚朋友来赶集，总要先到我家，一天不知要管几桌饭。要是现在，倒不算什么，可是那时口粮不足啊！母亲做饭很为难，没有多少粮食，就多熬菜吧，好在院子里种了些蔬菜。摘几根黄瓜用酱拌一拌，炖点儿茄子土豆盛上去，白菜里放几根粉条，就是一顿了。母亲很会做吃的，客人吃了都很满意，但哪里知道其中的艰难啊。有牵着毛驴来的，父亲还得让大姐和二姐去给驴割草。特别是几个凌源的朋友，五天里要在我家住三天，要管吃管住。我家是一间半的屋子，中间的大柁上挂一副幔帐，客人睡在炕梢。父亲怕他们受凉，就让大姐或二姐给烧炕梢的炉子，冒出的烟熏得人直流眼泪。但父亲热情不减，客人也乐在其中。

1958年，社里让父亲去内蒙古买马，父亲想自己也顺便买一匹，或许能挣几个钱，于是和朋友借了几百块钱，买回了一匹小马。人要是倒霉什么坏事都摊上，回来不久，小马就生病死了。村里人把小马烀熟了，让我家去取肉，父亲不让我们去，躺在炕头用手支着头默默无语，我理解父亲的心情，怎么忍心吃那肉呢？欠下的几百块钱，大多数朋友都说不要了，只有一份，是我上班以后还上的。

父亲胆小怕事，不图富贵显达，只图安稳度日。新中国成立初期，区里找父亲当干部，父亲坚决推辞；推辞不掉，只答应做文教助理，等把小学校筹建起来后，又不干了。从现在的角度看，父亲实在是迂腐。父亲本来读书不多，儒家"仁义礼智信"的传统观念却根深蒂固。他经常给我们讲忠孝节义的故事，我印象最深的是"羊左之交"的故事。细想想，这些思想虽已不合时宜，他却当成立身行事之本，在当地赢得了很高的声誉。父亲去世后很多年，一次，我的妹夫在班车上听人（那人并不认识我妹夫）说到父亲："李殿忠，那可是好人哪，仗义疏财，屈己待人，可惜死得太早了。听说人家的后人都不错，积了德啊！"

父亲要是活着，今年该是一百零九岁了。他那高大的坟墓就像一座丰碑，耸立在青山东麓；那令人尊敬的形象，永远矗立在子孙后代的心中。山，是威严的，也是宽厚的。严寒酷暑，不改其仁，雨打风吹，难折其骨。父亲是在困苦忧虑中去世的，但今天我要告诉您：放心吧，爸，你的子孙都已成人，过上了安稳的生活。"高山仰止，景行行止"，我们一定会秉承您的心志，正直做人，踏实做事，绝不会辱没了您！

我的母亲

好几天没写东西了,倒不是因为没有什么可写,只是有一种沉重的情感压在心头——尽写些闲情逸致之类的东西,最该写的却没写!我简直有一种负罪感。为了赎罪,也为了完成一个心愿,今天拿起沉重的笔,痛苦地写下下面的文字。

引 子

跪在母亲的灵前刚磕完三个头,就听见一声:"起!"母亲的灵柩被抬起了。我被人拉起来,摔碎了烧纸的瓦盆,退着走了一百步,送灵开始了。

农历二月十六,春寒料峭,天上飘着雪花,我的心像这天气一样冷,眼泪好像冻在脸上。来到墓地,我下到墓穴,从墓穴四角各抓了一把土揣进怀里,二叔把我拽上来,扶着我往回走,叮嘱我不要回头。

我茫然地走着,我所听过的和经历过的有关母亲的片段,渐渐融成了一片……

一

母亲是个苦命人。

母亲三岁死了妈，十一岁死了爹，十五岁来到我家，父亲比母亲大六岁。

当时我家是个大家庭，父亲兄弟五个，父亲排行老三。后来兄弟中就有贪图享受不出力的，只好分家，爷爷非常伤心。父亲说，为了老爹高兴，咱们小哥仨还在一起过吧。

你想，二十几口人的大家庭，得有多少家务事啊。可是四婶有病，五婶也不是一个好好过日子的人，男人们都只是忙外头，不管家里的事，家务重担主要落在母亲一个人身上，真是五更起，半夜睡，可母亲毫无怨言。她知道，父亲当家，自己就得多做，别让旁人说闲话。

母亲二十九岁那年，出了天花，浑身起水疱，昏迷不醒二十多天，每天只是大姐给喂点儿水。当时缺医少药，只按偏方嚼点儿苏子，那该是怎样的痛苦啊！谁也没想到，一个多月后竟渐渐好起来。每天起床后，母亲从床上扫下的疮痂简直有一碗！

二

我记事的时候已经进入农业合作化时期。父亲患了病，不能下地干活，父母的角色就调过来了——父亲烧火做饭，母亲下地干活儿挣工分。正月就挑豆种，接着就是抬粪、点种、栽秧，夏天拔苗、锄草、打药，秋天割庄稼、掐谷子、扦高粱、扒苞米，冬天还得倒粪……特别是1958年"大跃进"时期，不但白天劳动，晚上还经常搞夜战，母亲为了多挣点儿工分，一天工也不误。须知我的母亲曾缠足啊，上山下岭，风里来雨里去，该有多么不容易！

母亲是个本分人，也是个要强的人。白天干活回来，晚上还得缝缝补补，给我们做衣裳。我清楚地记得，吃完晚饭，我们钻进被窝睡觉了，母亲在炕梢上扣一个瓦盆，点上油灯，一声不响地做针线，一做做到后半夜。冬天，天气冷了，我们买不起新布做厚棉裤，母亲就趁我们躺下后把我们的薄棉裤拆了，洗净，用火盆烤干，再重新做。第二天早晨醒来，厚棉裤已经压在我们的被子上了。就是靠母亲的双手，我们家人总是穿得很体面，从未光过、露过，别人家的孩子都很羡慕我们。

三年困难时期，好些人都在挨饿，我家更甚。因为缺少劳动力，工分少，分的粮食就少，可是母亲很会调理。春天，采来嫩猫爪、洋槐花，掺上一点儿苞米面，放些盐，用锅一蒸就是香甜的主食；捋些杨树芽一炸，蘸着酱吃，清爽可口。夏天，捡些杏仁儿，用磨磨细，多添点儿水，放些土豆、豆角，熬成粥，香极了，就是放在现在，也是难得的美味。南瓜梗、南瓜花炒熟后，别有风味。秋天，地瓜梗、梨树叶炸熟蘸酱，小白菜、萝卜丝熬汤，就着地瓜，吃起来也很美的。特别是母亲蒸的地瓜，挨锅的一面煲出金黄的锅巴，软软的、甜甜的，吃撑了也吃不够。冬天，有萝卜、白菜、土豆、南瓜，还有夏天晾好的干豆角、茄子蒂，腌好的芹菜根、辣椒叶，也挺丰盛的。来的客人都夸我家的饭菜好吃。在那样的年月里，我们还能过得有滋有味，全靠母亲的一双巧手。

三

1964年，我初中毕业，父亲说我不是干活的料，还是上学吧。可是家庭生活困难，高中是念不起的，就考师范吧，于是就念了师范。

就在那年的12月30日，我接到了家里发来的电报，说父亲病重。第二天，我赶紧回家，原来父亲已经卧床一个多月了，怕影响我学习，一直没告诉我。腊月十三那天，父亲去世了。全家人觉得好像天塌下来了，那个年，全家人是在眼泪中度过的。过完父亲的"五七"后，我又去上学了。

放暑假回家，我一下车就看见母亲挎着一筐豆角从自留地朝车站走来，她知道我这天回来。我发现母亲黑瘦黑瘦的，满眼凄凉。我攥住母亲的手哭了，母亲也泪流满面。进了屋，只见四壁暗淡，满眼萧条。母亲赶紧做饭，我边哭边帮母亲拉风箱。我知道，父亲去世，我在外念书，给母亲的精神带来多大的打击。母亲说："你一回来，我心里挺欢喜，可一想到过几天你还得走，高兴劲儿又没了。""做饭时一烧你放假时割的柴火，我心里就难受。""有时想起你来睡不着觉，起来一坐就是半宿。"唉，我很愧疚，我让母亲操了多少心哪！

四

1965年，大姐一家搬来我家住，姐姐姐夫都在供销社上班，家里的生活就稍稍好了些。可母亲的劳动量就更大了，除了每天要做十几口人的饭菜，还得带三个孩子。这对于五十多岁的母亲来说，实在是够忙活的，好在有二姐帮忙。大姐在家住了五六年，直到1970年盖了新房才搬出去。

1968年秋，我从师范学校毕业了，分配在家乡的中学工作。每月三十元零五毛的工资，虽然不算高，但还是稍稍缓解了一点儿经济压力。母亲抽烟，以前买不起，有时就抽最便宜的脚叶子，甚至把烟梗子压碎了抽。我既然挣钱了，就不能让母亲再抽那样的烟了，买点儿好一些的，母亲还不让，嫌费钱。

我结婚后，陆续生了两个儿子。记得第一个孩子刚落地，母亲赶紧去厨房煮鸡蛋,我看见母亲哭了。我知道为什么,她想起父亲来了。"如果你爸还在,看见抱了孙子,不知怎么高兴呢!"这是母亲后来说的。

母亲很疼爱我们和两个孙子。妻子白天要去生产队干活,母亲既要烧火做饭,又得带孩子。孩子不愿在屋里待着,母亲就得领到外面去玩。孩子爱跑,母亲还得颠着小脚在后面追。一个春夏下来,母亲累得又黑又瘦。有时我给母亲买点儿或别人送点儿好吃的,母亲从来舍不得自己吃,总是留给孙子和我们。

当时全家就我一个人吃商品粮,细粮很少,一个月也难得吃上两顿,我觉得对不起母亲。大姐家全吃商品粮,伙食较好,可母亲不大去。即使去串门,一看到做饭时候了,母亲就赶紧走。如果不是大姐执意挽留,她绝不肯在那儿吃。母亲是个非常自尊自重的人。

五

多年的艰辛劳累,终于使母亲积劳成疾。母亲患了多种病,最严重的是肺气肿。连续几年,一到冬天就得住院。前几次,住十天八天就好了。在医院里,看母亲的病情一天天好转,我也伺候得越来越高兴,竟会觉得伺候病人也是一种幸福。

1986年正月下旬,母亲又住院了,住了十几天,仍不见效。医生对我说:"这次你母亲的病不比往年,生命指标全面下降。"我一听,心一下子沉了下去。于是,趁母亲精神好些的时候,多和母亲说说话,尽量挽留住这最后的时光。

最后的时刻终于来了。农历二月十四,快到中午的时候,母亲开始大口大口地喘气,医生赶紧挂上点滴抢救,可还是平息不下来。不知是谁说的,快把两个孙子找来。到底谁去找的,我也不记得了。不一会儿，两个孩子跑进病房，拽住母亲的手，哭喊着："奶呀！奶……"母亲努力睁开了眼睛，盯着两个孙子，断断续续地说："这回……你们就……没有奶了！"过了这些年，现在我写到这儿，眼泪仍然止不住流了下来。

老叔说："还让你妈死在外头哇？抬家去吧。"我执意不肯。医生说："抬家去吧，没有希望了。"我举起点滴瓶，二姐抱着氧气袋，哭着回家了。医生也跟着去了。

整整一宿，母亲处于昏迷状态，我还喂母亲几口糖水。第二天早晨七点，母亲一直喘气，样子痛苦极了。老叔说："快穿衣服！"我坚决不让。老叔把我扒拉到一边，呵斥着说："让你妈背着炕走吗？"母亲被抬了下去，安置在搭好的门板上，头顶点上了长明灯……

临出灵的前天晚上，打开棺材做最后的告别。我看见，母亲和生前一样，静静地躺在那里，慈祥、端庄……

母亲的葬礼很隆重。请了鼓乐，扎了纸扎，来的人很多。大家都悲哭着——她对大家的爱得到了回报。

母亲离我而去三十三年了，我一时一刻也忘不了母亲。每年的清明、七月十五、十月初一、过年前，我都去给母亲上坟，没等从家走，泪先流出来了。到墓前化过纸后，给母亲点上一支烟，我也吸上一支，在心里和母亲做默默的交流。我明白，这对母亲没有任何用处，但我，只能如此而已。

我愧对母亲，没能让母亲生前享一天福，却从母亲那里获得了无尽的爱，我深深地体会到"子欲养而亲不待"的遗憾。聊以自慰的是，母亲生前，没有让她寂寞过。

母亲走了，没有带走任何东西，却把一生都给了这个家庭。母亲确实只是一个平凡的妇女，但她的内心世界却非常丰富和美丽。我敢说，母亲是一个最完美的母亲，最伟大的女性！她的端庄、温柔、贤淑、善良、勤劳、质朴,将永远存留在我的记忆里,存留在后代人的脑海中!

愿天国的光辉照耀着母亲!

愿母亲的恩德泽被后世!

漏　哥

　　四叔后娶的四婶是个寡妇，她原来的丈夫死后，生下一个儿子，由于是个"梦生"，所以取名"漏头"。儿子本来没有随娘改嫁，而是跟他叔叔过，但一个十几岁的孩子怎能离得开母亲呢？而且他家离我们庄只有十几里路，所以常住在四叔家。

　　他比我大两岁，我叫他漏哥。记得他很能说，也很能玩。夏天玩水，他说他家那儿水可深了，鱼也多；冬天去掰松树皮，他说他家那儿松树皮好，净像影人头的。他还从他家给我家挖来一棵李子树，一株芍药花，栽在我家后院。我很佩服他，简直有些崇拜。

　　一年春天，很多小伙伴都在我家院子玩，我叔伯大姑的女儿焕荣新买了一面小镜子，大家觉得很新鲜，传着看。当漏哥看完传给我时，我没接住，镜子掉在地上摔碎了。我不知道焕荣是没看清还是故意的，硬说是漏哥弄的，也不听漏哥分辩，就找四叔四婶去了。我由于心虚，没敢跟去。

　　晚饭后，下起了大雨。我听见四叔四婶在当街喊："漏头——漏头——"我知道，漏哥没敢回家。第二天，再也没看见漏哥。

　　一个多月后，大姐的同事给大姐来了信，说是我去了他们家，借了几块钱走了。大姐纠正说不是我，猜测是漏哥，以后漏哥便杳无音信。

　　我非常内疚，心想，当时如果敢承认是我弄掉了，何至于此呢？从此，这件事成了我心上一个沉重的负担。

　　十几年后的一天，漏哥突然回来了，精神很好，穿戴也很整齐。我问他这几年到哪儿去了，他乐呵呵地说，跟县剧团跑了一年多，后来就去了黑龙江，现在在大庆油田开车呢。我说了当时的情况，他却满不在乎，说小时候真有意思。

　　我很庆幸，一方面为他，一方面为我自己。如果他离家后沦为乞丐或成了流氓，甚或挨饿而死，岂不是我的责任？

　　事情已经过去很多年了，可我总是难以忘怀。一个人做了错事，会造成多么严重的后果呀！

　　愿漏哥一生平安！

过年的"意思"

临近过年的时候,同事们都说现在过年没啥意思,我也觉得的确没啥意思。我想,大概是因为人老了,心木了,没有什么企盼了。可没想到连小孩子也这么说,这倒让我有点儿奇怪——年,曾经对童年的我有过多大的吸引力呀!

那时候,过完八月节就盼过年了。腊月初十一过,年味就荡漾在小山村了。各家陆续地开始做冻豆腐,预备蒸豆包吃。

做完冻豆腐,就开始淘米了,这是过年的重头戏:先定下淘多少,多少斤黏米,多少斤黄米;去集市上买来姜黄,一图豆包颜色好,二图吃起来有清香味;那米,至少要淘五六遍,水不清不算完;淘完,拌上姜黄,再用开水浇一遍,据说这样蒸出的豆包才亮堂,吃起来才筋道。然后就到碾坊去轧面了。经碾轱辘一轧,黄黄的米立刻便成了淡黄的面,嫩嫩的、黏稠稠的,用麻笤收下来,拿到笸箩上去筛,那细细的面如烟似雾地飘落到笸箩里,像白雪铺满大地。碾坊里,嗒嗒的马蹄声,噼啪的筛面声,奏响了欢快的春节序曲。轧完面,就开始和面,大缸摆在炕头,大瓷盆放在一边,把面舀进瓷盆,往里倒水,那水滚烫滚烫的,和面的人累得浑身是汗。水要浇得正合适——浇多了,面稀,没法做;浇少了,面太干,做不动,也影响黏度。女人开始烀豆馅儿了,一忙大半夜。整粒的小豆烀出来是红色的,去掉皮的,蒸出来是雪白的,格外清香。

第二天，早早起来，先看看面发好了没有，再揉一遍。简单地吃点儿饭，大人用秫秸比量好锅的大小，让孩子去借抹布，大人开始搭案子。案子有半腰高，上面铺上新炕席，准备摆放熟豆包。晌午时，帮忙的人都来了。一人烧火，一人捡生豆包，一人捡熟豆包，六七个人坐在炕上围着桌子做。噼里啪啦的拍皮声、说笑声响成一片，那才是真正的谈笑风生。小孩子最乐意干的是往豆包上打红点儿，用六根细秫秸尖捆成一束，酒盅里放点儿棉花，蘸点儿红颜料，戳在豆包顶上，就像一朵朵盛开的梅花。

下午三点多钟，第一锅蒸出来了。先给祖宗、神灵上供，豆包、供菜摆得整整齐齐的。我最喜欢那盘粉条了，那是用油炸过的，屈曲盘旋，状似龙须，我想一定很好吃，然而从来没吃过。然后就去给邻居送豆包了，端着一碗黄亮亮、热腾腾的豆包，进院就喊："老婶，给您豆包。"送者不无得意，受者满面春风。晚饭开始了，由于活忙，又占着锅，并没有多样的菜，白菜、粉条、肉片、冻豆腐一锅炖，大家吃得热热闹闹，开开心心。

晚上九点钟左右，人累了，也有点儿发困了，大人就开始讲故事。四叔爱讲《巧奇冤》，大故事套小故事，老故事引新故事，环环相扣，引人入胜。老叔爱讲鬼故事，听得人毛骨悚然，炕沿的人往炕里挤，炕里的觉得后脖颈凉飕飕的，似乎鬼在隔着窗纸吹风，孩子们吓得钻进大人的怀里。这时，懒得干活、最会评论的二大爷来了，吃了两个豆包后开始评论："这豆包是真好，又黏糊，又筋道，颜色也好！"他是最会讲故事的人，什么《封神演义》《东周列国》《隋唐演义》《杨家将》《包公案》无所不通，大家绝不会放过他，得一直讲到蒸完。十一点多钟，最后一锅蒸完了，各自带上几个豆包，打着哈欠回家了。

第二天早晨，不等太阳出来，就开始收拾豆包了。经过一夜的冷冻，豆包冻得硬邦邦，从案子上收起倒进缸里，那声音就像演奏木琴，叮叮咚咚，远胜过残荷听雨、雨打芭蕉，倒真似"大珠小珠落玉盘"，悦耳极了。

我们的豆包不仅好看，而且好吃。锅底熬菜，上面放一个用秫秸做成的锅圈，现成的豆包摆在上面，一会儿，饭菜都熟了。那豆包底下煲出锅巴，又软又脆，吃起来甜丝丝，很筋道。正月开学时看到外地同学带的豆包，那叫什么豆包哇？蠢大黑粗，酸了吧唧，一股脚丫子味，说是豆包，其实就是没眼儿的窝头！就是现在，老家给送来的豆包，还是原来的样，原来的味。吃着它，当年蒸豆包的情景依然生动地浮现在眼前。那也是文化哟！

杀猪，是准备过年的第二个盛典。早早地把水烧开，预备褪猪毛。杀猪人来了，拿绳子进猪圈把猪套住，拽到准备好的长桌上，几个人摁住，杀猪人举起镐头，狠狠地夯下去，吱哇乱叫的猪立刻没声了，随着白刀子进去红刀子出来，猪血像喷泉一样涌出来。家人赶紧用盆子接住，边接边搅和，免得血凝在一起。把猪毛褪完，就挂起来开膛。劈上几斧子，再用刀轻轻一划，内脏就哗的一下垂下来。杀猪人翻肠倒肚，手浸在冷水中泡得通红。孩子们在一旁看着，等着抢猪尿脬——可以吹起来当气球玩。也有人把猪血装在里面，白里透红，也像气球。分解完肉后冻起来，猪头下水挂在厨房屋梁上，年味一下子就出来了。

晚上要请客。三叔、二大爷、七大姑八大姨，都要请到。亲友们围坐在热乎乎的炕上，家长里短，天南海北，一年的心里话全倾吐出来。菜主要是三样：炖猪肉、蒸猪血、酸菜炒瘦肉，酒是不可少的，六十度。一顿下来，十五六斤肉都进肚了。家家如此，年年如此。记得是1961年，老刘家杀了一只猪，去掉头和蹄，只有二十一斤，但请客也是不可少的。那是亲友们增加感情的契机，农村人最讲人情。

　　腊月二十三是小年，要发纸。熬好糖瓜，抹在灶王爷、灶王奶奶的嘴上，为的是让他们"上天言好事，下界保平安"。

　　既然是新年，就要有新气象。家家忙着扫房除尘，房上房下、屋里屋外、犄角旮旯，全要做一次彻底的清扫。然后糊棚，在天棚上糊上新蜡花纸，四角镶上花边，墙壁也焕然一新。接下来，撕去旧窗纸，糊上新窗纸，有的人家还贴上窗花，红红绿绿的，鲜艳极了。早就买好的年画也贴上了墙，山水、花鸟、人物、连环画故事，五颜六色。晚上躺在暖和的被窝里，看灯光把屋子照得雪亮，连觉都懒得睡。接下来的几天，就和伙伴们东家走西家串，去看各家的年画。

　　说起年画，更勾起了我美好的回忆。那时候，我家生活贫困，烟花爆竹之类是不敢想望的，用大人的话说就是，花钱买个吓一跳，不划算。而年画，一毛三一张，一贴新鲜一年。我酷爱这东西，父母也总满足我的愿望。腊月二十一过，我天天到供销社看年画。那年画有几百种，张张惹人喜爱。根据兜里的钱数，几经比较，选定三四张，我心满意足地跑回家。

　　大年终于到了。头天晚上就提醒自己：早点儿睡，明天晚上好守岁！第二天早早醒来，觉得天格外高、格外蓝，阳光也好像格外灿烂。时而传来几声爆竹响，空气中弥散着幽微的火药味。吃完早饭，伙伴们凑在一起，尽情地玩，心情格外好。下午三点钟，晚餐摆出来了，满满一桌子，也是一年中最丰盛的一顿。在祥和的气氛中，一家人高高兴兴，那才叫一个温馨！

　　太阳刚落，所有的屋子都点起了蜡烛（平时点油灯），院子里也竖起高高的灯笼杆，亮堂堂的。新换的祖宗牌、灶王爷和所有的门上都烧上香，屋里的炭火盆生得旺旺的，映着人们兴奋的脸。大人开始包饺子，孩子们提着小灯笼，去各家看放爆竹烟花。新年的钟声敲响了，当——当——热腾腾的煮饺、面条，烂乎乎的猪蹄端了上来。饺子像元宝，象征发财；面条象征长福长寿；啃猪蹄象征挠钱，记住哟，一定是前蹄，往前（钱）挠！

正月初一，不等太阳出来，爆竹声就响成一片了，似春雷，似欢笑。人们吃完了饺子，去各家拜年。见了长辈要磕头，见了平辈要作揖，人人满面春风，个个喜气洋洋。当街热闹起来了，老人聚在一起唠嗑，孩子打尜踢毽，小伙子们踢行头（吹起的猪尿脬外缝一层皮子，状似足球）。大人的脾气变得格外好，孩子也不担心挨骂。

初二，巧手的姑娘、媳妇、老太太开始捏纸花，小伙子开始扎灯笼，准备扭秧歌。锣鼓响起来了，唢呐吹起来了，打扮得漂漂亮亮的姑娘小伙，踩着高跷来到秧歌场，绕着圈子扭起来。八爷扮公子，头上戴着公子帽，身上穿着粉红长衫，手里一柄折扇，走起来斯斯文文。于洪恩大伯扮老太太，脸上打着腮红，额上打着大红印，耳朵挂着红辣椒，手里拿着两根大棒槌，还不时敲两下。大哥扮傻柱子，涎皮赖脸，吐着舌头，围着"大姑娘"垂涎三尺。三哥是一号大挎鼓，高跷踩得精熟，把农村小伙的形象舞得刚健活泼。最惹人喜爱的是殿贤大叔扮的白蛇，他个子高挑，身材苗条，面皮白净，大眼睛，高鼻梁，真是少有的英俊，穿一身雪白的衣裙，漂亮极了。他最能磨，别人都扭上了，他还在化妆。可等他一出来，全场人的眼睛一下子全亮起来！就凭扭秧歌，好几个漂亮姑娘相中了他，最后定下了最漂亮的大婶。

我们那儿的秧歌不只是扭，还唱。一个人唱喇叭腔，两个人唱对口，四个人唱小曲儿。曲目很多，什么《绣灯笼》《盼五更》《倒卷帘》《茉莉花》《卖饺子》……动听极了！可惜现在有很多都失传了。看秧歌的人很多，有时兴起，"老夫聊发少年狂"，六十多岁的赵家表爷也下场来几句。

各家都把姑爷姑奶接回来，家里就更热闹了。这家请完那家叫，八个碟子吃饺子，是最上等的礼节。小舅子、小姨子肆无忌惮地跟姐夫闹着玩，想办法弄出几个钱来去买糖葫芦。闹得过分了，大人瞪起眼睛呵斥道："别跟你姐夫乱闹！"可是，谁怕呢？

就这样持续到十五，元宵节又到了。用红糖、瓜子、花生、核桃、青丝、玫瑰和成馅儿，黏面做皮，开始做元宵。有的用簸箕摇，有的用手包。煮出来一咬，软软的，甜甜的，满嘴流香。晚上有最后一场秧歌，要求反串，男扮女，女扮男，让人过最后一把瘾。十五一过，年也就过完了，但一个来月营造出来的年味还会弥漫很长一段时间。

这就是我小时候过年的情景，是不是很有意思？现在的人生活好了，反倒没了意思，缺啥呢？左想右想，不得其解。是平时吃得好穿得好，没有什么企盼了？是现代人人情寡淡了？看来，丰富的物质并不能带来"意思"，必须得有精神的填充——只有对生活充满期盼，充满热情，邻里之间和谐、融洽，才会祥和温馨，才会觉得有"意思"。

记忆深处的煤油灯

我正在玩电脑,突然停电了,屋里一片黑暗,煞是无聊,于是躺在沙发上,望着天棚发呆,脑海里渐渐浮现出小时候使用油灯的情景。

1958年以前,我的家乡还没有电灯,家家在卧室与厨房的隔壁留一个长方形的通洞,就是用来放灯的"灯窝"。煤油灯并不光亮,昏黄如豆,但也幻化出朦胧的光影,渲染出一室温馨。

吃完晚饭,夜幕降临了,母亲点起油灯放在灯窝里,在厨房里洗刷着碗筷,父亲躺在炕头上,抽着旱烟。不一会儿,大姐的同村女同学来了,大姐搬来饭桌放在炕梢,把灯放在饭桌中间,几个人摊开书本,一声不响地写作业,有时互相问问,但声音不大。就是在她们的影响下,我喜爱上了书本,产生了上学的渴望。

等她们走了,我们迫不及待地把灯拿过来,放在炕沿上或火盆旁,拨掉灯花,在灯下鼓捣各种小玩意儿,或者对着灯光做手影,或者剪窗花,或者用纸做成四角的小风车,中间插上一节又细又光的小木棍,悬在灯罩上,看它滴溜溜地转。但大多时是把灯放在火盆边,就着灯光在火盆里烧苞米粒或黄豆粒。苞米粒一烧,噼里啪啦地响,爆出雪白的花。黄豆是不爆花的,但味道极香,烧几颗,满屋子便弥漫着香气。有时我们把爆得大的爆米花染上颜色,插在葛针的尖刺上,一树梅花就开放在冬夜了。

　　柜子上的老座钟当当地响了九下,父亲说:"睡吧,明天早点儿起来。"我们恋恋不舍地离开灯盏,钻进被窝,但眼睛却舍不得闭上。母亲走过来,把灯和火盆挪到炕梢,把我们的棉裤拿去、拆开、洗净,就着火盆烤干,然后背对着我们做起来。母亲的脊背挡住了大片灯光,两只穿针引线的手臂的影子柔和地晃动着,我们渐渐进入了甜美的梦乡。第二天早晨起来,发现新做的棉裤已经压在我们的被子上。母亲做到几点睡的?灯是几点熄的?也许只有天上的星星知道,只有窗外的晚风知道。

　　三年困难时期,粮食不够吃,每天只能喝稀粥,真是稀哟,碗里的米粒清晰可数,吃完饭一会儿就饿了。但我们不睡,守着灯和火盆等大姐回来。在供销社上班的大姐,每晚都去开会,回来的时候就从短大衣的口袋里掏出几块切成条条的豆饼,那是供销社赶大车的师傅偷偷给大姐的。我们把豆饼放进火盆一烧,豆饼就变软了,也没有生豆味,嚼起来很香,我们便觉得幸福极了。

　　1958年,公社建立了综合厂,开始发电,家家安只十五瓦的小灯泡。由于发电量小,电压不足,灯也不很亮,而且停电的时候极多。供电是定时的,六点来,九点走,家家还是离不了油灯。可是灯油供应越来越紧张,于是各家都把原来一斤装的煤油瓶换成了三斤装的,好在有油卖时多储备点。因为有大姐在供销社,知道哪天卖煤油,所以我家的灯油还没断过。

　　唉,多少年了,父母早已过世,兄弟姐妹也都有了自己的家,那盏油灯更不知道哪里去了。可是我经常想起那时的情景。时间真像一面美妙的筛子,把艰辛筛掉了,把温馨留住了。这不,在这突然停电的夜晚,想起当时一家人相依为命的情景,竟然十分怀念。是的,那盏凝聚着亲情与快乐的煤油灯并不曾离去,它始终藏在我的心底;那昏黄的灯光也未曾熄灭,它一直摇曳在我的心头。

怀念小火盆

在东北，一到冬天，家家炕上都放着一个小火盆，或是生铁铸的，或是黄泥塑的，里面盛满做饭剩下的红火炭。

东北的冬天很冷，放在窗台上的水第二天早晨会冻成冰；屋里的酸菜缸挂满冰碴，要吃酸菜，得拿菜刀把冰碴砍开，再把酸菜拽出来；人在室内也会觉得冻手冻脚，于是火盆就成了人人愿意亲近的物件，或是把手拢在上面烤烤搓搓，或是把脚拢在侧面焐焐；来客人了，先生起一盆火，让客人把身子烤暖，客人立刻感到了主人的热情。

记得小时候，我明明已经醒了，却懒得出被窝，仍把被子裹得紧紧的，维护着被窝里仅存的一点儿热气。父亲就要喊了："太阳都上窗户了，还不起来！来个人你不嫌碜碜？"知道挺不过去，但还是赖着，不是因为懒，而是实在怕衣服砭人肌骨的凉。这时母亲就从被子上把我的衣服揭起来，拿到火盆边去烘烤，烤热后就催促说："快起来穿上，一会儿又该凉了。"于是我翻身起来，母亲把烤热的棉袄披在我身上，热乎乎的，很舒服。

印象最深的是围着火盆烧棒花。吃完晚饭，在外面和伙伴玩了一会儿回家了，一点儿睡意都没有，于是就从柜子里抓出两把苞米，大姐、二姐、三妹和我就围在火盆边烧起来。大姐用火笼筷子在火盆里慢慢拨弄着，突然一声爆响，几个苞米粒同时炸开，崩起了一片灰火，我们就赶紧往外夹爆米花，放在火盆沿，然后一个个扔进嘴里，有滋有味地嚼着吃。这时母亲说："有股煳味呢，烧着啥了吧。"我们赶紧挪开，在火盆旁寻找着。"哎呀，被子着了！"我们一看，那床花格被子有两处冒着火星子，赶紧用脚踩，一会儿才弄灭。后来母亲用花布把烧出的窟窿补上了。

火盆还有一个大用，就是烧烤食物。孩子从外面跑进来，"妈，我饿了！"母亲就拿来两个豆包埋进火盆里，过一会儿扒出来，用笤帚扫去外面的灰，递给孩子，孩子就大口大口地吃下肚了。如果赶上家里有剩下的饺子，母亲就把火支子腾在火盆沿，把饺子一个个摆在上面，不一会儿就滋滋地冒油了。还有那干豆腐，把整张打开，铺在火支子上一烤，立刻鼓起一个个大包，吃起来又香又筋道。冬天，舅舅们赶集来了，有时连饭桌都不放，就把酒壶和菜放在火盆里，把豆包放在火支子上，围着火盆吃喝起来。记得那时吃完早饭去四叔家，就看到两个孩子在炕头的小桌子上吃，四叔和四婶则挨着桌子坐在火盆边。他家有一个半圆形的小弯桌，那弯曲度正好和火盆沿吻合，他们把菜坐在火盆里，边上的火支子上烤着豆包，火盆里的菜咕嘟咕嘟地冒着泡，火支子上的豆包烤得黄亮亮的。这很让我羡慕——我家要是也有这么一个小弯桌该多好啊！

我们老家那儿缺少柴火，没有硬柴火，扒不出好火炭，秸秆之类的火炭时间不长就成了灰。只有临近过年的时候，才会花钱买一些劈柴、干梢子，有时还买些木炭——吃火锅没有木炭不成啊。那时，火盆才真正红火起来。那木炭真好，黑漆漆的，生着之后红彤彤的，还不时地噼啪爆两声。炭火的温度很高，半个屋子都被烘得暖起来。要吃饺子了，先把调好的肉馅儿盛在搪瓷盆里，坐进火盆里煨着，不一会儿就热了，咕嘟咕嘟冒着小泡，整个屋里都弥漫着饺子馅儿的香味。

很多年没有见过火盆了。城里不烧柴火，自然没有火炭，加上有暖气，自然用不着靠火盆取暖。即使在农村，也很少使用火盆了，怕烟熏黑了屋子，怕灰落在炕上。卫生是卫生了，却少了很多热乎劲儿和乐趣。我还是怀念炕上摆着火盆的日子——"绿蚁新醅酒，红泥小火炉"，围着小火盆，烫上一壶酒，吱喽吱喽地喝两盅，也是蛮有诗意的享受呢！

荞麦花开满地霜

"红鞭杆,绿鞭梢,青羊下个白羊羔。"

"三块瓦,盖座庙,里面住个白老道。"

上点儿岁数的人都知道,这两则谜语的谜底都是荞麦。四十岁以下的人恐怕就没有几个能猜得出了,因为现在几乎没有人再种荞麦。

人们之所以不愿种荞麦,一是产量低,远不如种苞米来钱;二是荞麦的口感和味道远逊于大米和白面,当大米白面成为百姓日常食品后,谁还吃荞面?只有那些大米、白面吃够了,又重视保健养生的人,才偶尔会尝鲜似的吃一顿。可是在我还小的时候,荞面可是百姓改善生活的好东西呢。

春天,家里的粮食已经不多,妇女和孩子们就挎着筐,拿着铲刀去地里剜野菜。这当儿,就会发现赭黄色的土地上有几根荞麦芽,粉红色的细秆上长着几片铜钱似的绿叶,在微微的春风中轻轻地摇曳着,煞是喜人。人们把它一把一把地掐下来,装进篮子,回家后,或是用水焯烂蘸酱吃,或是熬作汤菜,或是用玉米面或高粱面包起来做菜包,味道很鲜,口感嫩滑,绝不输于菠菜等家种蔬菜。

"头伏萝卜二伏菜,三伏还能种荞麦。"荞麦生长周期短,一般都是二伏以后才种。没有人舍得用好地去种它,都种在别的作物不能生长、兔子不拉屎的贫瘠的荒地里。荞麦的茎秆很细，呈粉红色，绿色的叶子状如铜钱，所以谜语里说"红鞭杆，绿鞭梢"。花是白色的，稀稀拉拉，像满天星，远看，就像下了一层白霜。深秋时节，荞麦成熟了，结出黑褐色的三棱状的荞麦粒。收割回去晾干，磨成面，面是白色的，这就是所谓的"青羊下个白羊羔"。

  荞面做出的食物就不是白色的了，呈紫灰色，没有黏性，很脆。所以用荞面包的饺子，个头儿很大，简直像一个个小猪崽；做的面条又短又粗，因为长了会折断，细了会化掉；无论口感还是味道，荞面都远逊于白面。但这已经是庄稼人难得的美食了。你想，当时土地归生产队，就端午、中秋、过年分给每人两三斤白面，除去准备给亲友下奶的，自家能吃几顿呢？

  记得有一年夏天，大概是 1960 年吧，粮库的草垛搬移了，余出一大片空地，各家都争着抢着去那里开荒。我家也抢到了一块地，由于父亲常年患病，干不了重活儿，就担任指挥，大姐、二姐和我齐上阵，大干了三天，终于刨出了不算小的一块地。刨完地，父亲说："咱种点儿荞麦吧，好吃几顿面食。"

  荞麦种下去了，我几乎天天跑到地里去看。几天后，绿油油的荞麦芽钻出了地面，摇着铜钱似的小巴掌；又过些日子，荞麦开花了，白花花的一片。我心里充满了快乐——那是全家改善生活的希望啊！

  到了深秋，成熟的荞麦粒均匀地散布在秧头，就像满天黑色的星星。一天早晨，天刚亮，父亲就招呼我和二姐去割荞麦。从被窝里爬出来，一摸镰刀把，冰凉冰凉的，心里便有些打怵，但是大人的话是不敢违拗的。到地里一抓荞麦秆，啊，好凉，钻心刺骨！也许是夜里下过一点儿雨，早晨结了一层霜的缘故。我强忍着刺骨的冰凉一把一把地割，不一会儿手就麻了。一不小心，一镰刀砍在左手食指上，一看，一片粉红色的肉翻裂开来，我忍着剧痛，捏住伤口，赶紧往家跑，进门就喊："妈，我手砍坏了！"正在做饭的妈妈一看，急忙找出了自家准备的刀斧药——像石灰一样的东西，碾碎后，敷在我的食指上，用布条紧紧缠住。很痛，但也不想声张，声张也没有用。吃过饭，又照常上学去了。

二十多天后，已经感觉不出疼，于是慢慢地撕开裹着的布条。伤口已经愈合，却留下一道月牙形的疤，大概是当时着急，没有对准吧，张开那片肉偏向一侧，高出左边很多。十几天后，原来的指甲脱落了，长出来的新指甲中间鼓起一道缝。我当时还想，也许以后会好的吧。可是谁想到，这道凸起的缝竟会伴随我终生！以后每当看到留下的疤痕，那天早晨的情景就一下子跳跃到眼前，涌进脑海和心头——那刺骨的冰凉，那钻心的疼痛！那年，二姐十五岁，我十二岁。

不见荞麦已经几十年了，我却未曾忘却。它让我牢牢地记住了那个艰苦的年代，记住了一家人相依为命的深情。荞麦哟，荞麦，你生根于贫瘠的土地，生长于西风乍冷的秋天，成熟于寒霜刺骨的秋末，结出不多的黑丑的果实，在饥荒年代维系着穷人苦涩的生命，辛苦吗？悲哀吗？

荞麦哟，荞麦，命运似我辈的荞麦！

老 座 钟

　　我家曾经有座老座钟。
　　也许有人会说，这有什么可显摆的？那是你不了解当时的情况。在家家把空酒瓶子当摆设的年代，柜子上摆一座座钟，用宋丹丹的话说，那是相当的了不起，比现在哪家有一台拖拉机或三轮车还金贵！我记得当时全村五十多户就两个钟，另一个是八爷家那个挂钟。但是他们家那个挂钟照比我们家那座座钟名气小多了，一是他们的挂钟打点声音太小，腾腾的，而我们家的座钟打点是当当的，老远都能听得见。我们前院的付占民二哥家是做豆腐的，每天都要起早磨豆子，他常对我父亲说："三叔，多亏了你们家的座钟，一听当——当——当——当——响四下，我就起来，要不真不知道早晚。"我们家住的地方顺脚，谁家盖房、垒猪圈、娶媳妇、生孩子……都到我家去看时间。我清楚地记得，那天天还没亮，存成大哥在院里招呼："三叔，几点了？"父亲划着一根火柴，看看座钟说："四点十五！咋了，有事儿？"大哥说："你侄媳妇生了！""丫头小子？"父亲问。"小子！"存成大哥语调很欢快。于是父亲催促母亲："你快过去看看吧，缺什么来家取。"母亲穿好衣服，跟大哥走了。
　　要问这座钟啥时候买的，我不知道，只觉得我记事时它就稳稳当当地在柜子上坐着。要问是什么牌子的，我也不知道，只记得是橙红色的木框，有一道道细细的木纹，有点儿像红松，可比红松致密，木框上镶着极精致的金黄的铜饰；表盘是白色的，有白花绿叶的图案，围成一圈的数字不是1、2、3、4，而是Ⅰ、Ⅱ、Ⅲ、Ⅳ……正上方的Ⅻ下面是商标，一匹马扬起前蹄搭在地球上，下面的外文不认得，里面的齿轮和钟摆金灿灿的，大概是黄铜制成。

我最喜欢看母亲给钟上弦。把铜质的钥匙插入四点和八点内侧的圆孔，由外向里半圈半圈地拧动，咯吱咯吱的，听起来贼过瘾。拧不动的时候就是上满了，然后扒拉一下钟摆，钟摆就慢条斯理地来回摆动起来：嘀嗒、嘀嗒……夜深人静的时候，那声音很清脆。我们躺在被窝里，说说笑笑，直到钟当当地响了，父亲说："九点了，睡觉吧。"于是吹灭了油灯。可是孩子的兴奋劲儿可不是马上就消失的，闭住眼睛就小声嘀咕，隔着被子他掐她一把，她捶他一拳，一会儿又咻咻地笑了起来。直到父亲大声呵斥："消停点儿，啥时候了！"我们才慢慢老实下来，在蛐蛐的唧唧声和老座钟的嘀嘀嗒嗒声中进入了梦乡。

父亲去世后，大约是一九七几年时，老座钟走得不准了，有时三两天就停，也找人修理过，但都维持不了几天。母亲说："别修了，年头太久了。'不走字不走字'的不吉利。"于是老座钟就"退休"了，真正成了摆设。是啊，老座钟起码工作几十年了，几十年来，它一直有条不紊地走着，经历了无数个寒暑温凉，见证着一家人的悲欢离合，也该歇歇了。但不知这对于老座钟来说，是欣慰还是悲哀呢？如果赶上顺当，它还是能走上两天的……

等我结婚添置了一些新摆设、买了手表之后，就把老座钟从柜子上撤下放进闲屋子了。后来村里来了一个收废铜烂铁的，母亲就把木框上的铜饰和里面的齿轮卖掉了，卖了几块钱。我知道，母亲在卖这些东西的时候，心里一定很不好受。

不见老座钟将近四十年了，姐姐妹妹都出嫁成家，父母也都相继辞世，我也离开家乡三十来年，可是还经常想起当年的情景，一家人生活在一起的温馨仍然浮现在眼前，老座钟的嘀嗒声依然回响在耳畔。从回忆中醒来后，又倍觉凄楚。真是红颜易老心难老，日里思乡，夜半梦乡，白发回乡须断肠。

老房三间半

我们老家那儿,一般人家的房子都是三间,中间是厨房,两边各一个住屋。也有五间的,那都是日子过得好的大户人家,我们村还没有一户。

我们的老房是三间半,在当地是比较特殊的。为什么是三间半?一是从老付家买来的院子就那么大,原有三间西偏草房,我就出生在这座草房里。在我三岁那年,要把房子调正,如果盖四间,就没有开大门的地方。盖三间呢?王振国老叔(父亲的磕头弟兄)说:"三哥,你交往广,来客多,多盖半间吧,宽绰点儿。"于是就盖了三间半,又在窗户上安了一块方形玻璃,于是便成了村里最豁亮的人家。

我们家的确来人多。平日里,不管是本家、邻居,还是村人,都爱上我们家来串门。夏天,年纪大的进屋坐在炕上,年轻的趴在敞开的窗台上,天南海北地唠着嗑;冬天,火盆边摆着旱烟盒子,大家围着火盆有滋有味地抽着(当然没有什么好烟,那时买不起),一坐一整天。我家也是孩子们的乐园,地上挨着柜子有一条六七尺长、一尺半宽的春凳,家族中的孩子都愿意在我家玩,老姐、连山、铁玉、田头、广达、环妹等,在春凳上爬上爬下,在我家的时间远远超过在自己家的时间。当然有了小零活,他们也和我们一起干。别看父亲对自家的孩子很严厉,对别家的孩子可是十分和善,否则他们也不会来。

到了集日，就更不用说了。还没吃早饭呢，客人就上来了。做买卖的，赶着驮子来，把货物卸在后院，把驴拴在槽上，大姐二姐还得去给驴割草。三岔姥家人每集必来，老姥爷、大舅、二舅、三舅、四舅还有表兄表弟，一来至少三个。马家沟的舅老爷、表舅，邱家沟大舅也经常来。最常来的是父亲在凌源县沟门子一带的几个做生意的朋友——唐老文、任庆林、张梦楼、张俊楼，五天里至少要住两宿，要路沟集来，赶完干沟集、木头凳集走。晚上，在挑空的大柁上挂上幔帐，我家人住外间，客人住里间。冬天天冷炕凉，就得烧里间的地炉。大姐或二姐抱来秫秸，点火烧炕，烟从灶口倒冒出来，呛得人不住咳嗽，眼泪直流。

最难的还是吃的。归生产队后，口粮本就不多，自家吃尚且不足，何况还要招待那么多客人呢。一到集日，中午饭不定得吃几拨，这拨没吃完，那拨又来了，咋办？吃呗！因为早已习惯，一早就预备好了。平时，园子里的蔬菜自家舍不得吃，攒了一集空儿，吃了一集日。当然是只能吃饱不能吃好，夏天茄瓜豆角，冬天萝卜白菜，能加半斤粉条、几块豆腐，就算不错了。在那样的年月，只有父亲才能那样待客；只有母亲，才能那样没有怨言。

人心都是肉长的，我父母的热情善良也得到了回报。那时生活极其困难，很难挣到一分钱。张梦楼大叔说："我看大侄女（大姐）也不念书了，我把我家的缝纫机拿来，让她到集上轧鞋帮，或许能挣俩钱。"他果然和他儿子把缝纫机拿来了，而且一拿就是两台。大概是1958年吧，大队让父亲去内蒙古买马，父亲想顺便自己也买一匹，就向沟门子的几个朋友张嘴借钱，朋友都尽量地帮助了父亲。谁想到，买回来的小红马到家不几天就病死了，害得父亲背了一身的债。但是这些朋友大多都没来要钱，反倒安慰父亲别上火。我估计这一辈人都已经作古了。

正因为多了这半间，我家的房子几乎成了公用房。我们村就是区政府（公社、乡）所在地，每当乡里有大型集会，总会安排在我家住。新中国成立初期，武装干部经常开会，个个背着一杆大枪，其中就有我的二表舅。区里开运动会，我家就住进一些学生。"文革"期间，住的大多是假期办学习班的教师，他们自带行李，自己烧炕。有一年，住的是平房子学校的，其中有一个刘老师，是喀左蒙中毕业的。大家说起在三年困难时期学校的艰苦生活，他说："我们学校吃得可好了。食堂的豆油一排几大缸。要是吃鸡蛋了，都用大马车拉来。谁一个个往下捡？都是在车下放一个大筐箩，用铁耙子往下搂。然后倒进大锅，谁有空一个个打碎？都用耙子捣碎，然后用笊篱往外捞鸡蛋壳。"我问："黏糊糊的，捞得出来？"他说："捞得出来。你就说那是多少鸡蛋吧，做饭的师傅把捞出来的鸡蛋壳挑家去，光鸡蛋汁就有一水桶！"我嘴上表示羡慕至极，心里却说："吹牛吧！"

1957年，上面号召村村建食堂，好像理所当然地，食堂就建在我家，我们一家人由大屋搬进了小屋。第二年春天，三妹出了麻疹。都说出麻疹怕煲干锅，母亲和队长七爷说了，在前院付俊老叔家做了两顿饭。1958年，又成立了大食堂，我们村、街里、社直单位都在一个食堂吃饭，在我家设的食堂就撤了，我们又搬回了大屋，但是，被新食堂占据的于洪泽家又被分配到我家住。后来食堂解散了，他家又回到自己的房子。但不记得又因为什么，又把于洪恩大伯家分配到我家来了。

我家前后住过好几家人。最开始是老韩家二叔（我父亲认他爹作干爹），那时二叔二婶还都年轻，二婶还梳着小辫子呢。他家好烙地瓜面饼子，经常给我一个坐在门槛上吃。后来又住了杨玉梅老师，跟大姐关系很好，像亲姐妹似的，管我的父母叫三叔三婶。还有一家，两口都姓王，都是大夫。两口子为人特好，最怕打针的我也愿意让女的王大夫扎。不知怎么，住了一年多，他们就离开了，也许本以为还会回来，也没退房，不少家什物件都没带走。可是以后却没听见他们的任何消息。后几年，乡农业站的李朝成、粮库的刘淑贤都在我家住过。

1965年，大姐一家从新开岭调回要路沟，一直住到他们盖完新房子。我家四口，大姐家七口，虽然忙忙碌碌，却热热闹闹，其乐融融，那是一段让人怀念的日子。

1976年夏天，军队的一个测绘队来我的家乡搞军事测绘，食堂设在我们家。一群精力旺盛的小伙子们一天快快乐乐，热情爽朗，有几个和我很快就成了朋友。但是他们只住了八天就要走了。我送给那个叫许军的一个笔记本，上面写了一首诗："短短八朝夕，情深似兄弟。纵知萍水终别离，亦难免依依情绪……"他们是午后走的，怕不忍离别，吃完午饭我就从家里出去了，等我回来时，他们已经走了，但我还是十分失落。妻子说，看他们做饭没有铲刀，就把自家的铲刀偷偷放进他们装炊具的筐里。谁知过了两天他们竟然发现了，又把铲刀偷偷拿出来放在了我家的厨房里。这也算是军民鱼水情的一段插曲吧。

就在这一年，唐山发生大地震，强烈的地震波及我们这里。早晨那次还没起床，看不到震动的情景，午后那次可是看得清清楚楚。房子剧烈地摇晃，哗哗地响，眼看房盖和山墙都分离了半尺多宽的缝，我以为这回完了，一定要倒塌了，可是不承想震动停下来后，一切又恢复了原样。

说是恢复了原样，但是墙体结构还是松散了，再加上宅院靠近河边，地势低洼，好几处墙壁都裂了缝。1984年，我们拆掉了三间半老房，盖起了五间新房。在新房住了两年，由于工作调动，全家搬进了县城，在县城又搬了几次家。房子是越来越大，越来越好，可是魂牵梦绕的，还是那三间半老房。那里有我童年的忧伤欢乐，凝结着我们一家人相依为命、你疼我爱的亲情。父亲是在老房里去世的，两个姐姐一个妹妹是在老房里出嫁的，两个儿子是在老房里出生的，什么能抹去我对老房的印象？什么能弥补我再也不能回来的快乐？就是现在，做梦都是以老房为背景，就连后盖的五间新房也不曾入梦。

老房啊老房，你虽然被拆毁了，却未曾消失，你是被我藏进心里，永远保存起来了。

山杏情怀

　　家乡的树，主要有这几种：村庄旁的杨柳，阴坡的黑松，阳坡的山杏。杨柳大多用于制作家具，黑松主要用作梁檩或者棺材。而最关乎我情怀的，则是山杏。

　　春天盼着杏花开，就像盼着过生日时母亲煮熟的那个鸡蛋，出了大门就望着杏山，一次次跑上山去看杏花长骨朵了没有。突然一夜东风，山上的花开了，远看就像满坡的雪，近看就像早晨的霞。凑前闻一闻，好清香，春天真的来了！折一枝回家，插在酒瓶里，真就馨香满室了——瓶插一枝春，雅哉庄户人！

　　花落了，冒出了绿叶，小小的杏带着紫红的花蒂，渐渐鼓胀起来，这又勾起了孩子们的馋欲。趁着挖野菜或者捡柴的空，我跑到杏山去摘杏。那小杏也就手指肚那么大，谁顾得上一个个去摘？都是用手去撸，撸满两兜，边吃边下山。说实话，那山杏并不好吃，酸中带苦，吃多了会倒牙，连粥都觉得不好喝，更不能吃酱，以至于几天才能恢复正常，我现在忘了。把里面的小杏仁剥出来，白白的像小孩的牙。用手揉啊揉，里面的仁变成了水，趁人不备挤在别人的脸上，凉凉的，让人一激灵。人们说，那东西喷到脸上会长雀斑，我知道这是假的，但也更刺激我爱往别人脸上挤。

　　也就农历五月吧，山杏成熟了，红通通或黄亮亮的。全家老少齐上阵，带着筐子、口袋，争先恐后地奔向杏山。长在树上的，一把一把往下撸；落到地上的，一个一个往筐里捡。5月的太阳毒辣，汗水从额头滚下来，流到眼睛里，涩涩的。带去的一瓶水早已喝光，口渴得不行。清楚地听得见山脚的河水哗哗地淌，可是谁也不去喝——下去上来要耽误好长时间呢，谁愿意白搭到手的钱呢？中午的饭是带上山的，黏粥早已水米分离；苞米面大饼子干巴巴的，难以下咽。可是没有人抱怨——一个庄稼人还吃啥啊！等把所有的家什装满，各条山沟里都走出了满载而归的人，背的背，扛的扛，挎的挎，也有点儿诗意呢——遍地英雄下夕烟！

过了两三天，各家门口都铺满了捂烂的杏子，用碌碡一碾，皮与核就分离了，把核晾干，就收起来。6月，进入雨季，地里的活不能干了，就在家里砸杏核吧。搬一块扁平的大石头到炕上，一人拿一块小石头噼噼啪啪地砸。这也需要技术的，用力小了，砸不开；用力大了，砸碎了。一个个地砸，一个个地挑，整齐地放在一处，是用来卖钱的；碎瓣的放在一处，是准备自家食用的。你从村里走一趟，家家都传出砸杏核声，不禁让人想起"长安一片月，万户捣衣声"的诗句，当然这是"山村连日雨，万家凿杏声"。

收杏仁的季节，对于山民来说无异于一个小"秋"。碎杏仁磨成浆，用来做粥熬菜，绝对算得上"美食"，不用放油，也香喷喷。即使没有粮食，光是熬杏仁汁，也很香，而且营养丰富，一张张多日断粮的菜色的脸也有了油光。还有的人家用来榨油，杏核油黄亮黄亮的，用来熬菜打饼，虽然有点儿苦苦的，但也远胜于无。整齐的杏仁卖价可不低，就是在20世纪60年代，一斤也要一块多，百十斤的杏仁能卖百十块钱呢，一家人穿的用的都在这上了。

另外，不等进6月，各家的粮食柜基本都见底了，野菜也老了，园子里的菜还没下来。为了填饱肚子，各家都到山上捋杏叶。杏叶是苦的，必须用水冲洗浸泡。看吧，吃完晚饭，太阳落山了，大人孩子从各家的大门口出来了，盆端，桶挑，村边的井沿边热闹起来了。先来的占据了生产队用来给牛饮水的大石槽，把杏叶倒在里面，打来水一遍遍地透（冲洗），后来的就蹲在井沿周围在水桶里涮。这本来是一种苦日子，但人们似乎已习以为常，男男女女说说笑笑的很热闹，似乎也成了夏天的一道风景线。杏叶吃起来有些苦，但老人都说，别看不咋好吃，可有营养。你看那喂杏叶的猪，都白酥酥的，毛发顺滑。大概是的，每天午后下地的钟声响了，从家里出来的人大都拿一团杏树叶往嘴里填，人们靠它度过了少粮的岁月。

　　杏树大概天生就是穷人的兄弟。它生长在贫瘠的山丘，无须保温、灌溉、施肥、剪枝，就那么坦荡茁壮地生长，其生命力之顽强，就像村野的庄户人，不管生活如何艰苦，都能生存下来，生活下去。杏树帮助了穷人，穷人对它格外有感情。直到现在，我每年还都吃几顿杏仁粥，有时还买一把青杏，固然有尝鲜的意思，但更多的还是对山杏的那份深深的情感和对那段日子的怀念。

枣　树

我喜欢枣树。

我家前院隔一道矮墙就是付俊老叔家的后院，里面有一棵三丈高的枣树。春天看着它长叶，夏天看着它开花，秋天看着一串串的枣子由青变红。某一天，老婶隔着墙招呼了："打枣了，捡枣来啊！"我们雀跃着爬过墙。老叔已经爬到了树上，手拿一根长长的木杆，朝树枝上揎着，赭红色的枣子便噼里啪啦地落下来，我们赶紧往篮子里捡。那枣子滑滑的，拿在手里就像握着一颗颗红宝石。这种劳动是愉快的，既不累，又有甜甜的枣子可吃，就好像夏天的早晨去采蘑菇，秋天去高粱地打乌米，比做快乐的游戏还快乐。捡完以后，每个孩子的兜里都装得满满的。

在三年困难时期，老叔家的那棵枣树砍掉了，并且是连根挖掉，在那里种上了蔬菜。枣子毕竟只是一种水果——或者叫干果——属于奢侈品，远不像粮食、蔬菜重要。在连稀粥都喝不饱的年代里，谁还敢"奢侈"呢？但我当时很不理解，每当望过去，不再看到那棵枣树，心里也光秃秃的了。虽然枣树已经被砍掉五十年了，但我还经常梦见它。

枣树大都长在不起眼的地方，墙角、园边、土坎根。树干并不粗大，很少看见特别粗的。枝丫也很细，而且多曲折。我想大概是由于水分和营养供应不足，每年只能长出一节，然后再蓄积力量，准备着下一年的冲刺吧。枣树宁可改变方向，也要努力向上，这需要多么倔强的性格和顽强的毅力啊！每一节树枝上都有一根尖锐的刺，大概是它为了防止别人攀折而不得不备的维系生命的武器。枣树的木质坚硬如铁，颜色也灰黑如铁，虽不悦目，但给人以力量。枣树的叶子呈卵形，对生，薄而小，色嫩绿淡黄，如春天的嫩柳，光滑而明亮，让人感到明媚、蓬勃，充满青春的气息。枣树喜光，但并不独占，它让如水的阳光从枝叶的缝隙间洒下，去照亮脚下的低矮植物。它的果实如卵，不大，不像苹果红灿灿地炫耀于枝头，却密密地排成一串，光洁莹润，似珍珠，如玛瑙。枣摘下来就能吃，又甜又脆；晒到半干，则香甜如蜜，用来泡茶、煮粥，补血补气。枣还耐贮藏，几乎可食长年。

看到枣树，我常想到穷人家的孩子。他们不像"富二代"和"官二代"那样拥有得天独厚的条件，可以借助金钱和势力飞黄腾达，只能一节一节地艰难地成长，进取的道路何其曲折。正因如此，他们才具有顽强的意志。他们没有值得炫耀的出身，只能用一串串的业绩证明生命的价值。他们没有藤的柔顺、柳的婀娜、苹果的媚颜，不易被人喜欢，还常常被斥为"刺儿头"，但是一个没人庇护的生灵不学会保护自己，何以有立足之地？这不也是一种在艰难中力求生存的可贵的品格吗？

我是穷人的孩子，我喜欢枣树！

冬夜断想

冬夜的时间是最富裕的,四点左右就吃完了晚饭,要等到十一点以后才睡觉,差不多顶上小半天呢。

如何消此长夜?室外很冷,人都躲在家里,你到街上逛个啥?站在阳台的窗前,望着河边的林梢和甬路边飘转的树叶,忽而想起小时候的情景。

吃完晚饭,天黑下来。点起一盏小油灯,灯光如豆,照着母亲在厨房里刷锅洗碗;父亲点着一袋烟,歪在炕头默默地抽着;二姐从炕梢把被子搬来焐上,就和我们无聊地拨弄着几乎没有几块火炭的火盆。等母亲收拾完把灯拿进屋里的时候,我们就兴奋起来了,或是找几张废纸折起来剪窗花,或是做一个纸风车悬在灯罩上看它滴溜溜地转,或是烧两把玉米粒,把爆花插在葛针的尖刺上,宛如冬夜里盛开的白梅。谁也不愿睡下,那是在等着去单位开会的大姐,也许大姐会带回来几个梨或几把枣。

屋里很暖,案头淡绿色的兰花吐着幽微的清香,我想起了老家房前屋后一<u>丛丛</u>的马蔺。

初夏,马蔺开花了,一簇簇浓绿中夹着艳紫,虽不名贵,却也高雅。带茎掐下紫花,放在嘴里伸缩着吹,发出吱吱的响声,像鸟儿的欢歌。有时揪一大把马蔺叶,坐在地上编马蔺对儿、蝈蝈笼或越拽越紧的蛇。童年的欢乐哟,是和花花草草纠缠在一起的，和泥巴、石块、轱辘在一起的，和破夹袄飞扬在一起的。

现在打开电灯，亮如白昼，简直让人忘记了这是夜晚。我想起童年的夏夜来了。

农村人的晚饭大都是在院子里吃。吃完，坐在台阶上，父亲抽着旱烟，母亲指着银河两岸的星星，讲牛郎织女的故事，我们姐弟围坐在母亲的身边，望着白茫茫的银河两岸，分辨着牛郎星、织女星。直到听青蛙已叫得疲惫，远方的天际呼啦呼啦地打起露水闪，我们才打着哈欠进屋。不点灯，不只是怕费油，也怕招蚊子。

如今我透过玻璃窗，看到路灯已经亮了，昏黄的灯光没精打采的，跟家乡秋天的月亮不是一种感觉。

家乡的秋月很清、很亮，像水洗过的白瓷盘，月光也像澄澈无杂的水。秋天是忙碌的，白天干不完的活儿还要趁着月光干。这不，今晚就要把自留地的白菜收到家里来。母亲领着我们兄弟姐妹还有一群小伙伴，每人一次抱两三棵或三四棵，一趟趟地往家搬。带着酒气的家族老叔看见了，和母亲开玩笑说："懒老婆夜忙。"母亲回应说："儿子三四十岁啥也不干，就知道喝大酒，老妈不干咋的？"搬完白菜，还要摘小豆角。把干爽的豆角摘下来，放在簸箕里搓碎皮，父亲就一上一下地颠簸起来，唰——唰——唰——唰，在静谧的秋夜里，那节奏分明的声音很响、很清脆，惊得院外大杨树上栖息的雀也不时扑棱几下。

哈，不知怎么了，年纪越大，越爱想起小时候的事。春天想起野地里剜苣荬菜，夏天想起高粱地里掰乌米，秋天想起烧毛豆，冬天想起炒盐豆。明明屋子很暖，却总想起以前冷风钻入脊背的寒冷；油饼、饺子摆在面前，却回味着苞米面大饼子的香甜；屋里很干净，没有一只蚂蚁和蟑螂，耳边却回响着"干柴细米"的虫鸣。童年的烙印哟，就像喝的水，浸润着我们每一个细胞；像吃过的饭，融入了我们每一寸骨骼；像呼吸的空气，充盈着我们的灵魂。有了它，我不会忘记生我养我的故乡，不会忘记一家人相依为命的亲情，不会在困难的境遇里觉得低人一等，也不会在顺风顺水的时候趾高气扬。

花落知多少

晚上十点多钟，L县的同学D打来电话，说今年是毕业四十周年，趁国庆放假，全班同学搞一次聚会，到母校旧址看看。

"好啊，把人叫齐一点儿。"

"尽量吧，未必很齐。"

挂断了电话，想到同学又要会面，我兴奋得睡不着了。

其实，这不是第一次聚会。从2002年一个同学的孩子结婚起，几个县轮流做东，每年的10月2号都聚一次。记得第一次会面，同窗四年的同学竟然相见不相识，险些"笑问客从何处来"，直到报过姓名才浮现出当年的样子。真是"英俊少年成翁媪，白发增多黑发稀"，让人感慨万千。同学见面，自然亲热无比，仿佛又回到了年少时。只有老同学才能见证彼此正茂的风华，要不别人还以为我们从来都是这副老气横秋的样子呢。

然而，每次都有遗憾。

前两次参加聚会的都是当年"文革"时我们这一派的，另一派的一个都没有，难道当年的矛盾真的要存留一辈子吗？第三次以后，多了三四个另一派的，都是当时比较本分的，当年那些"闯将"一个都没去。我问："没有邀请他们吗？"他们说邀请过，但都借故推托了。我不禁有些嗔怪，难道他们就不想见见分别四十年的老同学？但转念一想当年的情景，便也理解了：整过、打过那么多老师和同学，伤害得那么深，咋好意思再见面呢？

虽然这些人都没有来，但还是互相打听了他们的情况：捆人的L患了肝癌，已经死了十多年了；"麻脸司令"患了脑血栓，走路都不利索了；"猪头小队长"三年前在一次车祸中丧生；"满脸横肉"有一次去看望后来当了市教育局副局长的班主任，扑通一声跪在老师面前，泪流满面地说："张老师，我对不起您！"

我不相信因果报应，但郁闷的心情一定会伤害身体，即使是"年轻热血"时做过错事，也会后悔终生。我想，这么多年来，他们一定生活在愧疚、悔恨中。俗话说，"掰开的豆包再也合不上""淌过血的心总会留下伤疤"，真是如此。

有人说，那是时代和形势造成的。这话不无道理，但也不全对：同处一个时代，同遇一种形势，为什么大家表现不一样呢？说起来还是这些人少了一点儿头脑，缺了一点儿良知，多了一份野心。人啊，什么时候都该保持清醒的头脑和善良的心。

尽管如此，我还是很想念他们。"度尽劫波兄弟在，相逢一笑泯恩仇"，鲁迅说得没错，我们毕竟是同学啊！

东道主提议："咱们边走边唠，到母校旧址看一看吧。"于是登车，说顺当年的原路走，可是谁也认不出这是当年的原路。十几分钟，说是到了，下车一看，面目全非，当年的教室、宿舍、操场……踪影全无，连它们当年在什么位置也想象不出来。唯有大伙房和餐厅还留有旧痕，缺窗少门，里面已经做了过路人的临时厕所。餐厅前面墙上的"团结紧张，严肃活泼"几个大字还留有隐约的印记。这就是我生活过四年的母校？就是我度过"峥嵘岁月"的母校？就是曾见证过我"风华正茂"的母校？无限酸楚涌上心头，眼泪不由自主地涌了出来。

"春眠不觉晓，处处闻啼鸟。夜来风雨声，花落知多少。"对这首诗，我忽然有了一种奇怪的理解：一夜风雨，绿肥红瘦，还是甘做一片绿叶吧，叶的生命总比红花长久。

悼同学赵喜庭

1月26日早晨，登录QQ聊天，下面一个头像在闪动，点开后，是我们班的郭振成。

"告诉你一个不幸的消息，赵喜庭遭遇车祸死了。"

我大惊："哪一天？"

"20号晚上。一辆摩托车撞的。"

我一句话也说不出，思维凝固了。

可怜！实在可怜！他的命太苦了！

前几天郭振成还说："哪天上赵喜庭家去，让他做点儿豆腐脑。"我说："行啊。等我放假的。"谁会料到他惨遭不幸。标志他曾经存在的，只有一堆冻硬了的黄土。

我们是1964年在凌源师范成为同学的。他个头儿不高，圆脸，面色黑红，小眼睛，和大多数同学一样，穿得很破旧。看起来很内向，但实际上他很幽默，好创造一些流行语，什么"转一下""整两盅"之类。他挺聪明，成绩不错，文言文学得尤其好，爱打乒乓球，姿势很酷。有一年冬天的午后，我和他一起上街，逛了一阵，他说："吃碗面条吧。"其实我有些舍不得，那时家里穷啊，半学期就十几块钱。但为了不在同学面前丢脸，还是同意了。进了小饭店，他要了一碗两毛钱、半斤粮票的面，我要了一碗三两粮票、一毛三分的面，怕被别的同学看见（那时下饭店，会被批评为奢侈浪费），进了里屋去吃。那是肉丝面，雪白的面条上面浇着粉红的细肉丝，真香！这是久违的感觉，学校里每顿两个窝窝头、一碗白菜汤的生活实在让人苦恼极了。

"文革"中，不知咋回事，他加入了另一派——就是到现在我也会说，那派里都是一些没头脑的家伙，他和他们不是一路啊！但他毕竟本质不坏，没干啥坏事。由于不是同一派，我们接触就很少了，一直到毕业。毕业后，也没有再见到他。

四五年前，一天快到中午的时候，他来到我的办公室。一见面，我就知道是他，但又不是记忆中的他——满头花白的头发，脸色憔悴，好像过完六十六好几年了。那神态又那么萎靡、谦恭，好像《故乡》中的闰土见了儿时的迅哥。我让他坐了，给他倒了一杯水，询问毕业后的情况，他告诉我，一开始分配到魏家岭小学，后来到前甸子初中教数学，又念了函授大专，现在回到本村教小学。我说："你净瞎整，小学多累啊。"他说："全家都吃农村粮，地多，早晚好多干点儿。"我又打听了他的家庭情况，他说："一个儿子，两个女儿，都已结婚，可是儿子和媳妇离婚了，现在在外打工，孙女和我们一起生活。"

我感到有些惨然，问："你来一定有什么事吧？"他嗫嚅着说："我教过的一个学生，现在在你们学校高一五班，孩子挺好的，就是家庭生活困难，父亲没了。我想跟他的班主任说说，能照顾的照顾点儿。"我不禁一震，学生都已经到新学校了，可是作为一个曾经的老师还在为学生着想，这是怎样的感情啊！这份责任心，这颗善良的心，我是赶不上的。我把那位班主任找来，他把情况跟班主任细说了一遍，那语气的恳切、神态的卑微让我心里微微发颤。我留他吃午饭，他怎么也不肯，我心里很不是滋味。他走后，同事问我："他是你同学？"我说："是的，一个班的。"他们吃惊地说："可看不出来。看那样起码比你大十岁。"

暑假时，他来到我家，给我拿来一些青菜。大热的天，他却穿了三层衣服，纽扣还扣得严严的。我说："快把外衣脱了，多热啊。"他说："没事，你们屋里凉快。"我问："你咋不安电话呢？那两次同学聚会，就是找不到你。"他听了特别后悔，说："再聚会一定告诉我，我们村有个在市场卖肉的，你告诉他转告我。"吃完午饭他走后，我侄女说："他怎么穿得那么土，看你这么利落，他不觉得不好意思？"是呢，他总是这么土气，比一般的农民还土，没有一点儿知识分子样，是观念守旧还是环境使然？

这年国庆节前，建平的同学来电话了，说10月2号在叶柏寿聚会。我急忙到菜市场去找他的卖肉的邻居，几经打听，终于找到了。我托他转告赵喜庭，后天早晨八点前到街里来坐车，他答应了。

第二天早晨，我在家里等他，眼瞅八点了，可是他还没有来。我怕别人等着我，就去找张翠芝，因为需要她家的车。张翠芝和我就坐着车到停车场和另一台车会合。到那儿一看，别人都到了，就缺他，于是分头去找。我想他可能去我家了，于是我又跑回家，问他来过没有，家里人说没有。到别处去找的人也没有找到，没办法只好出发了。

过了两天，他来我家了，我问："那天等你老长时间，你怎么没来？"他说："我来了，在邮局门口等你们了，结果没看着。"说完啧啧叹悔。我说："那就在我家门口，咋不去我家？""我想你出来会看见的，就没去。""唉，你呀！不安电话，后悔了吧？""以后一定安。"

十几天后的晚上，电话铃响了，一接，是他。我说："这回安了？""安了，要不耽误事儿！"接着他告诉我："以后有事告诉我，别忘了。"我说："怎么会呢？是你自己误事儿。"

他笑了:"也是,以后不会了。"我也高兴,他终于接近现代化了。

第二年暑假,他又来到我家,约我和另两个同学星期日去他家吃豆腐脑,我答应了。星期天,郭振成、刘连兴我们三个去了他家。他家虽然离县城很近,却很偏僻。从大路往西拐,是一条不太宽的水泥路,两边庄稼茂盛,桑麻覆径,走过四五里,就陆续看见绿树掩映的几十家农家小院,房舍新旧不一,左边是一条小河道。跟村里人打听后,我们跨过一座小木桥,就到了他家的后院门。迎面的房子很旧,很矮,这就是他生活的地方。

进了屋,见他的妻子正在烧豆汁,屋里有好几个人,有一个我们是认识的,是同届不同班的同学张士成,那几位经他介绍,知道是他要好的同事。屋子又矮又窄,墙上贴着他自己写的条幅——可惜我已经不记得写的是什么了。前面是一个菜园,种植着各种蔬菜,再往前是一座小山,树木葱茏,很有点儿"绿树村边合,青山郭外斜"的意境。麻将桌早已摆好,玩了一会儿就开饭了:小米干饭豆腐脑,拌菜炒菜一大桌,啤酒白酒都有。他发表了一段热情朴实的祝酒词后就开造,还真有点儿"开轩面场圃,把酒话桑麻"的味道。他喝得很实在,没等别人吃完,就趴在一边睡着了。下午两点多,看他还没有醒的意思,我们就走了。

初冬,他到我家来了,掏出一本书,十六开的,厚厚的,淡蓝色的封面。他红着脸说:"这是我辑录的历代诗歌,有三千多首。"我接过来,只见封面上有两句题诗"摘章寻句难辞蚊虫苦,诗海泛舟不为稻粱谋",扉页上是题记,叙述了他喜爱诗词的情趣和成书的艰难,很有文采。我被他感动了——一个每天要上六七节课的小学教师,一个生活在农村要侍弄十来亩地的一家之主,一个朴实、经济拮据、生活节俭的六十多岁的老人,居然还这样爱诗,朴素得近于寒酸的衣服里竟然包裹着这样高雅的情致！

　　我问："花费很多心血吧？""可不是咋的。带带拉拉整整九年呢，都是一早一晚凑集的。最难的是不同的版本文字和解说不一样，就得互相比较、推敲、选择，为此我光买书就花了不少钱。更为难的是分类，是按朝代，还是作者，还是题材，还是体裁，真是很费脑筋。"我说："花不少钱吧？"他说："还好。"我说："能赚回本钱来吗？"他说："我主要是想送给一些朋友、同事，还有再聚会的时候，送给咱们同学。"我同情他的辛劳和花费，于是说："这么的吧，我跟滕校长说说，让学校买点儿，好把本钱赚回来。""那敢情好，我还真没办法了。"说完就带着他去找校长，把他的情况跟校长说完后，校长对他的精神很赞许，更同情他的处境，答应买六十本，一千五百元钱。他非常感激，千恩万谢，我也仿佛卸下一副重担。

　　第二年的10月2号，我们班同学到我所在的县来聚会，我打电话告诉了他。那天，他一早就来了，还准备了发言稿。他很兴奋，陪同学喝了不少酒，直到日落才回家。

　　2008年是我们毕业四十周年，我们又乘车去了凌源，参观了母校旧址。那天，他又喝了不少酒，以至于吃过饭坐了两个小时的车回到建昌，还弄不清自己的家在哪个方向呢。我发现，他爱喝酒，酒量不大，又实在，每喝必醉。但我没有劝他，因为那是他最快乐的时候。

　　我知道他爱写东西，就劝他买一台电脑，写东西方便，又可以避免退休后的无聊。他说："以后再买。我明年打算盖房子，好给儿子张罗媳妇啊。"

　　可是谁能想到，今年1月20号晚上，他从别人家吃完饭骑自行车回家，到村头的时候被本村的一个骑摩托的光棍撞到了，当场死亡。后来找到了肇事者，但肇事者一无所有，无力赔偿，有什么办法呢？他是家里的精神源泉和经济支柱，可是硬是被夺去了生命，恐怕盖房子的打算也泡汤了，一家人以后怎么生活呢？村里人都说，他是个好人，不管谁家有事都上赶着帮忙，可惜啊。

"亲戚或余悲，他人亦已歌。死去何所道，托体同山阿。"死一个人，是常事，但是他死不瞑目！一辈子没享着福，尽是操劳；虽有丰富的精神世界，却缺少维系精神的物质生活。对此，我作为同学，深感惋惜。清明节快到了，明天联系一下同学，能不能给他上个坟去呢？

雪　狼

我喜欢诗词对联，也就喜欢爱好诗词对联的人，于是就加入了"聊天室"的"诗词对联"版块，一来二去，混了个脸熟。

2008年春天的一天中午，我登录腾讯QQ，只见一个头像闪动起来，点击一看是"柳孤仙人"。

"您知道我是谁吗？"

"对不起，不记得了。"

"我是在'诗词对联'里认识您的。您是舒适老师吗？"

"是的，教高中语文。"

"我是绵阳高中的高一学生，叫邹小泽，很喜欢语文。"

"好啊。巴蜀一带文化很发达哟。"

接着他给我出了几个上联，我一一对了下联。

"您对得又快又好，我喜欢。以后可以经常向您请教吗？"

"当然可以，我喜欢热爱文学的孩子！你经常上网？"

"不，是趁午休时跑出来的。"

"可不要耽误学习哟！"

"今天是周六。我从来不玩游戏，可以看看您吗？"

"可以。"

于是我打开了视频，是一个十五六岁的男孩，小脸圆圆的，黑黝黝的，很可爱。边上还有几个小孩，看样子是他的同学。

"好了，我去上课了。88！"

"88！"

又是一个星期天中午，他的头像又闪动了。

"给我出个上联好吗？"

我想了想，打出："舒适疏事熟事书市。"

他说："太难了。您自己对对看。"

于是我打出："尚书上疏尚输尚书。"

他说："太好了！再对一联？"

我又打出："魔头摸头陌头抹头。"

他问："什么叫'抹头'？"

我说："就是用刀子把头抹下来。"

"太吓人了！抹谁的头？"他说。

"当然是抹你的！"我开玩笑说。

"爷爷坏！魔头喜欢你，你有才！"他反击道。

"还是喜欢你，小孩的头嫩，好吃。"

"哈哈，我给您出个上联啊？"

"请。"

"少女取走黄木笛，妙趣横生。"

我一看这是一句文字游戏联，很难对，一时对不出，说："我先去吃饭，一会儿对。"

我边吃边琢磨，吃完饭，看他还等着，就回应道："一木心生又佳人，本性难移。"

他说："这是我在网上找的，答案很多呢。但我还是喜欢您对的，上下句意思连贯。"

我问："你学习成绩咋样？"

他说："还可以，就是英语不好。"

我说："要努力哟，别天天琢磨这些东西。"

他说："正补呢。"

我说：“如果成绩上不去，我就不理你了。”

他说：“千万不要，我会努力的。”

5月12日，汶川发生了大地震，伤亡很大，我不禁惦记起这位小网友了，我知道绵阳离汶川很近。

一天，他的头像又闪动了。

我问：“汶川地震君健否？”

他马上打出来：“不健怎与您聊天？”

我很高兴，说：“小子，反应够快的！”

"还不是跟您学的。谢谢您哟。"

我觉得这是一个无忧无虑、心里洒满阳光的孩子，就像一条在水中快乐游荡的小鱼。

没想到，这次聊完之后，再没有他的消息。我几次打开电脑，盼望那个头像闪动起来，可是没有。我想，也许是他的父母怕他上网耽误学习，把他控制起来了，要是如此，我不能去找他的。

一晃，三年过去了。今年清明节前几天，突然有一个"雪狼"要加我为友。我以为可能是我的学生，就加上了。刚加完，手机上线的"雪狼"就来了。

"您还记得我是谁吗？"

"不记得。"

"是前两年常和您对对联的绵阳的小孩。"

"柳孤仙人？"

"是。"

"这几年你跑哪儿去了？"

"哪儿也没去啊。"

"怎么找不到你？"

"是我不小心删了一组，没想到您就在那组。我找了很长时间，可是您的地址改了，前天才找到。"

"你今年要高考了吧?"

"我留级了,还在高二。"

"为什么呢?"

"我身体不好,得了乙肝。"

"严重吗?"

"发过两次病了。"

"那得抓紧治啊。"

"一直吃药呢,花了七八万了。不能根治的,就得控制。现在我连学校食堂的菜都吃不了了,一吃就恶心,菜里辣椒太多。"

"你们四川人不是都能吃辣椒吗?"

"医生说要忌辛辣。我一米六五的身高,体重只有九十多斤。"

我听了不禁一颤,就问:"你的父母做什么工作?"

他说:"都是农民。已经离婚三年了。"

"那你跟谁过?"

"跟爸爸。"

"常见到母亲吗?"

"不,有一年多没有联系了。"

"没打过电话?"

"以前打过的。后来我的手机丢了,我忘记了号码,就没法联系了。"

"你问问你姥家的人不就知道了?"

"问过了,他们都不知道。我妈只关心我,和别人不联系。"

"你的手机号换了?"

"没有,我怕妈妈找不到我。"

"那她为什么不给你打呢?看来你母亲不是一个负责任

的人。"

他赶紧说:"不是啊,一定是有特殊原因的。"

"想妈妈吗?"

"当然。经常梦见她。"

我心里又是一颤:多可怜的孩子!父母离异,身患重病,命运如此不济,可还是这样理解他人,让人爱得心疼。于是就想换一个轻松一点儿的话题。

"在我的印象里,你小脸圆圆的,黑黝黝的,很可爱,很聪明。"

他说:"除了'很聪明'以外,别的都对。我母亲就是圆脸盘,我长得像母亲,我们这里的人都说长得像母亲的人命好。"

呜呼!还命好呢?我更加心痛,但也真愿意他永远这样乐观下去。

"对了,前几天我写了一篇散文,可以帮我改改吗?在我的空间里。"

"当然可以。"

于是我打开了他的空间。

雪　狼

我是狼!我以拥有高贵的狼族血统而感到骄傲。母亲曾经告诉过我,在我出生的那一日,天空风云变色,电闪雷鸣,森林里一片寂静,冷酷的雨点无情地打落在林间的树叶上。这时几乎所有的动物都聚集到我家的门口,风雨交加的黑夜也未能改变它们的敬意,依旧执着地守候在那里,为的只是等待我的降临。终于,风云停止了变幻,雷电停止了轰鸣,无情的暴雨也知趣地躲在了云里。这时，天空出现了一片金光，越来越亮，把整个森林都映得金黄。天空有两只凤凰呈头追尾式地盘旋着，就在这时，我来到了这个世界！

我坐在一个山头，任凭孤独填充着我的心扉。回想起母亲的话和那关于我出生时的场景，我知道，我不是一个平庸者。虽然现在的我一无所有——没有属于我的狼妻，没有属于我的狼堡，没有属于我的子民，没有属于我的领地。我依旧是一只还在逐梦途中的雪狼。没人关心，没人注意，可我知道，我也有飞黄腾达的时候，只要我现在不放弃，那么一切都会变得容易。

苍白的月光无力地流泻在我那雪一般的毛皮上，四周的万物也因我而熠熠生辉。我张开血盆大嘴对着月亮，嗷嗷的声音响彻整个森林。月亮畏惧我的怒吼，躲在云里；乌鸦畏惧我的怒吼，随音而起。可我怕打破这美丽的宁静，于是停止了怒吼，伸出舌头，仔细舔舐着我的皮毛。一阵梳妆过后，我便迈着高傲的脚步向东方走去。

天色渐渐明亮起来了，这时我才发现我走在了回家的路上。

我不能回去！这是我们狼族的大忌！我现在成年了，就不可以再依靠父母了。我必须在成年后离开他们，去到那无狼之地，开辟属于我的天地。想到这里，我便痛苦地扭过头去，再次回到了陌生而又熟悉的森林里。

我是狼！我拥有高贵的狼族血统！这是一个不可亵渎的事实。出生时的场景注定了我是一个成功者。

纵然现在的我一无所成,我拥有了狼族高贵的血统,骨子里充满了斗志,充满了信心,充满了逐梦路上披荆斩棘的快刀。拥有了它就拥有了属于我的天下。

看了他的文章,孤独、冷酷攫住了我的心。我仿佛看到,清冷的月光,荒凉的旷野,一匹饥饿的狼孤独地彷徨,有时仰头长嗥几声,回应它的只有凄厉的北风。孩子啊,出生时的风雨交加,电闪雷鸣,是不是正预示了你的多灾多难?我知道你的内心很苦,可是你不愿屈服,仍然对前途充满希望,雄心不减,斗志不衰,瘦弱的身躯里蕴含着多么刚强的血性!

看完,给他改了几个字和几个标点就发了过去。

"谢谢您!很晚了,您休息吧。"

我关了QQ。

清明节那天晚上七点,刚打开QQ,他的头像就闪动了。

"学校放假了,我在家。"

"清明节放假吗?"

"是的。爸爸出外打工了,我回家给爷爷扫墓。"

"就你一个人?"

"是啊?"

"自己做饭?"

"是的,我早就会做。"

"寂寞吗?"

"嗯。我十多年没叫过爷爷了,我可以叫您爷爷吗?"

对这样一个孩子,我能拒绝吗?于是我说:"当然可以,你是好孩子嘛。"

"爷爷,今天我写了一篇作文,再给我看看吧。我先去吃饭。"

我打开他的空间:

心中的夜

我是一个留守青年,总是喜欢听着刺耳的音乐孤零零地坐在院子里,望着西方的残阳,默默地等待着黑夜。

太阳终于禁不住一天的疲惫,带着红扑扑的脸向山那边躲去。白云似乎受到了感染,已经变得血红。这便是夕阳!可是我并不喜欢它。我之所以要提它,是因为它意味着白昼即将过去,而黑夜将要来临。

苍穹好似一个生气的妈妈,拉下了黑夜的帘幕,为的却只是要惩罚她那不听话的孩儿。

月亮也好像很生妈妈的气。他不明白为什么在太阳哥哥行走的时候有妈妈为他照明,他拼命地追赶着太阳,却始终不见其踪影。或许他只想问一下太阳,妈妈为什么这么不公平。他的恼怒、沮丧,也都伴着昏暗的月光穿过层层叠叠的竹叶,然后随着月光流泻在院子里。皎白的月光勾起了我的阵阵心绪。

"举杯邀明月,对影成三人。"天生笨拙的我从小便不会饮酒,故无福享受与月共饮的情趣。我只得双手合十,望着南方,嘴里念叨着:"但愿人长久,千里共婵娟。"

这时一颗流星划破苍穹,拖着长长的尾巴向远处跑去。这一幕精彩的表演赢得了其他星星的频频眨眼。但紧接着便是叹息,我不禁想道:流星脱离了自己的轨道,燃烧了自己的生命,才获得了这昙花一现的美丽,而我不希望我的人生有多么的美丽,多么的精彩纷呈,我只需要我的父母亲能每天和我在一起，然而这一切的一切都是奢求。

我若是一颗流星，父母会看到我光彩照人的一刻吗？他们也许会，也许还会说："我们的苦没白吃啊！你们看看，那颗最美丽的流星就是我的儿子呀！"

老师可以看到我光彩照人的时刻吗？也许会吧。那时他们或许激动万分地说："瞧瞧，那就是我的学生啊！你们看看他多美丽啊！"

同学会看到我光彩照人的时刻吗？也许会吧。那时他们也许会说："唉！惭愧啊！想当初我们是多不应该啊，要不然我也好意思请他帮忙了。你看他多美啊！一定是什么事都可以摆平。"

关心我的人会看到我光彩照人的时刻吗？也许会吧。而我不希望他们说些什么，我只想让他们坐下来好好地欣赏我美丽照人的时刻，因为我的光芒都将为他们释放。

然而我究竟不是流星。一切的一切也都只是想想罢了。

月亮也渐渐溜到了半空，微弱的光照耀着心里的黑夜。

镜中花，水中月，我提了凳子向堂屋走去。关上了门，也关上了心。

看完，我的心情很沉重。一个瘦弱的孩子坐在门槛上，仰望着浩渺无边的夜空，寄托着自己的心语。他是否意识到了这不幸的命运？流星，多么让人心酸的比喻！但是他没有消沉，他希望短暂的生命焕发出夺目的光彩，让父母骄傲，让老师骄傲，让同学公正地看待他，让自己无愧。我想对他说：孩子，你不是流星，你是恒星，你已经发光了，这光将越来越亮，和群星一起璀璨！

等我稍作改动之后，他的头像却消失了，过一会儿，他才上来。

"刚才停电了，一个线头断了，这回弄好了。"

"哦，你挺能干啊！"

"哈哈，谁不会啊。爷爷，我现在跟无为叔叔学习写近体诗呢。"

这我知道，在他的空间里看到了。

"看到了，很懂格律。"

"别夸我，给我提提意见。"

"就是模仿痕迹太重了，有些无病呻吟。"

"是的，要不咋让爷爷批评呢。"

"睡吧，孩子，做个好梦！"

"爷爷再见！"

"再见！"

第二天九点多，他又上线了。

"爷爷，我回学校了。"

"这么快？离学校近吗？"

"三个小时的车程。"

"三个小时，不近啊！"

"五点我就起来的。现在正走在去新校址的路上。"

我担心他的身体，问道："远吗？"

"不远，五六分钟就到。"

"慢点儿走。"

"爷爷不必担心，我会照顾自己的。88。"

我关了机，眼前出现一幅图画：一个瘦小的男孩，背着书包，走在煦暖的阳光下，不时地擦擦额头的汗水。哦，雪狼，你就像一只雪狼，一只孤独、寂寞、顽强的雪狼。但愿你一路走好，凭你的勇敢、乐观、自信，走出困境，寻找到水草丰美、食物充足的乐土！

三轮车夫

在我们这个小县城里,楼院门口、胡同转角处、单位门前、大街两侧,三轮车到处都是。尤其是汽车停靠点,未等车停稳,呼一下就冲过来无数,争着喊你拉你,如果是外地人,真会吓一跳。车夫有各色人等:五六十岁的老头,二三十岁的小伙,三四十岁的妇女……他们大多皮肤黝黑,眼泡红肿,偶有白皙斯文的,那一定是新手。夏天,他们大多穿背心短裤,甚至光着膀子,脖子上搭一条毛巾;冬天,裹着厚厚的棉大衣,戴着撒下帽耳的长毛帽,围着只露双眼的大围巾,脚蹬齐膝的长筒靴。你一出门,只要看他们的装束,就知道阴晴冷暖了,不用看天气预报。

说实在的,我对他们没有什么好感。并不是我鄙视劳动人民,我的祖辈、父辈都是"暴霜露,斩荆棘"土里刨食的农民。我讨厌的是他们跑起车来风驰电掣一般,多大的缝都敢钻,让你坐在车上提心吊胆。是为省油还是为抢活儿?也得注意点儿安全哪!你就是在路上走,他们也会冷不丁地冲过来,用三个轮子在你身边画一个圈,弄得你心惊肉跳——车碰车、车碰人的事儿时有发生。特别恨人的是,下点儿牛毛细雨或是飘了几片雪花,他们立马涨价,绝不肯放过机会。城里的公交车不管坐多远就一块钱,这屁大点儿的小县城,缺少安全性的三轮车起价就三块!

有一次，和一个亲戚唠起了他们。我说："这帮人真差劲！"他说："别这样说呀。在给四川灾区捐款的时候，他们可积极了，把车往捐款箱前一停，掏出钱就往里塞，让他们留下姓名，他们害羞似的摆摆手，开车就走了。"亲戚的话强烈地震撼了我。有多少"体面人"在单位号召捐款的时候怨气冲天，掏了钱还牢骚满腹。这些车夫并不是大款，他们没有单位，没有领导表扬，没有人给他们记功，却那样慷慨，那样大方，这是怎样的情怀、怎样的境界呀！我不禁肃然起敬，深为先前的偏见感到愧疚。

一天中午，小睡一会儿之后，我觉得很无聊，走出院门，看见两个车夫在车上打盹儿，于是和一个与我年龄相仿的人攀谈起来。

我问："你们一天干几个小时？"

他稍微思忖一下说："早晨五点起来，晚上十一点左右回家。"

"一天能挣多少钱？"

"正常情况下，二三十块钱吧。"

"也不多呀。"

他叹了一口气，幽幽地说："没办法呀。没班可上，做买卖没本钱，可总得要生活呀。"

我心里有些震动，或者说是同情。"你们为什么跑得那样快呢？多危险哪！"

他说："也就那么几个时候有活儿——上下班、晚饭后、客车来、雨雪天。你不快点儿，没得赚哪。"

哦，我理解了他们。"听说给四川捐款的时候，你们都很踊跃嘛。"

"那是应该的，毕竟比他们困难少哇。穷人最理解穷人。"

话很朴实，却很动人。我想，贫穷有时会扭曲人性，但良知会升华品格。

  以前，我是不大爱坐三轮或让人擦皮鞋的，自己有手有脚，何必让别人伺候呢？更何况一做这些事，就会让我想起老北京街头的骆驼祥子，想起流浪于上海街头的三毛，想起朝鲜电影中的卖花姑娘，总觉得有一种剥削之嫌。现在，我懂得了……

  后来县城里开通了公交车，我不禁为三轮车夫的命运担忧起来：会不会影响他们的生意呢？还好，事实证明对他们的生意并没有产生大的影响。因为公交车受时间、地点的限制，而三轮车随时随地可坐；公交车是你等它，三轮车是它等你，而且车夫还会帮你装卸物品。真要取缔了它，不仅断了车夫的谋生之路，大家也会感到不方便。

  现在，我再坐三轮时，不再讨价还价。不是怜悯，是对他们劳动的尊重。

在盘锦的日子

儿子调到盘锦工作了，于是我又想起了在盘锦的日子。

1975年，盘锦发生了地震，辽浑太（即辽河、浑河、太子河）河堤出险，辽宁省政府号召全省各县及各大专院校组织民兵团奔赴盘锦开展辽浑太大会战。

我们县也组织了拥有十个连的民兵团。三个公社编成一个连，其中每个公社有十名教师。我当时二十七岁，正是年轻力壮之时，又是教语文的，还带过一个文艺演出队，所以特意派我当连部文书。于是我背上手风琴，随大部队出发了。

坐了一夜火车，两个来小时的汽车，第二天早晨七点左右到了大洼县小亮沟村。连部和伙房就设在一户姓王的人家，四间房，西面两间做伙食班的宿舍和仓库，中间一间是厨房，东面一间是连长、指导员和我的宿舍。房东住在院子里搭建的防震棚里。

我发现，这里和我的家乡很不同：地广人稀，村子和村子离得很远；看不见山，也少看到树，即使有几棵树，也都又矮又弯，像生病的小老头。没有瓦房，全是泥顶的平房，房檐是用酒瓶子摆放的，椽子都是用从供销社买来的镐把做的，屋墙是用泥土堆起来的，倒也光滑。每家院子都有一个大大的稻草垛，是用来烧火做饭的。这里的土黑乎乎的，一下雨，非常泥泞，在你的脚底沾上厚厚的一层。

第一天晚上，团里来了任务，明天上午召开全团誓师大会，让我代表战士发言，于是我赶紧写发言稿。誓师大会是在村前的树林里召开的，黑压压一大片人。团长讲过话后，轮到我发言。我发挥了语文教师的特长，感情饱满，语调激昂，诗一样的语言鼓舞得全场群情激昂。讲完回到队伍的时候，人们向我投来赞许的目光。

会战打响了，那才叫披星戴月。凌晨四点，天还没有大亮，我们就吃完早饭出发了。声声鸡鸣更衬托出凌晨的寂静，嘹亮的军号声在空中回荡，战士们神情肃穆，脚步匆匆，红旗在晨风中猎猎作响。于是我写下了第一首诗《出工》：

夜幕还没有完全收起，
启明星还眨着神秘的眼睛，
我们排起整齐的队伍，
在鸟儿没醒的拂晓出工。
听，脚步咚咚，
把沉睡的大地敲醒；
军号嗒嗒，
震荡着辽远的天空。
看，闪亮的银锹，
划破了弥漫的晨雾，
青春的面庞，
把东方的早霞烧红。
走在身边的指导员问我累不累，
我仰起笑脸把话应：
昨晚的理论学习给了我无穷的力，
尽管压肿的肩膀还有些发红。

啊，我们的意志似钢铁，
我们的青春比火红。
请看那面在晨风中猎猎作响的红旗，
就是我们英雄队伍的象征！

　　会战是紧张的，劳累的。在河堤下挖出泥土，装在大大的箩筐里，然后再抬上高高的堤坝。那里的铁锹和我们家乡的不一样，锹板瘦长，齐头无尖，因为那里的地里没有石块，锹插进去就托起一块整整齐齐的泥饼，并不掉渣。每天吃四顿饭，两头在连队伙房，中间两顿饭送到工地，全是大米饭。这里的大米真好，米粒长长的，煮出饭来软乎乎，香喷喷，一进伙房，那股香味就直往鼻孔里钻。

　　那时真是官兵一致，连长、指导员、队医也都主动参加劳动。指导员付连方（原公社副书记）、连长杨斌（原公社武装部长）年龄比较大，照样去挖泥抬土，我很感动，于是写了一首《连长有把小钢锹》：

连长有把小钢锹，
溜薄锃亮银光闪耀。
当年带它上战场，
挖掘工事修碉堡。
短兵相接鏖战急，
用它把敌人脑袋削。

连长有把小钢锹，
改天换地有功劳。
铁臂一挥山搬家，

层层梯田入云霄。

如今到盘锦修大坝,
连长又带上小钢锹。
利刃斩断洪水路,
筑起长堤锁狂涛。

连长有把小钢锹,
溜薄锃亮银光闪耀。
锹刃磨平把磨细,
战斗青春永不凋。

后来这首诗被收进《会战诗选》里。

不久,团里举办赛诗会,要求每个连创作十首诗。当晚,我把三十名教师找来开了个动员会,布置一下任务,第二天就陆续有人交稿了。经过筛选和修改,凑了六首,差四首就得自己写了。两天后,赛诗会开始了,各连队的文书来到团部广播室,十个连外加团部按顺序直播。赛完回到工地,看到大家都很兴奋,说咱们连好,写得好,朗诵得也好。第二天,团里选了十八首优秀作品印发下来,就有我们连六首,其中四首是我写的,两首是经我修改的。

有一天晚上,团里召开连队文书会,说现在的通讯报道跟不上,有一个房东大娘把战士换下的衣服都给洗了,可是连房东的姓名还不知道呢。回来后,我就写了一首《多像当年沙家浜》:

条条渠水映夕阳,

晚霞染红柳千行。
战士收工回到"家"，
不由得愣住细打量：
出工时脏衣刚脱下，
是谁洗净檐下晾？
房东大娘走出来，
满面春风把话讲：
还不进屋快吃饭，
时候大了会晾凉。
战士握住大娘手，
一股暖流涌心房：
辽南辽西心连心，
贫下中农胜亲娘。
喜看今日小亮沟，
多像当年沙家浜。

后来这首诗被收录进《战地诗选》里，还被《朝阳日报》《辽宁日报》和"东方红"农家历转载。但是有些地方被他们改动了，第一句改成了"条条渠水碧波荡"，第十句改成了"饭后学习小靳庄"。

五一劳动节到了，但并不放假。我想，既是劳动节，就写点儿关于劳动的东西吧，于是趴在大堤上写了一首《五一放歌》：

温柔的春风，把富饶的水乡吹绿；
灿烂的阳光，照亮了长堤千里。
我站在堤上放声唱啊，
歌唱你——光辉神圣的五一！

啊，五一，
你染过多少战斗的征尘，
你记载着多少次无产阶级的胜利；
你听到过芝加哥的第一声春雷，
你看到过南京路上工人罢工的血迹。
你是战斗的号角，唤起被压迫的人民挣脱羁绊；
你是智慧的钥匙，让自由的人们创造出生命的奇迹。
你的战歌鼓舞着全世界无产者团结战斗，
满怀信心地去夺取新的胜利。
弯曲的"5"，多像农民使用的镰刀，
刚劲的"1"，多像工人使用的铁锤。
啊，五一，
你标志着无产阶级的勇，
显示着工农群众的力。
今天，你又带着各条战线的喜讯，
来到了红旗飞扬的工地。
我们知道，战斗的节日应该怎样度过，
我们懂得，国际劳动节的深刻含义。
千里长堤，联结着五洲四海，
一锹一铲，为的是共产主义。
看，龙腾虎跃，红旗林立，
百万大军，挥汗如雨。
东风浩荡传捷报，
凯歌高唱庆五一！

　　会战接近尾声时，连里要给大家发点儿纪念品，于是我和副连长田广荣（我的表弟）去营口买背心。我们早早来到辽河边，和十几个人一起坐上了摆渡的木船,船夫是一个四十来岁的汉子,高高大大,黑黑的。过了河坐汽车到了营口,只见市面冷落,街道两旁的楼房显然带有震后的痕迹,有的倒塌,有的倾斜,有的裂缝。去了两家商店,空空荡荡,买不到要买的东西。于是到一个公园看了看,照了一张相,就打道回府。

又来到河边的时候,太阳已经西坠,风飕飕,野茫茫,不见一个人影。我们俩很着急,摆渡的人呢?这时传来一声声砍木头的声音,我们就喊:"哎——船夫!"一会儿,就看见一个人从一个沙窝里站起来,正是那个船夫。他走过来,我们俩上了船。我问:"你干啥去了?"他举起手中的木棒,说:"砍一支船桨把儿。"我问:"这是你自己的船吗?"他说:"不是,是生产队的。"我又问:"挣钱归你吗?"他说:"不,交给生产队,给我记工分。"天色更暗了,连那宽阔的河水也黑阴阴的,我不禁害怕起来,想起《水浒传》里的"浪里白条"。我想,他真要是拿出砍刀,问我是吃馄饨还是吃板刀面,可怎么整?淹死在水里有谁知道?他还是划着船,并没有动用砍刀。他说:"你们俩不想划划?"表弟毕竟是当过兵的,就说试试,划了几下,又递给我。我有些发慌,没划几下,一松手,船桨就掉进河里,随着河水漂走了。我吓得不得了,生怕要吃馄饨或是板刀面。好在他没有发怒,只是说:"看看,我好不容易找到这根木棒,明天还得去找。"说完问我们连队里有没有粮食加工后剩的糠皮,我一听放心了——他有求于我们。

回到连部的时候,天完全黑了。刚吃完饭,团部宣传部长——县教育局的李长江老师来电话,让我为《战地诗选》写篇序言。我说:"还是你们团部写吧。"他说:"我们写过了,首长相不中啊。"于是我只好答应下来,第二天写好后送到了团部。可以说,我那篇序言,就是一篇绝好的诗(哈哈,自吹自擂了)。

会战马上就要结束了,县文艺队来到小亮沟,要做答谢演出,团里又让我给文艺队写一首朗诵诗。演出时,我去看了,心里有一点儿小小的骄傲。

　　三天后,我们列队步行到盘山县城乘火车,到了建昌县城后又乘汽车回到家乡,车站上有很多领导、同事、朋友来迎接我们,像欢迎凯旋的战士。哦,故乡,真亲切啊!

　　那段岁月已经过去四十四年了,我也由风华正茂的青年变为两鬓着霜的老人,盘锦也由满是芦苇的湿地变成了遍地磕头机的油田城市。每当乘车路过那片曾经战斗过的土地,我总是浮想联翩。今天,我的儿子又到这片土地上工作,但愿他像当年那些民兵一样吃苦耐劳、忠诚善良。

阳台上的风景

我所居住的小区，在城里算得上是比较大的。二十栋楼房，被一条五百来米长的南北走向的巷路分成东西两大块，西面是八栋公寓式的六层楼，东面除了五栋和西面一样的楼房外，还有四栋"别墅"。所谓的"别墅"，也并不是"在风景好的地方建造的供休养的住宅"，只是九户连在一起又被高墙隔开的小宅院，每户门外墙根下都栽植着桃树、杏树、丁香、梧桐等，扶疏掩映，从窄窄的小门望进去，还真有一种"庭院深深深几许"的感觉。

我家就在巷路西边一栋楼房的最东边的五楼，楼下就是那条巷路。早晚的闲暇时间，我爱在阳台上看风景：春天看第一朵花开，第一片叶绿；夏天看雨点在水泥地上砸出的一个个水泡；秋天看第一枝枫红，第一瓣菊黄；冬天看霜雪薄敷的巷路上留下的一串串屐痕。早晨看朝阳从远处的山顶上冉冉升起，傍晚看夕阳在晚霞里渐渐消失。

当然最常看的还是小区里的居民和巷路上的行人。

天刚蒙蒙亮，小区里就有了动静。

"喂，老张大哥，怎么好几天没看见你啊？"

"去闺女家了，昨晚才回来。"

"好福气啊，儿女双全！"

"唉，总在一个地方待，别人不烦，自己也烦啊。"

看不清面目,但那声音在早晨清冽的空气里格外响亮。

天渐渐发亮,晨练的人逐渐多起来,老年人步履悠然,年轻人脚步铿锵,一身身运动服从老年人的身旁轻盈地掠过。中老年妇女出来了,三个一群两个一伙的,说说笑笑,叽叽喳喳,敢和早醒的鸟雀争鸣,有的甩着胳膊,有的拍着屁股,无忧无虑,好像晨光早把她们的心房照亮了。等太阳刚冒头的时候,人们陆续回来了,有的拎一把青菜、一袋水果,有的拎一罐豆浆、几根油条。

背着书包的学生们陆续从楼门里走出来,有的还揉着惺忪的睡眼,被父亲推进小轿车内;有的走到楼院大门外,打一辆专门等候在那里的三轮车;最帅的是那些骑自行车的,把背带长长的书包往后一甩,斜挎在肩膀上,骑上单车,吹着口哨,摇头晃脑地冲出去了,晨风吹着他们的头发向后高高扬起。

晚饭后,人们大都从家里走出来,年轻的穿得花枝招展地去逛街或是逛公园,中年妇女牵着漂亮的宠物狗,悠闲地踱出院门,小狗在后面屁颠屁颠地跟着跑,浑身的毛颤巍巍的,宛若水桶里的凉油粉。路灯亮了,马路也发了光,黑魆魆的楼影树影,给小区平添了一份优雅和静谧。上了年纪的人围坐在院子里的石桌边闲聊、玩扑克,也有的一边闲聊一边择菜,不时发出一阵笑声。一对青年男女拉着手顺着巷路走过来,小伙一头黄色碎发,穿着花格衬衫、瘦瘦的白裤子,姑娘穿一件白色低胸连衣裙,披肩长发仿佛黑色的瀑布直泻下来,颈上的项链在灯光下闪着晶莹的光。他们走到一栋楼的阴影处站住了,小伙抱住姑娘,把脸贴上去热吻起来,对过往的行人,他们浑然不觉。

夜色渐浓了,路上偶尔溜过几个身影,边走边唠:"手真背,一晚就和了三把,还给人家点了个大炮!"

"胜败乃兵家常事,明天再战?"

"再说吧,出牌贼慢,憋气!"

他们的身影渐行渐远,只有对面一楼那家窗子还亮着,里面传出一阵阵哗啦哗啦的搓麻将的声音。十一点以后各家的灯光陆续熄灭了,只有如水的月光静静地抚摸着楼顶。

一天早晨,我又从阳台上望下去,看见一个六十多岁的男子和一个三十岁左右的女子沿着巷路由北向南走。男人突然蹲下来,用手捂着胸脯连声咳嗽,不一会儿就倒了下去,痉挛着,挣扎着。而那个女人就站在旁边,两手插在裤袋里,昂着头看着远处。我想那男人是犯病了,一定很痛苦,就喊:"快帮帮他啊!"估计那女人会听得到,可是她理也不理。过了好一会儿,那男人抓着铁栅栏缓缓挣扎起来,跟跟跄跄地向前走了,女子也跟在后面走了。

一天午饭后,我觉得屋里闷热,就来到阳台透透气。忽然听到一阵刺耳的警笛声,随即就看见一辆警车停在前院楼下,先下来两个警察,拉开后面的车门,拖出一个四十岁上下的男子,那人戴着一顶软塌塌的蓝帽子,穿一身说不清是灰还是蓝的旧衣服,一双破旧的胶鞋,灰头土脸,瘦瘦的,整个人看起来灰突突的,只有手腕上的手铐在正午的太阳下偶尔闪动着刺眼的光。两个警察一左一右,把他拉进第三单元的楼门。过了一会儿就出来了,那个男人又被推进了警车,警车又鸣着警笛开走了。院里早聚集了很多看热闹的人,我听见一个知情者说:"上午九点多,这家伙撬开了老王家的门,拿了几件衣服和两条烟,还没等出门就被老王堵了个正着。报案后,公安局就来车把他铐上带走了。"

感谢阳台,每天都为我播放着小区系列连续剧,那是真正的原生态,每个人都是导演,每个人都是演员,一年三百六十五天从不停歇地演绎着平凡人的生活。生活的节奏是稳定的,就像每天都是二十四小时一样,虽然没有什么惊天动地的大事,但人们也并不觉得有什么缺憾——谁愿意改变这稳定的生活呢?

孤寂的海

小时候读过一些诗文，其中很多是描写大海的。曹操"秋风萧瑟，洪波涌起"的苍凉悲壮，普希金"翻滚着蔚蓝色的波浪，闪耀着娇美的容光"的美丽奔放，高尔基"看吧，狂风紧紧抱起一层层巨浪，恶狠狠地将它甩到悬崖上"的峭拔遒劲，毛泽东"秦皇岛外打鱼船，一片汪洋都不见"的辽阔苍茫，都给我留下很美的感受，引起我无尽的向往。我家住在山区，但是离大海并不远，不过二百里路，可是在那艰苦的年代里，谁敢有旅游的奢望啊？所以看海的想法就像凡人想上天，穷人想住进皇宫——不仅可笑，简直荒唐！于是只能在梦中勾画自己心中的大海。

1972年，单位的文艺宣传队需要添置一些乐器，于是派我——这是理所当然的，我既是编剧，又是导演，又要伴奏——和另一名擅长乐器的同事到秦皇岛去采买乐器。我很高兴，因为终于有机会看到大海了。第二天就动身，傍晚到了秦皇岛，就去找住宿接待处——多亏带了县级介绍信，否则还不接待呢。但是第一天必须住浴池，第二天再换旅社。管他呢，浴池就浴池吧。

第二天早晨六点，我们坐上了发往北戴河的公共汽车。天已经大亮了，我知道，海上日出是看不到了，但还是把头歪过去，透过车窗遥望着东方。东方的天际红红的，像匀匀地敷上一层胭脂。可由于山遮树挡，没有看见太阳。七点来钟，汽车在北戴河车站停了下来。我们急忙下车，顺着一条斜坡路快步向海边走去。路的两旁是一幢幢别墅，两层或三层，白墙红瓦；二楼外围着一条游廊，可以看见里面的白色藤椅，往下都是扶疏的树木；再往下，看不见了，丈把高的围墙挡住了视线。听别人说，这些楼都是高干避暑的地方。

往下又走不多远，一片无边无际的淡蓝展现在面前——哦，大海，你来了！不是来到我的梦里，而是来到我的眼前！博大，浩渺，壮阔……一大堆形容词涌入脑际，涌出喉咙。这些词不只是海的特征，也是我涌动多年的豪情啊！是的，多少名胜古迹，其实本身并没有那么大的魅力，但是一旦融合了人们长期积蓄的情感，就会魅力无限了。就像万里长城，谁能看得见它绵延万里？谁能从山海关望到嘉峪关？谁见过几十万人背负青砖修建长城的壮观景象？人们只不过是从孟姜女的传说中，从历史教科书上，从零星的图片里，才"思接千载，视通万里"的，否则只不过是垒起来的破砖乱瓦而已。而大海则不同，那是自然的伟力造就的，它来自远古，存于未来，虽有沧海桑田之说，那也是多少亿年的事，有什么能和它抗衡呢？

面对眼前的大海，用什么词来形容呢？最恰当的莫过于"永不停息"吧。看，一排海浪涌过来了，在碧蓝的底色上滚动着白色的蕾丝，越来越高，越来越响，然后哗的一声扑上沙滩，溅起无数乳白色的泡沫，然后又轻声叹息着退回去，第一排刚退，第二排马上就赶过来，就这样循环往复。我想，是不是海浪早想摆脱大海深处的寂寞而要极力地冲上海岸呢？是的，即使不能登岸远行，激扬的浪也胜过沉默的水，那毕竟是生命的爆发啊！

极目远眺，广阔无垠，海天一色，万点碎银在明丽的阳光下明灭跳动着，像无数个妖童拿着一面面魔镜在舞蹈，向人们宣示着海的存在。那些妖童不管他们的表演是否有人欣赏，只是兀自地不知疲倦地跳跃着。偶尔驶过的一两艘轮船，会引起他们怎样的惊喜啊？可是那些船缓缓地贴着海面驶过，无声无息，没有亲昵，没有留恋，甚至连厌恶都没有，只是渐行渐远，直至无影无踪。这将使这些舞蹈着的精灵怎样失望和伤心呢？我想游泳，可是刚把衣扣解开，一簇浪花就扑了个满怀。哦，好凉！虽是晴天丽日，但毕竟已过中秋，是不适合游泳的。于是只脱掉了鞋袜，把脚探进水中。刚开始凉凉的，渐渐就适应了。海水轻轻地抚摸着我的双脚，充满了柔情，这柔情使我不忍把脚拿出来。

下午五六点钟，海面渐渐热闹起来。几只满载而归的渔船，直挂着白帆，在橙红色的背景上移动着；几十只海鸥叽叽地叫着上下翻舞，让人不由得想起王勃"落霞与孤鹜齐飞，秋水共长天一色"的句子。等到暮色吞没渔船，海风起了，海浪高了，那声音像是无数人的叹息、悲吟。海面漆黑，像硕大无朋的魔鬼等待着前来送死的绝望者。我一下子想到了林道静孤独地在海边徘徊，想结束青春的生命的情景，不禁毛骨悚然。我忍受不了这种凄厉，回旅店睡觉去了。第二天回到市里，去乐器店买乐器。乐器店几乎空空如也，只买了一套横笛和一架扬琴，便登上回家的汽车。

这次出差，对于正事等于白来；然而于我，却是领略了大海的真韵——孤独寂寞、永不停息只是海的表象。它汹涌激荡，那是不甘寂寞的苦苦挣扎；它咆哮怒吼，是有力无处使的愤懑的喧嚣。它有奔腾的愿望，却没有办法摆脱地球的引力；它跳荡着，想引起人们的注意，但人们也只是遥望一眼便作罢，没有人真的想拯救它们，使它们脱离苦海；它们想爬上岸来，但它们所在的群体总是把它们拉回去。凄风，割着它们的肌肤；苦雨，击打着它们的面颊，它们是怎样痛苦地熬着千年万载，忍受着无数个漫漫长夜啊！

  如果是我，宁做奔腾的江河，不做浩瀚的大海。江河还会饱览一路风光，大海只能固守无边的孤寂；宁做山岩的滴水，与青山相依，与花草相伴，没有生之痛苦，没有死之留恋，不做奔腾的江河，费尽千辛万苦最后汇入大海，求生不能，求死不得，那是永久的孤寂啊！

2009年春黑山行

游黑山，这是第三次了。

前两次，是带着学生去的。年轻人心高气盛，每次总是直奔山顶，似乎谁先登顶，谁就越豪迈，越快乐，就像登山比赛似的。虽然体力犹余，精力尚旺，但也气喘吁吁。登顶一望，真也莽莽苍苍，顿生"一览众山小""荡胸生层云"之快。但随即便兴味索然，似乎目的已经达到，心愿已经完成。不下山已经没景可看；下山又觉意犹未尽，留有很多遗憾。所以，每次都是上山兴冲冲，下山默无声，除了累，别的都不记得了。

这次黑山行，是和新荷文学社几位同人一起去的。近日渐觉文思枯竭，于是笔友提议"去采采风吧"。去哪儿呢？去远处没时间，也没经费，白日梦就别做了。近处除了大黑山，还有哪儿？大家说"没有大鱼小鱼也将就"，就去黑山！把想法向党委和工会一说，立刻得到支持。说走就走，周二上完课立刻出发，一行十人，驱车两辆，直奔黑山。

北方的4月，春意正浓。车窗外鹅柳夹道，喜舞东风，不时有梨花、杏花、桃花闪过。车窗内欢声笑语，春意盎然，大有"久居樊笼里，复得返自然"之乐。

车刚驶进沟谷，就见右面高山上如缀琼叠玉，灿若云霞，那是遍野的杏花；左面山上块石累累，如列奇阵。大家说别往前走了，就此下车。于是鱼贯而出，弃车就"道"。称之为"道"，倒不如说是屐痕,可见游者之罕。踩着岩窝,揪着荆棘,迤逦而上。

迎面一方巨石,横卧坡上,状如高床。人们爬上去,或叉腰,做高瞻远望状;或展臂,做拥抱自然状;或支腿而坐,做闲看云卷云舒状,争相高喊:"给我照一张!"满脸阳光的壮壮弟竟如坐莲花,双手合十,两目紧闭,似抛却红尘,寂然入定,但无论如何也掩饰不住满脸的阳光。

越往上,奇石越多,形状越怪。那散漫错落的"蘑菇",上面椭圆浑厚,下面坚实挺拔,不知上下原本是一块呢,还是两块相叠?那只"大蚌",搁浅在沙滩上,唇吻微张,让人动怜悯之情。再往上望,高高的山顶上,一块巨石巍然矗立,似一方大印,威震群山,下面五柱立岩,如人顶冠,依次而下,如五位卿相离朝下殿,我想叫它"五大夫"石。左边,一块巨石昂立高坛,其下群石列阵,立刻使人感到"沙场秋点兵"的悲壮与肃穆:西风肃杀,愁云密布,千万哀兵,蓄势待发。至于"猴子观海""犀牛望月"之类,几乎触目皆是,可惜这些名儿早被黄山石占了。黄山以云海、怪石、奇松名闻天下,这里也是苍松生于石侧,杏花点缀其间,黄土、蓝天、粉杏、赭石,色彩鲜明,相映成趣。只可惜物因地僻而贱,人因位低而微,黑山、黑山石、黑山松,委屈你们了!

正于"千岩万转"中"迷花倚石",太阳已经偏西。第一次来黑山的同事提议:"快上山吧,要不来不及了。"于是又揪草牵棘,迤逦而上,边走边扭头回望,甚是不舍。

驱车再进,愈见幽深。枝杈遮路,时闻风摧柯断,雀飞兔走;溪涧淙淙,偶见水漱石出,犹存残雪。左侧一石,高有数丈,峭滑如壁,正宜题词,大概非"无欲则刚"莫属。

汽车几经盘旋,终于到达山顶。拾级而上,来到206转播台前。凭栏俯视,又见莽莽苍苍的群山,群山皆小,远近村庄,依稀可辨。但风大天寒，冷彻前心后脊；不敢临边，唯恐脚立不住。不禁想起苏轼的一句词："又恐琼楼玉宇，高处不胜寒。"匆匆摆几个"指点江山"之造型，照了几张相，便打道回府。

　　车行至半山腰，只见路边一只雉鸡安然踱步，意态娴雅。车行其侧，不慌不惧，视若无睹，就像徜徉于自家庭院，悠闲自得。几架相机对着它，它都懒得看你一眼，更不可能在镁光灯前矫揉造作了。它的不卑不亢、宠辱不惊倒是令人起敬。

　　古人游山川必感慨系之，余虽今人，亦有叹焉。人生何尝不是一次旅游？急功近利，恨不得一下登顶，览尽无限风光，必然会错过诸多风景。只有沿途仔细欣赏，用心体会，才会尽览众生百态，世间万象，否则就只是一个匆匆过客。人们哟，不要为了追赶那只美丽的豹子，而错过沿途的风景。豹子永远在你的前头！当然，我也不希望人们像南北朝时期的吴均那样"望峰息心……窥谷忘反"，望峰息心，何以济世？窥谷忘反，何以谋生？崇高的理想都该有，只不过别过于急切罢了。

8月盘锦游

儿子来电,邀我们全家到盘锦玩两天,他身在沈阳的岳父母、妻子、女儿也去。

15日,我和老伴、孙子坐了四个小时的车,十一点半到了盘锦。儿子开车接我们去饭店吃了午饭,就去了他租住的寓所。下午三点,沈阳这一拨也到了,屋里立刻充满了快活的空气。儿子说,这里是盘锦最好的小区,到外面转转吧。于是一行人出了屋,到院里观赏起来。真不愧是最好的小区,小桥流水,亭台轩榭,鲜花嘉树,水草锦鳞,院里不见一辆车,清幽静美,好似地道的苏州园林。搞建筑的亲家向一闲步者询问房价,闲步者说是六千八百元一平方米。亲家说真不贵,就是这院里的设施,每平方米也需两千多。

第二天,我们驱车去电视剧《金色农家》的拍摄基地——上口子村。到村头,就见一个大荷塘,碧绿如翡翠。一座供游人观赏荷花的木桥几经曲折延伸到荷塘的另一头。花已经不多,零星地散布着,如朱自清所写,"正如一粒粒的明珠,又如碧天里的星星"。碧绿的莲蓬挺立着,虽不如荷花娇艳,却也如少妇一般别有一番情韵。赏着荷花,拍几张照,实在惬意。

走到那头上岸,见一个木头架起的两层的高台,上面有不少人在四处观望,我们便也登上去。哦,原来那边是稻田,几十亩连成一片,有如毛茸茸的大毡子。不同颜色的水稻组成一幅幅不同的图案，有东北二人转，有党旗和平鸽，有卡通动物——你不能不赞叹：劳动人民才是是真正的艺术家，他们把实用物品艺术化，把艺术生活化，创作出的作品既朴实又大方。

离开稻田，顺田边小径回到公路旁的入口处，问路人还有什么可玩之处。他们说，下面就是辽河，可以乘船漂流。于是我们下去，上了游船。这是辽河边的一个小港湾，水面平静，水深绿深绿的。那船，上有遮阳的篷，两边各有一条长凳，船头露出的部分是碗口粗的蓝绿色的排竹，但我疑心那不是真的竹子，可能是为了制造江南意境刻意用金属或塑料做成的。让人无趣的是，船是机动的，发动起来啪啪地响，破坏了我所追寻的"野趣"。我更喜欢那"野渡无人舟自横"的荒冷和"小舟撑出柳阴来"的静谧。

等小船真的行驶起来，电机的声音并不大，完全被耳朵所遗忘。河湾里的水，平静，深沉，仿佛把人带到梦里去。再往前去，水面突然开阔起来，涌动的波浪一个追逐着一个，拱起一座座马鞍似的曲线，船夫说已经进入辽河了。

眼前一片光明，太阳很好，风也怡人。两岸的芦苇，零星的野菊，露出一半的玉米秆，像没有尽头的屏风，把江流镶嵌在中间。抬眼望去，河水舒舒展展地向东南流去，大概是一直流入渤海吧。右前方靠岸的地方，几十根稀疏的小柱子围住一个院子大小的水域，每个柱头上都有一个白点，那是什么呢？正猜想，那些白点扑棱棱飞起，原来是栖息的水鸟。这情景，还真有一点"误入藕花深处。争渡，争渡，惊起一滩鸥鹭"的意境。"来，咱们撒网！"船夫拿出一个白色尼龙绳小网撒向河面。船绕了一个弧线，掉了头，把网拉上来，一条鱼也没有。难怪，巴掌大小的、全是窟窿的破网怎么会打上鱼来呢？只是增加一点儿游趣罢了。小船绕回原处泊下来，每人付了四十块钱。

午饭是在古镇田庄台吃的。说是古镇，但据我所见，只有几面仿古雕刻。不过，饭店的烤羊脖倒是极好吃，又嫩又香。1975年海城地震，这里受灾严重，不少人遇难。1975年春，我曾两次从这里路过，村口的小树林里，破棺木、旧炕席清晰可见。可现在，那凋敝的景象一点儿也没有了，满街的商铺告诉人们这里是一个商业繁荣的镇子。

饭后，去大洼区的温泉泡了一个多小时。温泉的设施很全，服务很周到。偌大的洗浴间干净明亮，几个池子的水温度各异。水是流动的，坐在池边的台阶上，那水似乎要把你的双脚漂起来，让人懒散而舒适。洗完，身上滑滑的，绝非普通浴池可比。

第二天，我们去了红海滩，这是我们此行的主要目的。红海滩被誉为"世界红色海岸线""中国最浪漫的游憩海岸线"。专为观赏铺设的廊道，长达十八公里。据说红海滩的红色随季节变换而渐次转深：4月、5月嫩红，6至8月正红，9月由红变紫，最佳观赏时间为5月至10月。看来我们来得正是时候。

大道宽阔笔直，行驶了一个多小时来到入口处。入口的牌楼很简陋，几根木柱支起一个芦苇苫盖的顶棚。旁边的售票处等十几间房屋也都是草苫房。我知道，这不是简陋，而是精心设计的效果——摈弃繁华，返璞归真，体现盘锦这个世界著名苇滩的特色。驱车进门，上了廊道，目光一下就被眼前一望无际的红色吸引住了。

那是怎样的红啊！是夕阳遗落的晚霞？是织女织就的红锦？是即将成仙成佛的修道者通往天堂必经的红地毯？是哪位大仙喝醉了美酒醉倒在海滩熏蒸出来的漫布海天之间的云霓？它浩瀚、博大，望不到起点和终点，氤氲成一片无边无际的红色天地；它如酒，如酱，深沉，凝重，让人忘掉尘世的喧闹，让最浮躁的人也变得沉静。在它面前，别样红的映日荷花显得浅薄，红于二月花的枫林也显得小气。

你不要以为这里单调、死寂，这里是充满生机的，就是那红色，也红出无数个层次：微红，如越女的腮；浅红，如3月的桃；深红，如夕阳映照的霞；紫红，如初秋盛开的鸡冠花。芦苇杂生其间，一丛一丛，翠若绿葱，在大片碱蓬草的映衬下，越发显得清丽秀美。清风徐来，它们依偎着轻轻摇摆，像情侣在窃窃私语，互诉衷肠。顺着架起的栈桥走进去，会看到红海滩的深处，点缀着成百上千个白点点，就像红毯上绣出的白花。我知道，一定是白色的水鸟。

你正凝视着，它们却忽地飞起，落在另一片红毯上。嘎——嘎——天空传来几声惊心动魄的鸟鸣，等你抬起头看，几只黑嘴鸥已经从头顶掠过了。几条河汊插入红海滩，把匀整的海滩分割开来，看起来更加灵动亮眼。顺着河汊往远处看，大地苍茫浩渺，这些河汊大概是流向大海吧。哦，就在那海天相接处，模模糊糊地出现了一座城市，一片楼宇。我疑心是海市蜃楼。儿子告诉我，那是高大密集的采油机。是的，盘锦是辽河油田所在地，我忘了这个茬了。

在栈桥上回望，见廊道那一边有一座木架的高台，凭经验我知道，一定是供人观景的。于是越过廊道，踏上宽阔的台阶、舒展的平台、高耸的瞭望塔。站在塔上一望，视野无比开阔，蓝天白云下，绿茸茸的稻田平展展，齐刷刷，一望无际。黄色、紫色的稻禾组成一幅幅美丽的图案，给这纯绿的稻田增添了几分灵动的色彩。正是"一条廊道分三色，红妆翠袖各相宜"。秋阳明媚，金风微拂，虽未把酒，却也心旷神怡，喜洋洋者矣！

转眼已是十二点，我们带着几许留恋和不舍出了景区，驶进中华路，在路边一个饭馆前停下车。四五间平房，素朴恬静，周围的稻田、菜园、野花，展示出一派清新的田园风光。各种农家菜别具风味，很开胃口。酒足饭饱之后回到市区，虽然胳膊腿儿有些酸，但也酸得爽快，就像当年会战归来，躺在热乎乎的农家火炕上的那种感觉。这久违的感觉哟，今天又回来了！

本想再游览一下芦苇荡，但是周一儿子和儿媳要上班，只得作罢。如果下次再来，一定在浩瀚的芦荡转一圈，体验一下白洋淀雁翎游击队似的生活情趣，饱览这胜似江南的北国水乡的秀美风光！

本溪水洞

我曾泛舟于烟波浩渺的太湖，也曾登临过气势磅礴的泰山，曾迷恋于千岛湖的俊秀旖旎，也曾陶醉于鼓浪屿的风雅别致，但都只是觉得它们很美，并没有产生过心灵的震撼。而本溪水洞，却使我震撼了——震撼于它的幽奇壮美，折服于造物的鬼斧神工。

时值7月，正可谓骄阳似火。背灼炎天光，如受炮烙；足蒸暑土气，如履饼铛；不出百米，便大汗淋漓。迎面一脉山峦，如绿色屏风，横亘眼前，此乃千山余脉——侠柯山也。中间有一洞口，坐南朝北，形似半月，上悬四个红色大字——本溪水洞。洞外，芳草铺地，佳木繁荫，小桥幽雅，流水澄碧；洞内，犹如一大厅堂，方圆百米，可纳千人。身置其间，凉爽宜人，暑热尽消。凭栏俯视，但见碧水阴阴，幽波荡漾，杳不知其所之也。

来到码头，工作人员发给每人一件棉大衣，我只觉得好笑——至于吗？学着别人的样子穿上，也真不觉得热。登上游船，向深处驶去。荡漾的水波轻轻地揉着船底，长达两千四百多米的画卷在眼前渐次展开。

这是一片石花，千姿百态。有的像玲珑剔透的珊瑚，有的像凹凸有致的菜花，有的像参差褶皱的苦苣，有的像蕊瓣披拂的白菊，如雕琼琢玉，晶莹璀璨。左面，白茫茫一片，如昆仑披雪；右面，凹陷幽深，似高士幽居。

船移景换，眼前一大片石乳，光洁如玛瑙，大小不一。大的雄踞其上，小的罗列其下。如悟空戏猴，群猴踊跃；似子牙布阵，阵势森严。高处乳石，状似观音打坐；对面一石，形如游僧捧钵。正流连间，忽觉脖颈凉森森，仰头一望，原来是顶崖滴水，让人顿觉秋阴万里，冷雨霏霏，愁云惨雾，不胜其寒。

未等仔细品味，眼前一片光辉灿烂的景象，青冥浩荡不见底，日月照耀金银台。橙红、草绿、淡紫、浅蓝，交相辉映。大幅的石幔从顶部垂落下来，长者及地，短者半悬。更有修长石柱，撑立其间，好一座凌霄宝殿！脚下柔波荡漾，雾霭氤氲，紫气东来，仿佛看见仙女浴于瑶池，听到仙乐萦纡耳畔。排排钟乳，又细又尖，好像北方悬挂于檐际的冰凌，又像直悬头顶的利剑。再往前行，几块黑魆魆的巨岩，犬牙交错，形成阴森的剪影，从上直插下来，使人毛骨悚然。游人俯身仰面，唯恐刮着皮肉。

正惊恐于"山重水复疑无路"，马上就"柳暗花明又一村"了。前面更加开阔，水势更加浩渺，望不到尽头。导游说，前面还有两千五百多米尚未开发，于是游船绕了一个圈，从另一个水汊回到原路。但所见之景并不雷同，方向不同，角度不同，景观各异。待回到码头，舍舟登岸，游人还回头不绝，依依不舍。

刚一出洞门，又是阳光炫目，如置火炉，不禁感慨水洞之幽。真的，如果你不是亲临此地，绝想不到北方竟有如此美妙的胜地奇观。洞外不啻苏州园林，小巧优雅；洞内奇美纷呈，如旅三峡——既具瞿塘之雄，西陵之险，又具巫峡之秀。一游叹奇，再游见美，别后萦梦，岂能不游！

江南游记——上海

儿子儿媳早就张罗请我们四位老人出去玩一趟，今年终于成行。9月1日六点钟，带上准备好的行李，在桃仙登机。

真是一个难得的好天气！万里高空，纤尘不染，蓝得让人心醉。从舷窗向下看去，大海水平如镜，轮船缓缓行驶。偶有几片白云从下面飘过，海面就有几片暗影，像蓝色锦缎上绣出的暗花。一会儿，只见一角陆地伸向大海，树木葱茏，田舍整齐，犹如传说中的蓬莱仙境，不由让人心向往之。亲家公说这大概是他的故乡山东半岛，我觉得他说得不错，从飞行路线和飞行时间上看，正应如此。享用了帅气的空少和漂亮的空姐送来的盒饭和咖啡，精神更加振奋。当"东方明珠"清晰可见的时候，飞机徐徐降落在浦东机场。

取出托运的行李，到了出站口，就看见儿子的朋友和司机已经等候在那里。朋友的年纪和儿子相仿，司机是上海的一个小伙子，胖胖的，憨憨的，普通话说得不错。寒暄了一阵，便驱车前往市里。

在预先安排好的锦江宾馆休息一会儿，司机便送我们去豫园街。下了车，就见一座中国古典式牌坊耸立街口，中间写着"豫园旅游商城"六个金色大字。石板铺成的街道两旁，都是明清式古典建筑，白墙、黑瓦、红色廊柱、飞檐脊兽。店铺挨挨挤挤，林立两侧。抬头看去，简直就是"一线天"，让人喘不过气来。

招牌或金或墨，古色古香。楼阁之间的空地，布有山石竹木，小巧别致，厚重中见玲珑，繁华中显清幽。来往人群，摩肩接踵，金发碧眼的外国游客不比中国人少，不禁让人想起20世纪30年代的"十里洋场"。但毕竟时过境迁，那个时代已经成为历史陈迹，这些"洋人"都很规矩，似乎比国人还低调，穿着也极普通随便。

　　再往里走，仿佛进入一个小院落，四周亭台楼阁，古雅幽静；中间九曲石桥，玉栏光洁；桥下一池碧水，水色阴阴，其间绿荷挺立，红鳞往来翕忽；一尊玉女石像矗立水中，俊秀静雅。置身其中，仿佛来到苏州园林。只是人太多了，窄窄的桥面上人头攒动，拥拥挤挤，你想拍张照片，需要从人丛里奋力举起双臂，不及调整画面，就得按动快门。我想，如果是月明人静之夜，清风徐来，静影沉璧，这里该是何等清幽的所在！

　　下午一点多，儿子说去吃点儿东西吧，于是我们来到一座三层楼的饭店，抬眼一看——"南翔馒头店"。我是不太喜欢吃馒头的，但也不好说出。顺着窄窄的木板楼梯上楼，却见里面人很多，需在外间的长凳上排队等候。一会儿，服务员把我们引进餐厅。餐厅并不豪华，有五六十平方米，花格玻璃窗，有点儿江南楼阁的味道，桌椅就是很朴素的木质桌椅。我想这就是普通的小吃店，很好，我最怕奢侈浪费。喝过一杯茶，服务员过来点菜了，原来这里不卖馒头，只卖各种风味小笼包，每笼六个，一个八块。我简直惊住了，李子大小的包子，八元一个！我说太贵了，儿子说："不算贵，这是豫园街最著名的包子铺，有百年历史。这里的租金你说得多少钱？"于是要了六笼。服务员说不够，这里最低消费是每人五十元，还需再点一点儿。我们四个老人都说够吃了，不行就再来一盘炸臭豆腐吧。包子的确很好吃，尤其是蟹黄馅儿的，蟹味十足，一咬，汁水满口,大快朵颐。那臭豆腐并不是食品店卖的"青方",而是发酵过的豆泡,味道醇厚,臭中含香。

吃完饭,又逛了几个店铺,虽然外表豪华,里面的商品却极一般,但花样繁多,价钱也不贵,适合大众消费。我们本来也没有什么要买,只有儿媳买了六把女人用的小扇子,二十五元一把,很精致漂亮,若是拿在烫发旗袍的女人手里,的确别有风韵。我看了几样领带,质量很差,也就作罢。又在城隍庙里逛了一圈就出来了。儿子说,再到豫园里看看吧。大家说已经四点来钟,也逛累了,就不去了,哪里的公园不是一个样子?于是打电话叫司机到北面的街口接我们,送我们去南京路。

对南京路的向往,来自于"好八连"的故事和电影《霓虹灯下的哨兵》,知道那是中国最繁华的地方之一。果不其然,只见高楼林立,店牌高悬,好像染布坊在晾布,让人眼花缭乱,应接不暇。街口的黑色雕塑,又给人一种忙里偷闲的意味。街道上人很多,熙熙攘攘,大概都是旅游者。到"华宝堂"看看,文房四宝,古玩字画都有,价格也贵得惊人。进了几个铺子,里面的人倒不多,也没有什么可买。五点多钟,天色暗淡下来。这时司机打来电话,说朋友在饭店等候,于是来到路口坐上车。绕了好大一阵子,到饭店时已是暮色苍茫。除了接机的朋友,还有一位年纪稍长一点儿的,自然又是一阵寒暄。酒菜摆上来,边吃边聊,气氛很热烈。朋友对儿子儿媳带我们出来旅游很羡慕,后悔自己早时没做到,现在父母都八十多岁了,身体不允许了。他说的是真话,子欲养而亲不待,确实是让人痛悔的事。吃了两个多小时,儿子说不能再喝了,还要去外滩看夜景,朋友说这几天就让司机跟着一起去,儿子婉言谢绝,说这已经够麻烦了,自己开车就行。

穿过长长的江底隧道,立刻觉得眼前无比开阔,原来已到外滩。下了车,顿觉晚风习习,令人神清气爽,在高楼林立的大都市,真是难得的宽松。华灯初上,一片辉煌。浦江东岸,霓虹闪烁,"东方明珠"高耸天宇,一座座现代建筑大气磅礴,彰显着中国改革开放的巨大成果。宽阔的江面微波荡漾,倒映着五彩缤纷的灯光,流光溢彩,像飘落人间的彩虹;一只只形状各异的游船缓缓游动,像一座座美丽的楼阁在漂移。西岸,探照灯把那些鳞次栉比、风格各异的高大建筑照得雪亮,哥特式的钟楼俊逸挺拔,圆顶式的建筑柔和秀雅,整个上海滩异彩纷呈,充满了浓郁的异国风情。感谢那些独具匠心的设计师吧,是他们创造了上海这个"东方巴黎"。经过新中国上海市第一任市长陈毅的塑像时,却见塑像静静伫立在暗影中,我想,在这金碧辉煌的世界中,是否也该分给他一点儿光亮呢?难道在这"山花烂漫时",真的就让他"在丛中笑"吗?儿子提议坐游船,我否决了。2003年我来过,那次就是坐的游船,船上人一个挨一个,想拍张照也只能拍个大脸,绕那么一小圈,什么也没看清,三十块钱就算扔江里了,漫步比乘船从容很多。

　　回到宾馆,已是十点多。为了明天的行程,还是早点儿睡吧。

江南游记——乌镇

早上七点，驾车从宾馆出发去乌镇。天空很晴朗，空气很清新。汽车在宽阔平坦的公路上稳稳地行驶，像快艇在水面轻疾地滑行。两旁掠过万亩平畴，绿色满眼，像绒毛的大毡子，深绿的是树木，浅绿的是稻田。两侧的村落，一座座三四层的小楼色彩鲜艳，排列得整整齐齐，像镶嵌在绿毯之中的红宝石。村边的荷塘里，荷叶漾起层层绿波，荷花依然娇艳欲滴，已经成熟的莲蓬高高地仰起头。鱼米之乡的江南哟，真的是秀美富庶！

九点左右到了乌镇，车停在路边的小饭馆前，每人吃了一碗面，问老板哪里最好玩，他说西栅比东栅好，门票也贵二十元。东栅，九年前我来过，记得那里有茅盾故居，林家铺子，还有一个百床馆，于是决定去西栅。

从停车场走出来，你就会发现这里十分干净，地面几乎一尘不染，我想，这大概是江南水乡多雨少尘所致，当然也在于人工的清扫，我就看见几个清洁工拿着笤帚和撮子在来回打扫着。

一座牌楼就在停车场对过，院里一座黑色雕塑，后面就是服务厅。通过栅栏门，走过一段廊道，便见停泊在廊边的一溜木船。我们登上边上的一只，船工用长篙轻轻地一点，小船就飘飘悠悠地滑进了水道。

转过一个弯，眼前是一方一亩大小的水域，水碧绿碧绿的，在阳光的照射下，仿佛起了一层亮皮。四周是婀娜的垂柳和开得正艳的紫薇花，花木稀疏处，露出几面白墙或几角黑檐。几只白色的水鸟闪动着翅膀，自由自在地飞翔，我们的心也变得开阔而轻盈。

弃舟登岸，迎面是一爿小店，走进去，是卖印染织品的，四周的货架上摆满了各种东西，衣服、鞋子、包包，虽然形状各异，但有一个共同的特点——都是用蓝底白花的土布制成。那或深或浅的蓝色，印上图案各异的白花，素净而鲜艳，古朴而别致，水乡的女人穿上，一定更显得俊秀水灵。《沙家浜》里的阿庆嫂穿的就是这种衣服，我想，孙犁的《荷花淀》里水生媳妇也该是这样的打扮，那才干净利落！来到小店后院，只见高高的桁架上挂满了各色布匹，如旗如幡，好像正开着万国会。靠东的地面摆着几十口大缸，一定是染缸了。这时，亲家母递给我一把东西，说"尝尝菱角"。菱角，我以前听说过但没见过，原来是紫色元宝形的东西，剥掉外皮，里面是白色略红的果肉，吃起来觉得有些像板栗，虽没有板栗甜，但有一种清香之气。于是想起了《荷花淀》里的句子："她们轻轻地划着船，船两边的水哗，哗，哗。顺手从水里捞上一棵菱角来，菱角还很嫩很小，乳白色。顺手又丢到水里去。那棵菱角就又安安稳稳浮在水面上生长去了。"

再往前走，又开阔起来，几围石栏圈出一个大院落，一个高大的石牌坊耸立门前，上题"六朝遗胜"和"梁昭明太子同沈尚书读书处"的字样。哦，原来这里就是"昭明书院"，梁昭明太子萧统读书的地方。我读过《昭明文选》，于是一股敬意油然而生。后面便是书院，坐北朝南，半回廊二层硬山式古建筑，里面书架上陈列着一本本泛黄的书籍。书院后侧是茅盾文学奖获奖作家及作品展馆，列着历届茅盾文学奖获奖作家的照片、介绍和获奖作品。这些书被安放在这僻静的书院里，日复一日，年复一年，带给了这片水乡更多的文气和名气。

走过小石桥，便拐进一条东西方向的小巷。巷子很窄很深，青石板铺路。由于是旅游淡季，又不是周末，巷子里幽静得很。偶有游客经过，鞋底敲击着路面发出清脆的声响。我不禁想起了戴望舒的《雨巷》："撑着油纸伞，独自彷徨在悠长、悠长又寂寥的雨巷。我希望逢着一个丁香一样的结着愁怨的姑娘。"可惜今天没有雨，天空很晴朗，我也并不孤寂，更没有时间彷徨，所以还不能更深地体味那种幽怨深沉的意境，但总还是领略了一点儿其中的韵味。是的，只有在这江南的小镇，只有梅雨缠绵的日子，只有满腹惆怅的人，才会写出这样孤独哀怨的句子。

街巷两边，挨挨挤挤的都是白墙青瓦木板门的房屋，古旧的招牌仿佛在叙述着小镇悠久的历史，大都是酒馆、旅店、商铺，可见小镇旅游业之兴旺。走进几家铺子，里面卖的都是一些当地特产：土布花鞋、丝绸旗袍、文房四宝、竹编筐篮、木雕玩具，等等，都像江南人一样小巧精致。那些丝绸衣服很漂亮，有的华丽，有的淡雅，具有鲜明的江南传统特色，但非婀娜纤瘦的体型难以穿得。所以只买了几件小玩具。

出来就看见斜对面有一间明亮的穿堂，于是便走进去。前后通亮，靠墙两溜长凳，正是歇脚的好去处。抬眼望去，一片敞亮，一条南北走向的河道与眼下东西走向的河道交汇于此，形成一个丁字形。河道极为宽阔，几座木桥和石桥横亘其上，灿烂的阳光把它们的风姿投映到水面，它们俏丽的身影便在波光里摇荡。我喜欢小桥，喜欢窈窕的南国少女挽着花篮款款走过小桥去深巷卖花；喜欢伛偻的老汉推着独轮车碾轧小桥的吱吱扭扭声；喜欢桥上风流的小货郎担着担子的身影和响亮的叫卖声，仿佛那身影、声音和雾霭水汽一样，都是湿漉漉的，那才是江南水乡特有的景色，很写意。这时，恰有两对游人打着阳伞走过那座木桥，就像蓝天下移动的剪影，婷婷袅袅，蜜意柔情。河对岸的房屋错落有致，檐下挂着一串串红灯笼，让人仿佛置身于十里秦淮。走到穿堂檐下，只见几级石阶直入水中，原来这里是一个小码头。往左右一看，发现这一溜房屋都是临水而建。一只小船从下边摇上来，响着咿咿呀呀的摇橹声，愈发显得宁静清幽。我想，如果是在烟雨连绵的天气或是薄雾迷蒙的清晨，河面、房屋、小桥、树木都氤氲在雨雾中，该是一幅多美的水墨画啊！

到对面看看吧。只见这南面比北面宽敞得多，只有一溜房子，后面临水，前面是大片的草坪和园林，绿草如茵，花木葱茏，芭蕉、乌桕、广玉兰等绿油油的，油得发亮；紫薇和一些不知名字的花开得十分娇艳。尤其是那一棵棵柚子树，深绿的树叶里露出一个个大柚子，像北方的葫芦，要在家乡，一个就能卖到二十多块钱。商店和旅店一家挨一家，大都是卖服装和工艺品的。丝绸衣服很华丽，价格也不贵，但不知道是真是假。各种工艺品琳琅满目，精致光洁。在这里，我们参观了乌镇制酱厂和江南制锅厂。制酱厂的院里摆满酱缸，上面覆盖着漆了桐油的大竹笠。制酱厂的当院摆放着一口硕大的铁锅，直径有三米多，底座上刻着"天下第一锅"的字样，旁边还有一幅大照片，是当年参与设计和制造者的合影。可以想见，当年这里的手工业多么发达。

绕过巍峨的文昌阁，就见一面缓坡上修着一排排座位，能坐上千人。下面是一角沙洲伸入水塘，几块残碑，一座断桥，显得清幽古朴，甚至有几分苍凉。有人说这是一个露天剧场，有一年的中秋晚会就是在这里举行的。我暗暗赞赏，导演真会取景，其意境之古雅，恐怕别处难以媲美。

　　再往下走，看见几个小伙子梳着清代的大辫子，穿着黑色的紧身衣在收拾东西。哦，是拍电影的，而且是武打片。这里适合拍武打片吗？不怕这温柔之乡销蚀了他们的武功和锐气吗？我想，只有像《城南旧事》这样的故事片或缠绵缱绻的爱情片才配得上这旖旎的风光。

生命之光

我知道我醒了，可我不愿醒来。

我浸浴在橘黄色的氤氲中。我知道，那是太阳的金光与我的毛细血管渲染的杰作。

阳光烫热了一池胭脂水，缓缓地荡开去。我没有重量，一伸手就能够着天，一蹬腿就会触着地，我在润滑中自在游荡。

是谁涂抹出满天朝霞？暖暖的，艳艳的。绛红，橙黄，葡萄紫，鹅柳绿，变幻无穷，它们织出的锦缎叫浪漫。

哦，漫无边际的桃林！绯红如云，时有桃花雨飘落，轻轻的，轻轻的。软软的桃枝时时拉住我的衣角，我看见了桃枝后面的妖娆。蝶儿，翩翩地飞；蜂儿，嘤嘤地叫。我走，心满意足地走。拥着我的，是煦暖和幸福。哦，青春，多么美好！

嗬！一片火海，火光冲天，呼呼作响。我浑身灼热、滚烫，我的血管在膨胀，我的血浆在燃烧。不能停留！不能彷徨！我英勇，我奔放，我骑着枣红色的马，穿过，穿过。我看见，连枣红马浑身的鬃毛也升腾着金色的火焰！

我的肌肉开始痉挛，是谁在用力地拉开这金红色的大幕？不，我不让，不让！这是用热血和烈火熔铸的生命壮歌啊，岂能不用生命去维护！

我知道我醒了。但，我不愿醒来！

潇 洒 谈

记不清是谁在哪首歌里唱道:"女人爱潇洒,男人爱漂亮。"潇洒者,何谓也?

白云在蓝天上自在飘荡,是潇洒;竹影在月光下随风摆动,是潇洒;雄鹰在天宇中展翅翱翔,是潇洒;鱼儿在清波里欢快游弋,是潇洒。潇洒,是灵动的自由。

羽扇纶巾,舌战群儒,是潇洒;背心短裤,赛场扬威,是潇洒;披风飞舞,扬鞭跃马,是潇洒;西装革履,舞姿翩翩,是潇洒。潇洒,是服饰与活动的相称。

海军战士在甲板上挥旗传语,是潇洒;交通警察在交通岗指挥交通,是潇洒;芭蕾演员在乐声中轻舒手足,是潇洒;打鱼人在大海摇船放歌,是潇洒。潇洒,是韵律与动作的和谐。

王勃高阁赋诗,霞鹜齐飞,是潇洒;唐伯虎挥毫泼墨,作画题诗,是潇洒;林丹羽坛夺冠,军礼致意,是潇洒;刘国正力取金泽洙,轰然倒地,是潇洒。潇洒,是才智之花的绽放。

孔明临危不惧,空城抚琴智退司马,是潇洒;李白不肯摧眉折腰,甩袖离开长安,是潇洒;苏轼谪居黄州,竹杖芒鞋,无雨无晴,是潇洒;毛泽东湘江击水,指点江山,激扬文字,是潇洒。潇洒,是满怀自信的气度。

潇洒,不是矫揉造作,不是抄袭模仿,而是内在修养流溢于外的自然,是品质与风度有机融合的完美,是善与美相统一的圆熟，是内外兼修的结晶。

当今，有人认为潇洒就是尽情地挥霍，无节制地放荡，随心所欲地狂放。君不见，有人在饭店里大声喧哗，唯恐不能引人注目，酒足饭饱之后，还不断抚摸拍打着肥硕的肚子；有人在大街上袒胸露乳，让人唯恐避之不及；有人怪发奇服，非男非女，招摇过市，令人侧目……这不是潇洒，而是粗俗、怪异、无知、放荡，离文明甚远，与潇洒无干！

要潇洒，快去修养你的品德，丰富你的知识，增加你的才干，提高你的审美吧，否则，潇洒永远与你无缘！

故乡遗梦

童年的记忆是长久的、牢固的，就像一幅画的底色，任凭风剥雨蚀，上面的花纹也许模糊，但底色是不变的，哪怕有些暗淡。

我的家乡是盐铁古道上的一个重镇，也是革命老区。离开故乡已近三十年，但梦中浮现的总是过去的村庄，过去的山水，过去的人们，现在的情景极少入梦。于是我想把未曾消逝的印象写出来，让儿孙们也知道老家过去的样子。前些年曾盛行一种"寻根文学"，可我的东西不是"根"，因为在我出生之时，我们村子就有了几百年的历史；也无须"寻"，现在的住所离老家并不远，不过百十多里地，要"寻"，恐怕要寻到济南，但那属于我的祖辈，已经与我无关；至于"文学"，更谈不上，老师批评学生的作文是"流水账"，我这个就是，时间本来如流水嘛。

我们的村子位于要路沟乡政府所在地。乡政府的前身曾是警察署——区政府——公社。院墙由青砖垒砌，很高，上面有参差的垛口，和影视、小人书里的古城一样。又高又宽又厚的大铁门位于中间，上面布满了漆黑的大铁钉，着实威严壮观。后院有一棵大杏树，春天开满粉红的花，夏天长出青绿的杏，曾吸引过我不少眼神。每当门顶上的大喇叭唱起歌来，我便知道这晚要放电影了。那时唱得最多的是《桂花开放幸福来》《小河的水静静地流》,还有《歌唱春天》:"嘿啦啦啦啦,嘿啦啦啦啦,天空出彩霞,地上开红花……"歌声一响,少年的心就骚动起来了——家里会不会给钱买票呢?当时大人票是一毛,学生票五分。虽然很便宜,但没钱啊。有很多人就从后院墙的坍塌处往里跳,被抓住就给撵出来。我没胆量也没能力跳,就买一张票,由大姐抱进去,我尽力蜷曲着身体,因为小孩可以免票。就是在这个院里,我看了《智取华山》《金铃传》《潘杨讼》《三个母亲》等好多部影片。

区政府后面是小学,当时有三排房子,前两排是教室和办公室,后边一排是仓库和老师的宿舍,第二、三排房子的西头是食堂。我的小学一、二年级就是在这里念的。前面的操场很大,很平坦,四周长满了杨柳和槐树,每年春秋两季的运动会都在这里举行。1956年,乡里成立了初中,就设在区政府东面的一栋瓦房里。1957年,中学班级增加了,就和小学交换了位置。那年我正读小学三年级,心里很不平——觉得中学太欺负人了!

三年级时的春天,我们班正在操场上上体育课,看见从操场东边押过两个五花大绑的人,一个是街里的于融,一个是我们村的于世清,都是一身黑棉衣,脚上戴着脚镣,脸色苍白。一群人穿过操场,押到中学去了,说开公判大会。我们都很想去看看,但是还在上课,没有看成。半个小时以后,又押了回来。那个于融看来是走不了路了,肚子俯卧在两个警察横拉着的一条扁担上,向东面公路旁的山沟走去。一会儿,传来叭叭两声枪响,就没有声息了。听村里人说,他们俩是历史反革命,花子队头领。

区政府的大门正对着这一条南北大街。说是大街,其实也就是两丈宽,一里多长,两边商铺一个挨一个。每逢二七大集,赶集的人熙熙攘攘,街道两旁各种东西应有尽有。街东的牲口市场也很兴旺，离老远就会闻到驴马粪味；街当中的饭市也热闹非凡，切糕、油炸糕、豆腐脑、粉葛汤、片儿汤……一家挨一家，但也有一定的顺序：卖油炸糕的挨着卖切糕的，卖豆腐脑的挨着卖油炸糕的。吃饭的人买一斤切糕，裹上几个油炸糕，再来一碗豆腐脑，很是享受。

每年的二月十七，是一年一度的"会集"。外地的商贩们先一天就来了，第二天早早上市。耍戏法的、拉洋片的、卖药的、卖针头线脑的，应有尽有，人们挤得里三层外三层。卖打虫子药的，把死蛔虫装在一个个大瓶子里摆在桌上，又恶心又吓人。耍戏法练杂技的，那嘴可真能说，一套一套的，唾沫星子直冒，可就是只说不练，让人等得心焦。后来我知道了，"耍"是招徕顾客的手段，卖药才是目的。卖洗涤剂的为了证明自己的货物好使，摘下一个看客的脏帽子就摁到水盆里，洗完拿着帽子向周围的人展示效果。卖钢针的唱得非常动听："小钢针，明又明，能描龙，能绣凤，绣一对鸳鸯戏水中，再绣个富贵花开一片红。再加一个，再搭一个，再送一个。要不要？"这时候就有小媳妇要买了。卖针人又继续唱："绣花针，真正巧，能绣个灰鼠吃葡萄，能绣个凤穿牡丹多么好。绣个喜鹊登梅闹嚷嚷，再绣个万字不断腰。你说那绣花针好不好，针好你就过来挑……"

最有意思的当然是拉洋片，那是一个小篷车一样的东西，上面是一幅大画片，很引人注目，下面有几个圆孔，花上一毛钱，就可以把眼睛贴在圆孔上朝里看，至于里面什么样，我不知道——因为没钱，一次也没看过。拉洋片的人站在旁边，手里拉着几条绳，脚底踩着一个钮，手脚一动，就咚咚锵锵地响起来，他拉开嗓子，唱起一套套词："西洋景，真好看，二十四张美景在里面。有北京的天安门，还有皇帝坐的金銮殿……"他这么一唱，马上就有几个人急急忙忙地坐在了他准备的小凳子上。

他继续往下唱:"推又推,换又换,好看的美景在后边。看了皇帝的金銮殿,再看看北京的颐和园。颐和园,万寿山,十七孔长桥在里面。北海公园真漂亮,那白塔高高在山上。出了北京到杭州,再上西湖游一游,许仙上了断桥亭,遇见了青白二蛇精。白娘子压在了雷峰塔……"我疑心里面演的一定是极有趣的故事,心里那个痒哟,就别提了。

这条街东西两边各有一条小河,分出了东山和西山两个村子。东山东面有一座山,叫赤儿山,山坳有座庙,叫赤山庙。庙有三层大殿,里面供奉着很多泥像,一、二层是彩绘的,第三层是金身的。和尚的住房就在前院的西厢,门外的花墙上摆着一盆盆月季。院内有几棵大树,洒下一地阴凉。还有一块青石大碑,碑上刻着建庙时捐款人的姓名,我看过,我们村的人几乎都碑上有名。每年端午节吃完午饭,附近的人都要到山上踏青,然后在庙里小憩。

农历四月十八有庙会。一大早,就看见路上行人络绎不绝,有挑担的,有挎筐的,有的拧一串咸菜疙瘩,有的拎一瓶灯油,有的扛着纸糊的牛马……据说,拿咸菜疙瘩的,是家里有哮喘的人,去"挂痨吧";拿灯油的,是家里有人闹眼病,去给"眼姑娘娘"点眼。总之都是因家里有事而去还愿的。据说,那天庙前很热闹,卖小物件的、卖吃的、杂耍的,百戏俱全。因为我还小,父母怕我被泥像吓到,总是让二姐去,到底去干什么,我却忘了。都说赶庙会的人不能空嘴回来,多少都要吃点儿东西,这让我更羡慕二姐的"好运"了。1958年,大庙成了公社的养猪场,和尚也变成了社员。现在是否还留有痕迹,就不得而知了。

东山有一个篮球场,是村民饭后娱乐锻炼的好去处。新中国成立初期,农村的体育活动开展得很红火,我们区每年都要举行春秋两季全民运动会,篮球、排球、田径,项目很全。"自行车赛慢"和"负重赛跑"很有意思。街上的于庆明每次都能获得"负重赛跑"第一名，他是转业军人，曾经参加过抗美援朝，个子也高大。后来小学来了一个体育老师，叫朱希林，跑、跳、投都十分擅长，只要是他参加的项目，别人就别指望拿第一。他曾经创造了一百米和二百米的县纪录，在市里也是数一数二的能手，人们给他起了一个外号——大包干儿。

东山村里有两棵柏树，一大一小。听说我属火命，五行缺木，曾认过那棵大柏树做干妈。那是一个上午，母亲用篮子装着酒和菜带着我来到树下，把一朵用红头绳系着的花拴在树干上，拿出篮子里的菜摆在地上，叫我跪下磕了头，叫一声"妈"。唉，好多年没有去看了，不知我的"干妈"还健在否。

我们村子叫西山，因为处于大街的西边，村后有一座并不高的山梁，人们叫它"后梁"。村里的房屋就是围绕后梁盖起来的，形状像一弯上弦月，缺的地方是山，亮的地方是人家。

从东北面的双庙岭一下来，最惹眼的就是后梁上那棵大松树。这棵松树不高，但是树干很粗。不知道它是野生的还是人栽种的，更不知道它活了多少年。爷爷说，他记事儿时这树就这么大；父亲说，他记事儿时这树就这么大；我也会告诉我的后代，我记事儿时这树就这么大。它微微向下倾斜着，似乎在关注和荫蔽着脚下的村民。它的树冠很大，平顶，苍劲的虬枝延伸出去，像一个硕大的蘑菇，荫蔽着三四十平方米的地面。人们干完地里的活儿回家时，总喜欢在松树下歇歇脚，眺望一下远处的村庄、山峦。孩子们更把这里当作乐园，根据树枝的形状，他们给起了很多有趣的名字，什么大炕、锅台、马勺等。一年四季都有孩子的欢笑声传进山下的各家各户。方圆三五里有很多人来认它作"干爹""干妈"，自然也是我的"干爹"，仍然是母亲领我去认的。时代的变迁也在老松树的身上留下了烙印——

入了生产队以后,家家没柴烧,就有一些孩子爬到树上撅树枝,本来茂密的树冠稀疏了,从下面能透过树枝看到蓝天,人们都感到很惋惜。土地承包后,家家不缺柴,再也没人祸害树枝,老松树又重新枝繁叶茂起来。

村前有一条小河,不宽,但以前也常年流水。夏天,孩子们在河里捞鱼,妇女们坐在河边洗衣服。她们坐在石头上,把脚伸进河水里,用薄而平的石头做搓板儿,边洗衣裳边说笑,似乎一切烦恼都被河水冲走了。那时人没有钱,买不起洗涤剂,就在柴灰上浇上水,淋出来的灰水滑溜溜的,也有一点儿去污作用,当然,和现在的透明皂、洗衣粉比起来是不可同日而语了。冬天,孩子们就去河套溜冰、滑冰车。大概现在雨少了,河套几乎常年干涸,只有下暴雨的时候才能见水,不过三天就干了。对面的河边盖上房子之后,不断地堆土垫沙,河套越来越窄,现在已经不到一丈宽了。

河那边,是一片菜园;再往北,是公路;公路北边是一大片坡地,中间有二十几个坟,埋的是1946年解放家乡时牺牲的解放军战士。坟有二十几个,但每个坟里都不是一具尸体。

据父母讲,那场战斗十分激烈,从晚上一直打到天亮。我家正处于两军火力的交叉点,家人吓得躲在炕沿根下,大炮一响,房梁上的土纷纷落下。第二天,只见门上都是窟窿,一头牛也被打死了。到外面一看,国民党士兵死尸遍地,还有没死的,坐在地上捧着流出来的粉红色的肠子凄惨地哭号。庄稼人是勤快的,打完仗,赵家老大就背着粪篓、拿着粪耙出来捡粪了。他到大园子时看见一枚炮弹,就用粪耙去敲,结果轰的一声,炮弹爆炸了,赵老大倒在血泊里,啊啊叫了几声,便死了。十来年后,孩子们还经常捡到子弹壳。一天中午,十几岁的李殿龙二叔和付忠仁大哥捡来一颗子弹头,拿到碾坊的台阶上用石头敲,子弹炸了,崩得他俩满脸血。

  后来,烈士墓迁到后梁上,立了一块碑,背靠青山,与乡政府遥遥相对,俯视着整个要路沟街。去年又重新修缮,更巍峨壮观了。这也是对英灵的告慰吧。

2016年同学聚会祝酒词

2016年9月10日，凌师64、65两级同学聚会于叶柏寿。群主李振堂约余写几句话以祝酒。余欣然奉命，当晚乃成。

亲爱的同学们：

丙申八月，序属中秋，金风送爽，五谷丰熟。多谢群主之美意，振臂一呼；更感学友之殷勤，云集响应。四十八年久别，思念颇深；七十来岁重逢，愈觉亲切。苍颜白发，见面不能相识；闻声辨音，原来旧日同桌。握手相拥，互问别后寒暑；促膝而谈，同叙凌师旧情。

吾之凌师，校园不大，瓦房不过十几座，然座座藏龙卧虎；学生甚少，三县不足三百人，却个个骐骥精英。老师善诱，学生孜求，书山寻路，学海泛舟。闻鸡而起，夜半方休。窝窝头，白菜汤，虽难足口腹之需；运动场，练琴房，亦可极身心之趣。老师如父母，心系学生吃喝拉撒；同学似兄弟，关怀室友冷暖寒凉。凌河北岸，少年之歌声回旋嘹亮；广山西麓，青春之旗帜迎风飞扬。噢，凌师啊，凌师，我们学成于斯，情结于斯，忧思难忘，慨当以慷！

六八一别，天各一方，各抒怀抱，自骋疆场。然怀瑾握瑜，何处不风光？耕耘教育者，春风化雨，桃李芬芳；叱咤政坛者，衙斋听竹，美名传扬。未辱凌师之名，无负师友之望。唯有相思之苦，时常萦绕心房。春日睹见花开，眼前校园绿桑；秋夜闻听虫鸣，耳畔书声琅琅。常在梦里相约，醒来倍添惆怅。长相思，难相忘，藕断丝连，山高水长。

四十八年过去，额头写满沧桑。不必慨叹青春流逝，何须在乎青丝染霜。春花虽美艳，丹枫更壮观，莫道桑榆晚，为霞尚满天。且把艰难苦涩，都交付似水流年。伯牙不逢，常抚柴柯以寄意；钟期既遇，今奏流水又何惭？今日盛会，虽无流觞曲水，却具美酒嘉宾；虽无丝竹管弦，亦闻凤唳龙吟。望各位故态复萌，极尽欢欣，放浪形骸，各敞胸襟。同桌围坐，共叙相见之乐；一席共饮，互倾久别之情。引吭高歌，不求响遏行云；开怀畅饮，莫顾倾倒玉山。

纯普有幸，越俎代庖，但愿无伤大雅；竭怀畅言，殷勤祝酒，只图再沐春风。为此，我提议，为我们永远的凌师，为我们逝去的青春，为我们四十八年后的重逢，为我们永恒的友谊，干杯！

爱 竹 说

山间溪畔之木，可爱者甚蕃。

陶铸爱松，著《松树的风格》影响一时；茅盾爱杨，撰《白杨礼赞》流传几代。余之爱若板桥，所仰者竹也。

竹之笋，得雨则生，其嫩而挺，其生也速，"雨后春笋"，即谓发生之快也。其长也快，当年逾丈，三年即材矣。

竹吸深壤之水肥，沐艳阳之光辉，少生枝杈，一心向上。不求遗世独立，而愿共友同生，山边水泽，皆可立身。其干如铜，光滑而有节；其叶似剑，锐利而不杀。娉娉婷婷，潇潇洒洒，经寒历暑，四季常青，正所谓"千击万磨还坚劲，任尔东南西北风"！

竹之为木，其笋可食，其材可用，其形可观，其声可闻，其香可嗅。其质顺畅而坚，横而斫之，虽伤不断；顺而劈之，迎刃而解。风中摇曳百态，雨中慢诉衷情，日下清阴满地，雪时垒玉叠琼。春告人以向荣，夏告人以繁盛，秋告人以萧瑟，冬告人以常青：无一日不悦人之耳目，娱人之心灵。古人云："可使食无肉，不可居无竹。"此言得之！

一日，偶谈花草之事，一同事谓余曰："君宜养竹，君似竹。"吾闻，乐且愧之。所乐者，余形若竹，余神若竹，余性若竹；所愧者，远逊竹之高风亮节也，无争高之志，乏若谷之怀。自知之，愿改之，是否能之，不自知之。

小说卷

XIAOSHUOJUAN

古镇流香

一

　　流香镇是一个只有八百多户的古镇，四五丈宽的流香河，带着两岸的花香从中间穿过，把小镇分成南北两个区域。北面是丘陵，丘陵上长着许多树，一年四季都绿葱葱的，百十幢灰墙黑瓦的两三间的或一层或两层的房屋，就散落在绿树丛中。这里的人家大都开着手工业小作坊，像铁匠炉、木匠铺、纸扎店等。南面则是一马平川，临河是一条宽阔的大路，路南的房屋挨挨挤挤，高高低低，有威严肃穆的深宅大院，也有夹在其间的局促的小店铺。大概是为了便于做生意，正门都是朝北开的。再往西还有一所学校和一个大市场。静静地卧在流香河上的流香桥，把南北两边连成一个整体。

　　流香桥北边靠西临河的那幢黑瓦石墙的两层小楼，就是阿香的家。上面是阿香和爹爹的卧室，下面是堆满柳条、竹枝、藤篾的小竹编作坊。阿香爹是个编织匠，长年编织各种器物，小篮子、小箱子、小箩筐……什么都有。阿香爹的手艺很好，编出来的物件精致细密，样式独特，干干净净的招人喜欢。每到集日，他就把这些东西捆在扁担两头，然后担在肩膀上，颤颤悠悠地走上小石桥，到南面的市场去卖；或者装在小船上，到远处的集镇去卖，生意很不错。

阿香没有看见过母亲，她母亲是在生她的时候流血过多死的。好在还有奶奶拉扯她，可是在她七岁那年，奶奶生病了，临死前拉着阿香的手说："香啊，我的苦命的孩子啊……"其实阿香并不觉得苦，因为有父亲的百般疼爱。她是个乖巧、伶俐、快乐的姑娘，十一二岁就学会了做饭洗衣服，十五六岁就会做鞋裁衣了。阿香在院子里种了很多花，花开的时候，香气弥漫了整个院子，又随着风儿飘到河对岸去了。她有空就跟爹学编织，心灵着呢，手巧着呢，不长时间就比爹麻利了。不过她更喜欢编一些小玩意儿，什么小枕头啦，小笔筒啦，蝈蝈笼啦，尤其是她编的小蛇，你明知道是假的，也不敢去碰。

每当做完饭，或是爹爹赶集去了，阿香就站在窗前向外看。她喜欢看河边婀娜的绿柳，喜欢看水面漂浮的落花，喜欢看对岸大道上络绎不绝的赶集的人。最常看的，是对面正对着她家的那所大宅子。那是一个很大的院落，长长的灰色围墙里，露出一座座山墙屋脊，几棵古树点缀其间，更增加了几分神秘。阿香常想，那家人姓什么？都有什么人？是干什么的？看长了，她发现，每天早饭后都有一个穿着学生制服、戴着学生帽、提着书包的十五六岁的男孩子从东面的角门出来，坐进等候在门前的黄包车。那孩子个儿不太高，但很匀称，脸蛋很圆，皮肤很白；一走动，皮质的帽檐在阳光下闪闪发亮——很干净的一个孩子。"什么时候能到近处好好看看他呢？"阿香想。

二

阿香终于按捺不住自己的好奇心，这天午后，到了学生快要放学的时候，她把自己平时编织的小玩意儿用细绳穿在一起，拎到小桥的另一边，把东西放在桥头，自己坐在桥栏上，眯缝着眼睛向西望去。不一会儿,放学的孩子陆陆续续地回来了,几个孩子围了过来,叽叽喳喳地争着挑选自己喜欢的物件,这个买一条"小蛇",那个买一个鸽笼……阿香要的价格很低,不一会儿就不剩几件了。这时她看见那辆黄包车过来了,停在大宅子的角门口。那个男孩儿从车上下来,往桥头望了望,小跑过来,帽檐在夕阳里一闪一闪地发亮。

不知怎的,阿香的心突突地跳起来。她低头看着猫着腰挑东西的男孩儿:帽檐下露出的一圈短发,整整齐齐,漆黑漆黑,覆盖在细嫩的脖颈上,里面衬衣的领子雪白雪白——真没看见过这么干净的男孩儿!男孩儿拿起一只笔筒,抬起头来问:"这个多少钱?"啊,他的眼睛可真亮,眼珠又大又黑,眼白白得发蓝,真像白瓷碟里放着的两颗黑葡萄。阿香看愣了。"这个笔筒多少钱?"阿香回过神来,"哦,五千。"男孩儿站起来,伸手去摸口袋,"哎呀,对不起,钱忘在书包里了,我回去拿。"阿香急忙说:"不用不用,就算我送给你的。""哦,那谢谢你了!明天还来吗?"男孩儿问。阿香爽快地说:"来!"男孩儿拿着笔筒蹦蹦跳跳地跑了,到车旁拿下书包,走进角门。

第二天放学的时候,阿香又带着她的货物来到桥头。几个孩子买了几件东西都走了,还没见那个男孩儿来。阿香有些失落,呆呆地望着大路的西边。这时她看到了那闪亮的帽檐,匆匆地奔她而来。男孩儿的脸红扑扑的,到了跟前似乎还有些气喘。

"我还怕你走了呢。"男孩儿笑盈盈地说着,从口袋里掏出两朵大红色的剪绒花,"给你!"

阿香一看,甚是喜欢,却低下头小声说:"我怎么能要你的东西呢?"

"你不讲理。就兴你送我东西,不兴我送你?"男孩儿说,"来,戴上我看看!"

阿香满面绯红，不住地摇头。

"戴上嘛！"男孩儿凑上前，扶着阿香的头，把花插在她的鬓角，然后退后一步，端详了一会儿，拍着手说，"啊啊，真漂亮！"

阿香的脸红了，把花摘下来，指着对面那所大宅子问："你就住在那所大宅子里？"

男孩儿回头望了望，点着头说："是啊。"

"我家在那儿！"阿香伸手指着自己的家说。

男孩儿顺着她的手势望过去，说："真的，从你家能看到我们家呢。"

阿香有些不好意思地说："……你姓啥？"

"姓苏，叫苏岚。"

阿香笑了："好像女孩儿的名字。"

"不是'兰花'的'兰'，是'山'字下加一个'风'字的'岚'。"男孩儿急着说。

阿香红着脸说："我没上过学，不会写。"

男孩儿马上低下头去，从书包里拿出一支铅笔，然后拉住阿香的手，说："我教你写。"

他们蹲在桥栏下，苏岚把着阿香的右手，在石桥栏杆两根石柱间的石板上一笔一画地写起来。

"这个'岚'，就是山间的雾气的意思。你叫啥？"苏岚抬起眼问。

"我叫阿香。"

"我知道了，一定是花香的'香'！"他又把着阿香的手，把"香"字写在了"岚"字的旁边，说："每天都看看就记住了。"

"你写得真好！"阿香羡慕地说。

"想学吗？那我每天都到这里教你。"说着，苏岚就从书包里拿出一个小本子，在上面写上"岚"和"香"两个字，然后递过来，"今天就把这两个字学会！"

阿香满心欢喜地接过，端详起来。她忽然想起了什么，急忙说："爹要回来了，我得做饭去了。"

"那好，明天见！"

"明天见！"

阿香看着苏岚乐颠颠地跑回家去，夕阳把他的帽檐映得一闪一闪的。

从此，每当太阳偏西的时候，都会看见一个男孩儿和一个女孩儿在桥头头靠头、肩并肩地读书写字，落日的余晖照在他们的身上，好像镀上了一层金。苏岚给阿香买了铅笔和本子，又把自己用过的书借给她。阿香学得也快，一年下来，就认识了不少字。

三

这天早晨，阿香做完了饭，又站在窗前望着那所大宅子，却没看见苏岚坐车去上学。她想，也许是昨天晚上睡得晚，今天起迟了。好容易盼到快放学的时候，阿香赶紧收拾好东西来到桥头，扭头向西望着。

"望啥呢？"

阿香回头一看，是苏岚。

"你从哪儿来的？"

"家里啊！"

"你没上学？"

"没有。"

"为什么？"

苏岚低下头说:"明天我要去省城读书了。"说着,他拿过书包递给阿香,"这是给你的。里面有几本书、几支笔,还有一本小字典。我不在家了,你以后自己学吧。"

阿香听了一惊,鼻子有些发酸。她抬起眼睛茫然地望着远方,问道:"你愿意去吗?"

"依不得我,爹安排好的。"苏岚小声说。

"我会想你的。什么时候回来?"

"得两年吧。"

阿香的眼泪流下来了。两年,那是多久的岁月啊,她不知道自己将怎样过。

"你等着,我去取点儿东西。"阿香说完,就深一脚浅一脚地往家里跑去。

苏岚也含着泪,看着阿香走过小石桥,走进那个小小的院子。不一会儿,阿香从家里走出来,手里多了一件东西。

"给你。"

苏岚接过来一看,是一个藤篾编制的小枕头,花纹很美,两侧的枕头顶上,一边是一个"香"字,一边是一个"岚"字,一股异样的情感从他的心里涌起来。他低声说:"难为你了。谢谢你!"

"带上它,夏天枕着很凉快的。要说谢,是我该谢你。"阿香走到写着"岚""香"两个字的地方,说:"还记得那天的情景吗?"

"记得,一辈子也忘不了。它给了我很多快乐。"

"那就让这只枕头陪你一辈子吧。"两朵红云立刻飞上阿香的面颊。

"你……"苏岚抬眼望着阿香。

"什么时候动身?"阿香问。

"明天吃完早饭就走。"苏岚答。

"我会在窗口送你的。回家吧，准备准备。"

苏岚握住阿香的手，叮咛说："等着我！"

两个身影慢慢分开，各自向后退去，与苍茫的暮色融为一体。

四

苏岚走了，阿香的心被掏空了。她虽然还是做完早饭就站在窗前向南张望，但那眼神不再有期待的兴奋；她虽然还是每天放学的时候带着货物到小桥的那头去，心里却是冷冷的了。她呆呆地坐在小石桥的栏杆上，迎着偏西的太阳茫然地向西望去，与其说是期待，倒不如说是回想——她知道，那闪亮的帽檐不会再跳跃着跑来了。

但是，她还有要做的事。她每天来到小桥的时候，衣兜里总是藏着苏岚送给她的那支铅笔，趁着没人的时候，把那两个字描了一遍又一遍，时间长了，那笔画深深地凹了进去，像刻在石板里一样。晚上，写完了字，阿香偷偷地试着把粗黑的辫子盘上去，拿出那朵藏在梳妆匣里的大红的剪绒花戴在头上，对着镜子照起来，幻想着把它光明正大地戴在头上那一天。

她看见院子里的栀子花开了又谢，谢了又开，梁上的燕子来了又去，去了又来。等到栀子花又开、燕子又来的时候，阿香的心急起来了，她的盼望由一年年变成了一天天，她的张望除了早晚又加上了随时，怕误了时机。

这天中午，阿香听见一阵马车的声响，便赶紧到窗前探看。她看见一辆马车停在大宅子的门口，从车上下来两个男人，一个中等身材，穿着长袍，一个是细高身材的青年人，穿着灰色的洋装，系着深色领带，衬得里面的衬衫雪白雪白的。年轻人从车上拿下来一只棕色皮箱，站在那儿向她家这边望着。这时从角门里走出一个男人，接过皮箱，三个人一起走进大院。

是他！阿香熟悉那走路的姿势。她的心怦怦地跳起来。还没到往日去桥头的时间，阿香就出去了。她不再往西望，而是直直地盯着大宅子的角门。可是等到太阳落了，她盼望的人也没有出来。阿香不禁流下泪来——他把我忘了？

她回到家，默默地和爹一起吃晚饭，全不像往日那样说个没完。爹问她怎么了，她说累了，就早早地回到自己的房间。她不再站在窗前去望，而是躺在床上望着黑魆魆的屋顶发呆——自己天天盼着的人回来了，就在对面，离自己不过几十丈远！他没有来看她，正和他家里的人团聚欢笑！……阿香忽然可怜起自己来。

"咚咚咚"，有人敲门。阿香立刻起身走到大门前，颤声问："谁？"

"阿香，快开门！"来人似乎很急。

"你是谁？"阿香没有听出是谁的声音。

"我，苏岚。"

阿香把门打开，苏岚闪进身，随手把门关上。

阿香看见苏岚拎着一只箱子，不解地问："你这是……"

"进屋说吧。"

两个人进了屋，把箱子放在地上。阿香爹也过来了，惊愕地看着他们俩。

苏岚给老人鞠了一躬，说："我叫苏岚，就住在对过，早就和阿香认识。"

这时阿香才仔细打量起苏岚来。他长高了许多，过去圆圆的脸庞消瘦了许多，棱角很分明，唇上有了隐隐约约的茸毛。如果说苏岚以前像一株鲜嫩的竹笋，现在已经长成一根亭亭玉立的青竹了。

"坐吧坐吧。"阿香爹疼爱地让着客人。阿香看得出来，爹喜欢这个年轻人。

苏岚坐在阿香的床边，慢慢地说："我父亲把我接回来，说明天就给我定亲。那个姑娘我连见都没见过，怎么能定亲呢？再说，我心里已经有了喜欢的人，再也容不下别人了。所以我从家里逃出来，打算趁天黑离开这里。"

阿香知道他说的喜欢的人就是自己，但还是忐忑地问："那个人是谁？"

"就是你啊。我第一次在桥头看见你，就喜欢上了。我喜欢你长得秀气，喜欢你心眼儿好，喜欢你性情开朗，喜欢你心灵手巧。今天正好老人家也在跟前，我想问，能答应我吗？"苏岚说完，直望着阿香爹。

阿香爹踌躇了一会儿，开口说道："看得出，你是一个好孩子。可是你们是有钱人，我家小门小户的，门不当户不对，你家会愿意？"

"定亲的是我，我不会听家里的，所以我要离开家。等我立业后再娶阿香，大不了以后住在你家，正好伺候您老人家一辈子！"苏岚仰着脸，露出一副桀骜不驯的表情。

这几句话说到阿香爹心里去了。他转过头对阿香说："这是你们俩的事，你自己拿主意吧。"

阿香虽然觉得这是顺理成章的事，但心里还是热乎乎的。她抬眼问苏岚："你打算去哪儿？"

"先去一个同学家，然后再等机会。"

"不管去哪里，都要照顾好自己，早点儿回来。"阿香的眼圈有些红了。

爹说："上车饺子下车面。阿香啊，去包饺子！"

吃完饺子，阿香又从厨房拿来一个小布袋，说："这是煮熟的鸭蛋，带在路上吃。"

苏岚很是感动，打开箱子装进去，说道："谢谢你。"

这时鸡叫了，爹说："走吧，我送你。"

三个人走出院门，到了河边，阿香爹下去解开系在树下的小船的缆绳，说道："上来！"

苏岚用力地捏了捏阿香的手，拎着皮箱上船了。阿香扬起手，慢慢地挥着。偏西的弯月洒下朦胧的微光，缓缓摇荡的小船把微光摇碎了，变成一个个明灭的亮片，亮片向前跳动着，钻过桥洞，消失在无边的黑暗中。

五

快到中午的时候，爹回来了。

"走了？"

"走了。"

"坐车？"

"坐车。"

"东边？"

"东边。"

从此，阿香每天去桥上时，不再朝西看，而把头转向了东边。她知道，她的岚一定在东边一个陌生的城市里。春天，她把花瓣撒在河里，看着它们向远处漂去；秋天，她把枫叶投在水中，目送着它们向东边流走。她折了一只又一只写着"香"和"岚"的小纸船放在水面，也许他会看着呢。她比以前更勤快了，除了早晚做做饭、洗洗衣服，就整天哼着歌，编那些她喜欢的物件。还趁爹爹不在家的时候，做了一双双鞋——那硬邦邦的皮鞋，穿着多不舒服啊!

"香啊,以后你卖的钱就别交给我了,自己准备准备嫁妆吧。"爹说。

"爹说啥呢,我一辈子都不离开家!"阿香嗔怪着回答。

日子就像流香河的水,平静地流淌着。一晃就是三年。

一天下午,阿香正在院子里晾衣裳,忽听得门外一阵马蹄响,接着就有人喊:"阿香!"

阿香回头一看,只见一个年轻的军官站在大门口,穿一身草绿色的呢子军装,大帽檐,长筒马靴,腰上系着宽宽的棕色皮带,扎在里面的盒子枪的窄皮带斜挎过肩头,胸前的勋章闪闪发亮,后面还跟着两个兵,手里各拎着一只皮箱。

"你……"

"不认识了?"苏岚大声笑着说。

"苏岚?"阿香惊喜得合不拢嘴,"你当兵了?"

阿香爹闻声迎出来,赶紧让着:"快进屋吧。"

苏岚抬起手,两脚并拢,给老人敬了一个标准的军礼,然后回头对后面两人说:"你们俩在外面照看马。"说完拎起皮箱进了屋。

"你当官了?"阿香问。

"是的。上次从家走后,就和那个同学一起参了军,现在是营长了。"苏岚用手指着那两个人,"我的勤务兵。"

苏岚进屋打开箱子,先拿出两瓶酒、两匣糕点,双手递给阿香爹:"这是孝敬您老人家的。"又拿出几块布料和几件衣服给阿香:"这是给你买的,喜欢吗?"

阿香拿着衣服和布料,指着那件大红底上绣着牡丹、凤凰的洋缎旗袍说:"太漂亮了,恐怕穿不出去呢。"

"怕什么,城里的女人都穿这个。"

"我可不是城里人,我一辈子就守在流香镇,哪儿也不去。"阿香笑盈盈地说。

"好啊,打完了仗,我也回咱流香镇来,咱们平平安安地过日子。"苏岚看着阿香说。

"这次回来,有事吗?"阿香爹问。

"日本鬼子打败了,我请了半个月假,想和阿香把婚事办了。可以吗?"苏岚看着阿香爹说。

阿香爹沉吟了一会儿,说:"这是好事,可是你们家人同意吗?"

苏岚说:"我都这么大了,他们还能管得了我?"

阿香爹一想也是,接着说:"那也得准备准备啊。"

苏岚说:"结婚不也是为了过日子吗?日子长着呢,何必在此一回?阿香,你说是不是?"

"我听爹的。"阿香说完就用眼睛瞅着爹。

阿香爹什么不明白,他知道阿香是乐意的,于是说:"那就办了吧。"

苏岚又拿出一双高跟鞋,说:"香,把衣服试一试,看合身不?"

阿香拿着衣服去了对面屋。一会儿,她过来了,用手抚弄着粗黑的辫子,羞涩地站在门口。

"啊,真漂亮!"苏岚两眼发光,"真是天底下最美的新娘!明天把头盘上去,就更好看了!"

阿香爹看了,好像突然发现自己的女儿长大了,连声说:"好!好!"脸上充满了笑意,眼圈却有些红了。

苏岚起身告辞,说:"我是直接到这里来的。我这就回家,和家里人商量一下。你们也准备一下,无论如何,这次一定成婚!"他把这只箱子放在这里,叫上勤务兵拉着马走了。阿香目送着他走过小桥,进了大宅子的门。

六

第二天早晨,黄桷树上的喜鹊刚一叫,苏岚就过来了,他自己拎着一只皮箱,两个勤务兵一人抱一床绸缎被褥,一套红的,一套绿的。

苏岚进了屋,就说:"我们今天就成亲吧。"

"这么急?"阿香说。

阿香爹问:"看来你家不同意吧。"

"是的。但正符合我的心意,我还怕阿香到家里受气呢。再说,阿香也离不开爹啊!"苏岚很兴奋。

于是大家一起吃完了早饭,苏岚从箱子里拿出几块银圆,递给勤务兵,吩咐道:"你们俩去镇上去买酒和肉,回来就做饭。这是我的终身大事,要尽力哟!"

勤务兵接过银圆,敬了一个军礼:"是!"立刻走了。

阿香爹说:"这样不太好吧?"

"有什么不好!爹!"苏岚很自然地改换了称呼,"只要阿香高兴,就一切都好。"

当然,阿香爹是高兴的。

"阿香,想不想骑马?"苏岚问。

"想倒是想,但有点儿怕。"阿香说。

"不用怕,你紧紧搂住我的腰,保证摔不着你。"苏岚转身对阿香爹说:"爹,我和阿香出去一下,一会儿就回来,您不必惦记。"

两个人过了小桥,苏岚从他家院里牵出一匹枣红马骑上去,对阿香说:"上来!"

阿香上马坐在后面,紧紧搂住苏岚的腰,枣红马便风驰电掣般地跑起来,穿过前街后巷,绕过溪水山坡。凉爽的秋风掠起他们的头发,阿香感到从未有过的惬意。

"阿香,这就顶坐花轿了,委屈吗?"苏岚回头大声说。

"有什么委屈,这比花轿爽多了!"这是实话,阿香心里觉得幸福无比。

他们来到商铺前下了马,立刻引来不少人的目光,那目光里满是惊奇、羡慕。阿香有些不好意思,把头低下来。苏岚说:"怕什么,我就是让大家看看,我的新娘子多么漂亮!"

他们进了铺子。

苏岚给阿香挑了一副银镯子、一副金耳环,阿香说:"别买了,挺贵的。"

苏岚说:"一辈子不就结一次婚吗?"接着又买了一枚金戒指、两支银簪子。

回到家的时候,已近正午。小院子炊烟袅袅,在蓝天丽日下,就像淡紫色的飘带。两个勤务兵正忙得不亦乐乎,阿香爹合不拢嘴地笑着。

阿香要去帮忙,苏岚说:"他们俩啥都会做,你今天是新娘子,快去打扮打扮吧。"

阿香说:"新郎官就不打扮打扮?"苏岚笑了。

阿香进了屋,洗了脸,然后坐在镜子前,把辫子散开,梳通梳透,再用那双灵巧的手,在脑后盘成一个海螺型的髻子,用刚买的银簪别住,然后拉开抽屉,拿出那朵当年苏岚送给她的大红剪绒花,对苏岚说:"帮我戴上吧。"

苏岚接过剪绒花,慢慢地插在阿香刚盘好的发髻上,然后目不转睛地看着镜子里的阿香,轻轻地在阿香的脖子上吻了一下。

"你也换换衣服吧。"阿香说。

不一会儿，两个人都收拾齐整：阿香换上大红织花的旗袍，穿上红色高跟鞋；苏岚换上一套崭新的黑西装、白衬衣，打着深红色的领结。两个人都出神地看着对方，轻轻地抱在一起。

"这身打扮又让我想起了那天晚上你走的情景。"阿香说。

"给你戴花的时候，我就想起了那个金色的傍晚。"苏岚说。

"真快。"

"真快。"

阿香说："剪几个喜字吧。"

说完就找出一大张红纸，剪了两个喜字，又剪了一幅窗花——一颗红心里嵌着"香""岚"两个字。

这时，勤务兵来到门口，敬了个礼，说："喜宴已经备好，请长官和太太入席。"

两个人出来，只见十六大盘精美的菜肴摆满了一大桌，几只高脚酒杯立在桌边，爹已经端坐在正位上。

阿香和苏岚一起跪下去，给爹磕了两个头，齐声说："谢谢爹爹养育之恩！"

爹流着泪把他们扶起，拉到身边坐下。

勤务兵打开酒瓶，给每个人倒满，说："祝贺长官和太太新婚之喜！"

大家一起干了一杯。

苏岚端起酒杯，对阿香爹说："感谢爹爹成全！祝您寿比南山，福如东海！"

爹含笑喝下去。

苏岚又对勤务兵说："谢谢二位帮忙，敬你俩一杯。"

两人站起来说："谢谢长官！"

爹也举起酒杯，对苏岚和阿香说："爹敬你俩一杯，愿你们恩爱和睦，白头偕老。"

两人站起来，和爹一起喝下去。

"啊呀，新郎新娘该喝交杯酒了，我给您斟上。"勤务兵倒满酒，分别递给两人，"第一杯，恭贺新婚之喜！第二杯，祝贺升官发财！第三杯，预祝早生贵子！"

苏岚和阿香站起来，把胳膊互相挽过去，喝了交杯酒，又一起给对方喂了一口荷包蛋。

大家一起鼓掌。

桌上的人都有些面红耳赤了。苏岚拿出四块银圆，给两个勤务兵一人两块，说："谢谢你们！"

勤务兵赶紧推辞："应该的，应该的。"

爹说："收下吧，新郎赏厨师钱，是规矩。"

两人千恩万谢地收下了。

天黑了，满天的星星眨着眼睛，洞房里红烛高照，把四壁照得雪亮。两个人看着床头的大红喜字和红彤彤的被褥，没有一点儿困意。

"这几年吃了不少苦吧？"阿香问。

苏岚说："当兵咋能不吃苦？不过年轻人吃点儿苦算什么！"

"打过仗吗？"

"哈哈，当兵就是打仗啊。"

"你不怕？"

"打之前怕，打起来就不怕了。有一回我一个人去执行任务，半路遇到两个鬼子，我开枪打死了一个，另一个追过来，我就往后退，不留心跌倒在一条小沟里。那个鬼子一看，哈哈地笑了，端着上了刺刀的大枪嗷嗷叫着奔过来。就在他离我两步远的时候，我拔出手枪，瞄准那家伙狞笑的脸，一枪打过去，那家伙就应声倒在地上了，笑着的嘴还没闭上呢！哈哈哈……"

"还笑呢，让人担心死了。"

七

快乐的日子总是过得飞快。

这天下午，苏岚和阿香骑马回来后正在屋里翻看着阿香写的字，一个勤务兵匆匆走进来，敬过礼后，递给苏岚一封信。苏岚接过来一看，脸上的笑容凝固了。

"香，明天我得走了。"

阿香仿佛受了一击："明天？"

"是。部队有紧急任务，命令我必须返回部队。"

"晚一天不行吗？"

"不行，军令如山，误不得。"

阿香一声不响地站起来，开始准备行装。她把苏岚穿过的内衣都找出来，放进盆子里，夹起盆子出了门，走到河边。

苏岚也跟了出去，在阿香身边蹲下来，看阿香把衣服放进河水里。

"香，别难过，用不了多久就会回来的。到那时，我们天天在一起，种地，编织，一起上山摘野果，教我们的孩子读书写字……"

"孩子？你想得可真远。"阿香笑了。

"是啊，一定会有的！"苏岚笑得很天真，"香，唱个歌给我听吧，我还没听过你唱歌呢。"

阿香脸红了，说："我不会唱。"

"怎么会？你说话都那么好听，唱歌一定更好听。来，唱一个。"苏岚央求着。

阿香望着河水，轻轻地唱起来：

小河清幽幽哎,
云在水里流。
河水白云长做伴哎,
直到天尽头。
小河清幽幽哎,
从春流到秋。
河上漂来两只鹅哎,
咯咯叫不休……

阿香的眼泪流了下来,滴在绿色的河水中。苏岚也热泪盈眶,把阿香轻轻地揽在怀里。

晚上,阿香做了一桌丰盛的菜,但谁都没吃多少。

爹说:"别这样,大丈夫四海为家,一辈子窝在家里,还像男人吗?"

吃过饭,阿香把苏岚的马靴擦得很亮,摆放在床头;又拿出一个包袱打开,里面是八双崭新的布鞋。

"给我做的?"苏岚很吃惊。

"嗯。"

"什么时候?"

"你上次到我家来的时候,我就比量了你的鞋,然后年年再大一些。试试吧,合不合脚?"

苏岚一双双试过,只有两双小些。

"那两双是最先做的。把这几双带上吧,穿着舒服。"

阿香把鞋装进箱子,又把晾干的衣服一件件叠好放进去,觉得没有落下什么,才坐下来问:"什么时候回来?"

苏岚说:"说不准。但日本鬼子跑了,估计用不了多长时间吧。"

"照顾好自己,不要惦记我,还有爹呢。"

苏岚说:"阿香,给我写几个字吧。带上它,心里踏实。"

"写什么呢?"

"你心里咋想就咋写。"

"写得不好你可别笑话我哟。"

"怎么会?写得不好赖老师没教好哟!"

阿香拿出纸和笔,背过身去,说:"你不许看。"

一会儿,阿香转过身,羞涩地把纸递给苏岚。

苏岚接过,轻轻念出来:

看到你的时候,我很快乐;
离开你的时候,我很伤心。
但愿离别的日子很短很短,
在一起的日子很长很长。

"香,写得好极了!"苏岚赞叹道。

"你也给我写点儿吧。"阿香说。

"好。"苏岚接过笔和纸,琢磨了一下,写道:

忆昔桥槛上,
流水伴斜阳。
今夜久相别,
月铺千里霜。

阿香看了,不免又凄楚起来。

第二天吃过早饭,勤务兵把马牵过来,把两只箱子搭上马背,阿香和爹送到小桥那边,三个人上了马。阿香突然觉得有很多话要对苏岚说,但她不敢张口,她怕一张口就哭出来,她知道眼泪已经蓄满了。她凝视着苏岚,想把苏岚印在脑子里。苏岚对阿香说:"香,等着我!"阿香一句话也说不出来,只是轻轻地点点头,慢慢扬起了手,连摇都没敢摇,仿佛手臂一摇,眼泪就会像树叶上的露珠,被微风震落下来。苏岚的眼里也蓄满了泪,热切地望着阿香:"等着我!"说完,扭过头去,扬起了马鞭,驾!三匹马飞奔而去,只留下缕缕尘埃和嘚嘚的马蹄声。阿香凝视着渐行渐远的身影,再也控制不住,眼泪像流香河的水,无休止地涌出来。

八

日子就像流香河的流水,平静而悠长。阿香爷儿俩仍旧和以前一样,日出而作,日落而息。但不久,阿香就觉得有些异样,似乎有些慵懒,闻到一些特殊的味道就觉得恶心。爹说:"是不是怀孕了?"

她确实怀孕了。第二年6月,阿香生下了一个男孩儿。孩子小脸白白净净,眼睛很圆很大,和苏岚小时候一模一样。阿香很兴奋——他爸爸回来看见儿子,不定咋高兴呢!于是,她对苏岚的思念与日俱增,天天望着对面的大宅门出神。

一年后,大宅子门边挂上了白底黑字的大牌子"流香镇区公所",苏岚没有回来;过两年又换成了"流香镇乡政府",苏岚还没有回来,连一点儿消息都没有。阿香沉默了,她想带着儿子去找孩子的爸爸。

在一个月光朦胧的晚上,阿香带着儿子走在镇子的街道上,忽然看见前面的房子起火了,火苗像快速吞吐的舌头,呼呼作响。

忽然，阿香看见一个满脸是血的军人从里面跑出来，是苏岚！她大声喊："岚，往这儿跑！"苏岚向她跑来。这时一个端着刺刀的日本兵龇牙咧嘴地追过来，苏岚正要开枪，却一下倒在地上。那个鬼子举起刺刀，就朝苏岚的肚子扎进去！苏岚的肠子立刻流了出来，阿香跪下来放声大哭："苏岚啊，我的岚啊！"

阿香吓醒了，原来是做梦。她摸摸自己的头，全是汗，冰凉冰凉的。她睡不着了，也不敢睡了——难道苏岚真的死了？她不相信，那个戴着闪亮帽檐的可爱男孩儿，那个一身西装的英俊青年，那个军装严整的英武军官，在她的心里永远是活泼的。她拿出苏岚写给她的纸片，失神地看着。月光照进来，如雾，如霜……

儿子八岁那年，阿香拿出苏岚当年用过的书包，说："宝啊，你爸是读书人，你也该上学了，起一个学名吧。"阿香左思右想，最后说："就叫思岚吧，挺好听的。别给你爹丢脸。"第二天，阿香把儿子打扮得整整齐齐，特意给他戴上了当年苏岚戴过的有闪亮帽檐的帽子，说："去吧，和你爹当年一个样。"从此，阿香又像以前天天等苏岚一样，每到放学的时候就到桥头等儿子。

日子虽然很苦，但阿香很高兴，儿子学习很好，每次考试都是第一名。等对面的大牌子换成了"流香镇人民公社"时，思岚小学毕业了，并以全乡第一名的成绩考入了初中。

初中毕业后，阿香说："去当兵吧。"

"好的。"儿子说。

但是兵没有当成——政审不合格，因为父亲是国民党军官。

思岚最后念了师范。

一天下午，阿香从外面回来，一上小桥，就看见自家院里有几个人，她头脑里有了一种不祥的预感，加快了脚步。一进院，一个邻居就告诉她，爹已经断气了。

阿香冲进屋子，趴在爹的尸体上号啕大哭，用手把爹瞪着的双眼的眼皮摩挲下来……

爹死了，儿子又不在家，阿香的精神有些恍惚了，有时连饭都忘了做。但有一件事她从来不忘，那就是每天都去小桥上描那两个字。夕阳映照着她的身影，微风吹动着她的头发，鬓角已经有星星银丝闪亮了。

九

这一年暑期，思岚从师范学校毕业了，在镇上的小学当了老师。从此，阿香又天天在放学的时候去桥头等儿子。思岚说："妈，我都多大了，还用你天天去接？"阿香说："习惯了，到时候心发慌。"

思岚人长得俊，课教得也好，不久，他的同事——一个漂亮的姑娘就喜欢上了他，一年后结婚了，家里又热闹起来。

但是每当小两口上班后，阿香就会想起爹在的时候的快乐，想起和苏岚相爱时的甜蜜，想起分别后思念的痛苦。更常想起的是：苏岚还在吗？他在哪里？想着想着，眼泪就不知不觉地流下来。

她有时忍不住问儿子："思岚，你说你爹会回来吗？"

思岚很为难，告诉妈爹会回来，那是骗妈；告诉她不会回来，会伤了妈的心。于是他就含糊其词地说："会回来的，也许在某一个早晨，爹就站在你面前了。"

阿香听了，长叹一口气，然后茫然地望着远方。

又过了几年，思岚小两口被调到县文化局去了。思岚让妈也跟他们一起去县城，阿香摇着头说："不，我要在家里等着你爹回来，要不他会找不到我们的。"

思岚知道劝不动妈，也不愿破坏妈心里的梦，就说："那你要保重，有事就捎个信儿告诉我，我们也会经常回来看你。"

阿香说："妈老了，不要管我，你们过得好就行了。"

"妈，您没事的时候写写日记吧，省得寂寞。"思岚突发奇想。

阿香笑了："我会写什么啊？"

"就写你和爹的事啊！"

"唉，那些陈谷子烂芝麻的事，谁看啊？"

"我看啊！你不想让我和我的后代多了解一点儿你和爹的故事？"

阿香动心了，说："怕写不好呢。"

儿子鼓励道："怎么想就怎么写，不会写的字不是还有小字典吗？"

阿香未置可否，但儿子走了以后，她竟真的写起来了——她需要一个倾吐心思的地方，她愿意回到以前快乐的时光。于是她拿出了纸和笔，坐在方桌旁凝神回想着。她的眼前出现了美丽的流香镇，出现了树木葱茏的后山，出现了门前静静流淌的流香河，还有那座古朴优雅的流香桥；她看见了对面那个神秘的大宅子，看见了从大宅子里出来的穿着学生服、戴着学生帽的干净漂亮的男孩儿；她想起了那个夕阳落山的美丽的傍晚，想起了大红色的剪绒花；耳边回荡起那个月色朦胧的夜晚咿呀的摇橹声，回荡起骏马奔驰嘚嘚的马蹄声……于是她动笔了，一串串美丽的文字泉水一样流出来。她时而羞涩，红晕飞上脸颊；时而忧伤，西风吹皱秋水；时而快乐，笑意溢出嘴角；时而痛苦，泪水流到腮边。她有时实在写不下去了，趴在桌上长时间不动不语。那不是累，那是情感的陶醉或煎熬。

两个月后，儿子回来了，看到母亲似乎比以前精神好多了，动作也利索多了。又看到母亲的日记，不禁赞叹道："妈，你写得真好！"

阿香红着脸说："好什么好，只不过心里咋想就咋说罢了。你看看，有错字给我改过来。"

"好。妈，你也不要太累了，两个月就写了两万多字。"思岚说。

"没累着啊，比没事干好多了。"阿香微笑着说。她说的是真话，她确实觉得比以前充实多了。

儿子走后，阿香又写起来。她写到了儿子出生后的快乐，写到爹惨死的悲哀，写到一个人生活的寂寞，写到儿子结婚时的幸福。当然写得最多的是对苏岚的怀念和盼望："燕子回来的时候，我想起了你；栀子花开的时候，我想起了你；霜叶变红的时候，我想起了你；夜里做梦的时候，我梦到了你……我的岚啊，你在哪里？你看到我渴望的眼神了吗？你听到我心底的呼唤了吗？回来吧，早点儿回来吧！"阿香哭了，哭得十分悲哀。她写不下去了，她受不起这痛苦的折磨，但她也不愿就这样结尾，她希望有一个完美的结局。可是，希望在哪里呢？

她向儿子表达了自己的遗憾。

儿子说："写不下去就别写了，没有结局就别让它结局，生活还会继续下去，我们一起等待那个美好的结局吧。"

"会有吗？"阿香疑惑地望着儿子。

"一定会的，因为我们希望它有。"儿子说这话的时候，心很虚。他知道，这只是一种希望，是妈埋在心底的赖以生存的希望，他怎么忍心浇灭这希望的火种呢？

思岚说："妈，给文稿起个名字吧。"

阿香说："唉，起啥名啊，也不是写给别人看的。"

"那不一定，我再整理整理，妈也许会成为大作家呢。"

"你愿意起就起吧。"

思岚琢磨了一会儿,说:"就叫'古镇流香'好吗?"

"嗯,挺好听的,我喜欢。"阿香很满意。

十

燕去燕来,花落花开,默默流淌的流香河又送走了两千多个日夜。儿子点起的希望之火曾经把阿香的心照亮过很长一段时间,但也烧焦了她的心。她的头发已经全白,细密的皱纹也刻满了额头和眼角。她现在唯一盼望的就是每个周末走过小石桥等候儿子。

又是周末了,当夕阳把小桥的石栏涂上一层金黄的时候,阿香走出了院子。她突然听到两声喇叭响,抬头一看,一辆黑色的小轿车停在了桥那头,儿子从车里出来,又拉开了后面的车门,搀下来一个个子高高、满头白发、穿着米色风衣的老者。他们走到小桥上,停下了,老者蹲下身端详着石栏。阿香心里怦然一动——那是写有"香岚"两个字的地方啊!

这时,思岚看见了正往前走的阿香,挥手喊道:"妈!"那个老者也闻声站起,直视了一刹那,慢慢地走过来。十米,八米……两人在距离三四米的时候,同时站定了,对视了几秒钟,突然踉踉跄跄地奔过去,紧紧地抱在一起,奔涌出来的眼泪汇在一起,顺着紧贴着的两腮流下来。阿香用手接连捶打着老者的脊背,哭着喊:"你,你怎么才回来啊!"苏岚泪流满面,紧紧拥抱着阿香不肯松手。这时儿子笑着大声说:"好了好了,快回家吧!"

两人相互搀着走进院子,苏岚这儿瞅瞅,那儿望望,感叹地说:"几十年了,还是记忆中的老样子。"

阿香说:"再看看人,还是老样子吗?"

苏岚抚摸着阿香的满头白发,说:"老了,我们都老了。不过,你还是我喜欢的阿香!"

阿香听了,心里热乎乎的,四十多年的艰辛和忧愁仿佛烟消云散,雨过天晴,那好像只是一瞬间的事情。

"一走就这么多年,为什么就不告诉我一声?"阿香有些嗔怪。

"唉,当时我哪里知道要走啊。午前还没动静,晚上就上飞机了。要是早知道会去台湾,宁可枪毙也会逃回来。"

"那就不能写封信来?"

"我都数不清写过多少封了,可是寄不出来啊。"

"这些年,你就一个人过的?"

"还能有谁,一个霸道的俏姑娘在我心里占着,谁还敢进来?"苏岚笑着说。

阿香也笑了,撒娇一般地倒在苏岚的怀里。

思岚看了,笑着说:"爹,妈,你们唠着,我去做饭!"说完出去了。

苏岚掐了一下阿香的腮帮:"小孩子似的,不怕儿子笑话?"说完望着思岚的背影说,"多好的儿子啊!要不是他,我还不可能回来呢。"

"他?咋回事?"阿香不解。

"是他托他一个朋友把你写的书稿带到香港出版了。一天,当年和我一起去的老兵——就是那个勤务兵——在书店里看到了,回来告诉我,他看到了一本书,叫《古镇流香》,好像是写咱俩的。我急忙去书店,找到那本书一看,绿色的封面上赫然印着'古镇流香,作者许阿香'几个字,我的心立刻狂跳起来。翻开书,我看到了熟悉的流香河,看到了流香河桥头卖编织物件的小姑娘,知道了一个痴情的姑娘还等着我,并且还有了一个儿子!啊,当时我是怎样的高兴啊!于是立刻向当局申请,第一批就回来了!"

"这小子,咋就没跟我说!"阿香有些抱怨。

"路上他跟我说了,怕你知道了心里更急。我万一回不来,你不是更失望?"苏岚说完,从皮箱里拿出了书,浅绿色的封皮,上面的书名是深绿色的四个字"古镇流香",下面是四个黑色的小字"许阿香著",还画着小桥流水人家的图案。只是已经磨得破旧了,可见主人翻看了多少遍。

阿香逐页翻开,好像在寻找着苏岚的手印。翻完,她感慨地说:"唉,这本书还没有结尾呢。"

"哈哈,正好啊!就让我们一起把它写完吧!"苏岚笑得很开心。

"这回你就不走了?"阿香担心地问。

"走?往哪儿走?这里不是我的家吗?你舍得赶我走?"苏岚盯着阿香,像盯着一朵花。

"这回你想走也走不了了,你走到哪儿我跟到哪儿!"

这一夜,他们铺上结婚时铺过的被褥,仿佛又回到了从前。

从此,流香镇的人们每天都会看见一对白发如银的老人,或是相依着坐在流香河边,细数着上游漂来的落花;或是相扶着走在夕阳映照的流香桥上,欣赏着天边的晚霞。他们长长的身影倒映在河里,河水带着花香缓缓地流淌,日夜讲述着那个幽婉的故事……

家国情缘

一

下班一进屋,我就觉得气氛很特别,全家人的眼光全都集中到我身上,好像从来不认识我。

"怎么了,我有什么异样吗?"

父亲把脸别过去,语气沉重地说:"刚才市公安局的人到咱家来了。"

"他们来能怎么着,我又没做违法的事。"我嬉皮笑脸地说。

父亲嗫嚅着,似乎下了很大的决心说道:"小林,我们不是你的亲生父母……你的父母是……日本人。"

"什么?"这么没头没脑的话把我弄蒙了,我如堕五里雾中。

但看父亲的表情,我知道,不是无中生有,于是便走过去,在父亲身边安静地坐下来。

"1943年,我们城里来了两个日本人,是一对夫妇。男的叫川崎雄志,女的叫高桥明子。男的是医生,女的在学校教日语。当时我开了一家书店,你妈教语文,和明子在同一所学校。川崎喜欢中国文化,汉语说得很好,常到我的书店来看书,谈古典文化,你妈和明子也合得来,两家离得很近,一来二去就成了极熟的朋友。

"第二年春天,你妈生了个男孩儿,取名'小林'。过了半年,明子也生了个男孩儿,取名'一郎'。明子缺奶,孩子饿得直哭,于是就来求你妈给喂点儿奶,所以你妈每天都要带着自己的孩子去川崎家。明子很喜欢小林,你妈也喜欢一郎。就这样过了将近一年,两家的关系就像亲戚一样。

"那年,日本战败。农历七月的一天晚上,你妈和我都睡下了,忽听得有人敲门,声音很急。我开开门,只见川崎夫妇抱着孩子,惊魂未定地站在门外。我把他们让进屋坐下,你妈也穿好衣服出来了。明子喘着气望着你妈和我,急促地说:'雅琴,幼之……大佐通知我们明天就乘船回国。可是一郎正出麻疹,很重……'她把眼光递给川崎。川崎犹豫了一会儿,开口说道:'求求你们。我们想把一郎留给你们……但明子离不开孩子,离开了孩子,她会发疯的。所以我们想把小林带走。当然……'川崎看看明子,两人一齐站起来,跪在我们面前:'拜托,求求你们!'两人泪流满面。'那怎么行!'你妈急了,'离得这么远,啥时候才能回来?'明子把头垂下去,双手合在额前:'请多关照,否则一郎和我都没命了。'你妈眼睛盯着我,明明在问:'怎么办?'我沉思一会儿,一字一句地说:'为了孩子,我答应你……但是,我们都要记住,是暂时,而不是永远!你们起来吧。'他们俩站起来,不断地鞠躬:'谢谢,谢谢,太感谢你们了。'然后如释重负地长出一口气:'我们会记住的,尽快,一定,一定!'就这样,你留在了我家,小林去了日本。你叫了小林,小林叫了一郎。

"谁想到,这个'暂时'变成了'长久','尽快'竟然变成了'三十年'!前两个月,市公安局的同志就来过,我们没跟你说。今天又来了,并且带来川崎的一封亲笔信和五十万日元,让我和你妈带着你去东京,说有困难只管说,无论如何也要去——我答应了。"

我只觉得父亲的话像一块巨石投进心海，没有溅起一点儿波澜，只是缓缓地沉下去，沉下去……没有惊愕，没有激动，没有喜怒，只是觉得很委屈，身体好像一片枯叶，在阴沉的天宇中飘零、飘零……

闷了很久，我低着头斩钉截铁地说："我不去！坚决不去！"

父亲把头转过来，恳切地说："别这样，小林，这不是他们的错。再说，我们也想看看……另一个小林哪。"

"这，我理解，那你和我妈去，我不去。"

"那怎么行啊？天下的父母都是一样的呀。"

沉默。

"好，我去。不过要早去早回来！"

回到房间，妻子默默地看着我，挤出一点儿微笑说道："不会把我变成日本女人吧？"

"扯淡！我永远是中国人，谁也没有资格开除我的国籍！"妻子搂住我笑了，眼泪却流了出来。

一个星期之后，我们来到机场。在进入候机室的时候，妻子搂住我，给我一个结实的贴面吻，看着我的眼睛说："早点儿回来！"我重重地点了点头："一定！"

二

第一次坐飞机，我却没有一点儿兴奋，反倒觉得很失落。透过舷窗，望着天宇中的朵朵白云，不知它们生于何处，去向何方，我的心不禁悲凉起来。

父母也神色凝重，没说一句话。过了一会儿，母亲掏出带来的苹果递给我，我摇摇头。

"小林，别这样。你愿意留就留，不愿意留就回来，你永远是我们的孩子。"父亲说。

我的眼泪再也止不住,唰唰地流下来。

经过五个多小时的飞行,飞机在东京的机场缓缓降落。我们随着人流走向出口,远远地就看见有人在那里急急地晃动着一个木牌,上面写着:"欢迎舒幼之君!"我知道举牌子的人是谁,心情一下子紧张起来,立刻把头低下去,放慢脚步,落在父母的后边,真希望这段路越长越好。

但还是到了,他们——两个男人和两个女人相隔两米站定了,对视了两秒,突然拥抱在一起,川崎和明子泪流满面,不断地说:"欢迎!欢迎!辛苦了!"接着又不断地鞠躬。我端详着他们:川崎高,瘦,两鬓微白,穿一身银灰色西装、里面是雪白的衬衣,打着蓝白相间的领带,很挺拔。明子矮,微胖,烫过短发,修饰过的眼眉弯弯的,穿着天蓝色绣着红花的和服。他们就是我的亲生父母?我不愿承认,也无法想象依偎在那穿着光滑衣服的脊背上的情景。川崎把眼光转向我,问父亲:"这……就是……一郎?"没等父亲回答,我抢上去说:"我姓舒,舒小林!"川崎犹疑了片刻,走过来拉住我的手摇晃着说:"欢迎,欢迎你啊!"我没有抬头,慢慢地把手抽出来。看得出,川崎的目光瞬间有些黯淡,但转而就兴奋地说:"走吧,快回家!"家?那是你的家,不是我的!

三

汽车在一个小院前停下。川崎下了车,拉开后面的车门,满面春风地说:"孩子,到家了,请下车。"他微笑着做了一个请的手势。我下了车打量着:漆成白色的铁栏杆,围成一个长方形的院落,葱茏的树木掩映着一座三层小洋楼,很有风致,标志着主人的财富和地位。走过一段绿树夹道的水泥甬路，川崎拉开楼门，微微俯着身子说："请！"

客厅很宽敞，西面一溜米色沙发，对面一台很大的电视机，电视两旁各摆放着一只中国大瓷瓶，墙上挂着梅兰竹菊四幅长轴画，南面的落地玻璃窗下有两把藤椅——室内的陈设很中国。

川崎喊："惠子，客人到了！"又转向我们，"一郎的妻子，加藤惠子。"一个年轻的女人从楼上下来，衣着很鲜艳。川崎指着爸爸妈妈介绍说："这是一郎的お父さん（爸爸），お母さん（妈妈）。"又指着我说："这是一郎——哦，小林君。"惠子把左手搭在右手上，放在身前鞠着躬说："いらっしゃいませ（欢迎光临）！"然后端来茶具，给每人倒了一杯，又鞠躬说："はじめまして、よろしくお願いします（初次见面，请多关照）！"说完就去厨房准备晚饭。

川崎感慨地说："三十年了，不容易，实在不容易啊！谢谢，谢谢！"明子站起来鞠躬说："真不知该怎样感谢你们，对不起！"

"不必，你们抚养小林不也一样吗？"父亲说。

听了父亲的话，我忽然不知道自己是谁了。

川崎的目光转向我，几乎是盯住我仔细地端详说："像我，像我，几乎和我年轻时一个样。幼之君，你说是吗？"

父亲默默地点了点头。

我听了，忽而想起单位里有人说我像日本人，我认为只是因为妈妈爱干净，把我收拾得比较整齐罢了，并未在意。原来我真是日本人！

明子从楼上拿来一张照片递给我，我心情沉重地端详着：一对年轻的日本夫妇，男的清瘦、儒雅，很像现在的我，只不过鼻梁上多了一副眼镜；女的漂亮、丰满，很幸福的样子，怀里抱着一个孩子——没什么可怀疑的,我,是日本人!

沉默了许久,我站起来,面对我的养父养母,泪流满面地说:"谢谢爸爸,谢谢妈妈!我永远是你们的孩子,我们永远不会分开!"

母亲也泪流满面,一把把我揽在怀里。

明子招呼吃饭了,母亲试探着说:"不等等小——一郎了?"

"我打过电话了,他说有事儿先不回来了,让咱们先吃。"明子不大自然地说。

"这孩子!我再打一遍。"川崎说完就上楼去。

不一会儿川崎就下来了,脸有些阴沉,说道:"他医院有事儿脱不开身,咱们吃吧。请。"

走进餐厅,只见房间不大,但很整洁,墙上挂着富士山的画框,中间摆着白色的桌椅。晚餐很丰盛,各种鱼、牛肉、蔬菜、汤,摆了满满一桌子。川崎夫妇热情地敬酒布菜,还特意地给我倒了一杯。

"谢谢,我不会喝酒。"

川崎讪讪地缩回手:"也好,年轻人还是少喝酒好,换饮料吧。"又换了个杯子,倒上一杯深红色饮料。

父亲和母亲很拘谨,兴致也不高。我知道为什么。

吃完饭,我又回到客厅,惠子早已把水果和茶准备好了。

"请问,一郎做什么工作?"父亲问。

"对不起,我忘记介绍了。"川崎说,"他在我的医院里做副院长,事情很多,请别见怪。我退休后,就让他做院长,您放心。"

"没什么不放心的,谢谢。"父亲说。

"哦,我忘了问,小林做什么工作?"

"继承了他母亲的事业，在大学教中文。"父亲代我回答。

"好啊好啊，很文明的工作！用你们中国人的话说，'人类灵魂的工程师'！"

川崎很热情，但我总觉得有一股嘲讽的味道。

四

晚上九点多，门铃响了。

惠子赶紧去开门："お帰りなさい（你回来了）？"

"ただいま（我回来了）。"

父亲母亲不约而同地站起来，朝门口望去。

这是一个年轻人，中等个头儿，圆脸，白白的，胖胖的，头发整齐而油光，穿一身黑底蓝条的西装，里面是白衬衣，打着红底白花领带。看起来一尘不染，又让人觉得一身油腻：整套衣服穿在他身上显得有些紧，似乎裹着一团肉。我觉得似曾相识，哦，朝鲜电影《卖花姑娘》里街头的那个阔人。

惠子接过皮包上楼了。

川崎指着父亲母亲说："快来见过你的父亲母亲。"

他迟疑地走过来，鞠着躬用日语说："お父さん（爸爸），お母さん（妈妈）。"

"我不是教过你说汉语吗？爸爸！妈妈！"

他没有叫，又鞠躬用日语说："はじめまして、よろしくお願いします（初次见面，请多关照）！"

没有看到久别重逢的相拥而泣，只读到了双方的陌生——也难怪，我不也是这样吗？

川崎又指着我说："这是——小林君，你的弟弟，你们俩小时天天在一起的。"

"こんにちは（你好）！"又一个鞠躬。

我看出他的目光里有几分敌意。

"是我们把你带到日本，使你远离了亲生父母，对不起。"川崎说。

"ありがとう（谢谢）！ありがとう！"一郎说完，坐下来。

空气仿佛凝固了，大家都有些尴尬。

母亲从带来的旅行包里摸出一块手表递过去说："孩子，没有什么好东西，这是送给你的，我们的一点儿心意。"

一郎接过去，看了一眼，又站起来鞠躬："ありがとう（谢谢）！ありがとう！"

母亲叹了一口气，又陷入了沉默。

"今天你们都很累了，休息吧。"川崎来解围。

一郎站起来告辞："おやすみなさい（晚安），また明日（明天见）！"

五

等我醒来，天早已明光大亮，可是一点儿动静没有，于是恍然大悟——今天是星期日。

我再也躺不住，穿好衣服蹑手蹑脚地推开父亲和母亲住的房间的门，原来他们也早已醒了，正瞪着天花板出神。见我进来，母亲轻轻地问："小林，睡好了？"

就这一句，立刻使我想起小时候和母亲睡在一个被窝里，早上母亲要起来，我却搂住母亲不让动的情景，既温暖，又有些忧伤。我点了点头。

父亲和母亲也穿好衣服。

这时，川崎上楼来，鞠了一个躬说："早上好！睡得好吗？"

"很好,给您添麻烦了。"父亲回答。

"说哪里话,我还怕请不来您呢。"川崎笑容满面地说,"洗漱完请用早餐。"

洗漱完,我们又来到一楼的客厅。一会儿,一郎也下来了,穿着瘦瘦的白衬衣,瘦瘦的米色西裤,眼睛有些红,大概是没有睡好。

"おはようございます(早上好)!"一郎没精打采地鞠了一躬。

我看到川崎的眉头皱了一下。

明子从厨房里出来说:"大家早上好!请用餐。"

早餐很丰盛,堪称中西合璧,有米饭、绿豆粥、面包、牛肉、鸡蛋、鱼片、蔬菜、水果、咸菜、黄油、果酱、酱汤、牛奶、咖啡,还有母亲带来的豆腐干,应有尽有,看来明子和惠子下了很大的功夫。

明子给每人都盛了一碗绿豆粥。

川崎喝了一口粥,又夹了一小块豆腐干慢慢咀嚼着,感慨地说:"真香啊!这让我又想起了在你家吃饭的情景。"

"你的记性真好,还记得。"父亲说。

"日本人在中国造了孽,但我是喜欢中国的!"听得出来,川崎说的是真话。

母亲夹了一小块豆腐干,放进一郎的盘子说:"尝尝吧,孩子,这是家乡的味道。"

他慢慢地放进嘴里,很勉强。然后吃了一片抹上黄油的面包,喝了一杯牛奶,说:"お腹がいっぱいです(我吃饱了)。"

母亲微微摇了摇头。

六

吃完饭，川崎说："今天是星期天。东京实在是没有什么好玩的，去银座看一看吧。一郎，咱俩各开一台车，你和你的两位母亲乘一台，我和你爸爸、小林乘一台。"

"はい（是）。"一郎没有抬头。

汽车出了院门，驶上一条平坦的大路，路旁的绿树迅速地向后退去，不一会儿就进入了繁华的市区。往前望，是缓缓蠕动的车流；看两边，是挨挨挤挤的高楼大厦，让人觉得喘不过气来。光线忽然暗了下来，仿佛进入了隧道，原来是地下停车场。

我们乘电梯上去，眼前豁然开朗，大厅宽敞明亮，柜台整洁舒展。这是一楼，专营金银珠宝饰品。每当一位顾客进来，那些售货小姐都鞠躬问好。

明子挽着母亲的手来到黄金柜台，细细地看，然后指着一条项链和售货员交谈几句，售货员把项链拿出来。

"雅琴，喜欢吗？"明子问母亲。

母亲摇了摇头说："算了，明子，戴不出去的。"

"可以戴在里边啊！"明子让售货员把项链装进一个精致的红色丝绒盒子里，然后递过一大把钱。收好盒子后，明子笑着对母亲说："我知道，你喜欢这些玩意儿。"母亲也笑了。

三楼是时装大世界，笔挺的西装、鲜艳的和服……五颜六色，鲜明华贵。明子给母亲买了一件深绿色毛衣、一条黑色裤子，又让母亲为父亲挑了一件蓝色呢大衣和一顶鸭舌帽。

川崎把我拉到一边，悄悄地问："一郎，不，小林，喜欢什么？买一套西装吧。"我摇了摇头。

"那怎么行？今天就是为了你才来这里的。你没看见别人用异样的眼光看你吗？"川崎劝我。

我看见的，我也觉出来我同这里的人格格不入，但自尊心让我固执地摇了摇头。

这时父亲母亲和明子也都过来了。母亲说："小林，听话，别辜负父母的一片心意。"

其实，我很喜欢西装，父亲的旧皮箱里就有两套，一套黑的，一套米色的，上中学的时候我曾偷偷地穿过。

看我正迟疑，川崎喊："喂，一郎，帮小林选套西装！"

我看到，一郎站在离我们很远的地方，听到喊声，磨磨蹭蹭地走过来。

我立刻站起来，大声说："我自己选！"我才不用他帮忙呢。

我选了一套银灰色西装，一件白底带小蓝格的衬衫，一条白色真丝领带。

"也喜欢银灰色？"川崎笑意盈盈地说。

我仰起头说："是不是想说和你一样？"

川崎笑了，说道："走，到试衣间里试试。"川崎领着我要走。

我说："不用您去。"我把父亲招呼过来——因为我不会打领带，需要父亲帮忙。

我把父亲拉进试衣间，一件一件武装起来，父亲细心地帮我打好领带。我对着镜子整了整发型，兴奋地打了一个响指："真帅！"

等我们从试衣间里出来，只见川崎、明子、母亲都站在外面，他们的眼睛发光了。

川崎走上前，哈着腰说："尊贵的先生，我能为你效劳吗？"

我忍俊不禁，上前抱住他的脖子，小声说："谢谢您！爸爸！"

川崎欣喜若狂，双手围住我的腰，要把我抱起来，不料脚下一滑,坐在地上了。

大家哈哈大笑,除了一郎。

我扶起川崎,对着他的耳根悄悄说:"不要过于兴奋哟,这是我们俩之间的事。"

上了四楼,明子又给我和父亲母亲各买了一双皮鞋。

五楼是餐饮娱乐层。

来到乒乓球馆,川崎对父亲说:"幼之,来一盘?"

"老了,打不动了。"父亲说。

"我来!"我拿起球拍一阵猛抽,把川崎打得上气不接下气。

川崎笑着放下球拍说:"真的老了,服了。一郎,你和小林来一盘?"

一郎摇了摇头。我心里说:"他哪是我的对手,我是我们学校乒乓球比赛的冠军呢!"

明子说:"好了好了,吃一点儿东西吧。"

于是我们找到一张方桌坐下来,每人一份套餐,一杯饮料。

吃完饭,川崎说:"到休息室里坐坐吧。"

休息室里有很多人,不少年轻男女在拍照。

川崎说:"来,我们也拍一张好吗?"

于是找来摄影师。

父亲和川崎坐在中间,母亲坐在父亲左边,明子坐在川崎右边,我站在父母身后,一郎站在川崎和明子身后。

这是拍立得相机,不一会儿,照片出来了。父亲母亲很严肃,川崎很高兴,明子微笑着,一郎皱着眉头,我精神抖擞。这张照片,连在一起是一张,如果从中间分开,就是两张。

接下来的几天里,川崎驾车带我们游览了东京铁塔、迪尼斯乐园和灯红酒绿、纸醉金迷的新宿,拍了很多照片。

在新宿,川崎要给我和父亲买一块手表。

"要精工还是西铁城？日本产的。"

我坚决地摇摇头。

川崎似乎明白了我的意思："那就买一块劳力士吧。"

我没有作声。于是川崎给爸爸买了一块精工，给我买了一块劳力士。

但接下来我就有点儿后悔，川崎会不会认为我是因为劳力士比精工值钱才选择劳力士呢？

七

一晃，一个星期过去了。星期六晚上，大家都坐在客厅里喝茶，一郎喝着咖啡。

父亲说："川崎君，真不好意思，打扰了你们好几天，明天我们要回去了。"

母亲也点了点头。

川崎着急地问："为什么不多待几天？我还没有尽兴呢。"

明子也拉住母亲的手说："雅琴，多住几天吧！"

母亲说："不了，小林的妻子怀孕呢。"

川崎高兴地站起来说："怎么，我要有孙子了？"说完去房间拿出一沓钱递给母亲，兴冲冲地说："对不起，还没有给她们买礼物呢。拿着，让她们喜欢什么买点儿什么，我们的心意！"

"川崎君，我们三十年前的约定，孩子的事……"父亲望着川崎。

川崎沉思半晌，缓缓地说："时过境迁，他们都大了，让他们自己选择吧。您说是吗？"

父亲点了点头。

空气立刻紧张起来，四位老人的眼光都转向了我和一郎。我看见一郎把头深深地埋下去。

"如果小林肯留下，我会安排他先在我的医院里做院长助理，配合一郎工作。如何，小林？"川崎说。

配合他？做梦！我立刻果断地说："我不会留下，我离不开我的父母，我的妻子，还有我的讲台！"

"你们都可以来日本定居啊。"

"不！绝不会！我不习惯这里的生活。"我勉强露出一点儿微笑，"光是整天鞠躬就会把人烦死的。"

"那么，一郎呢？"川崎把目光转向一郎，父亲和母亲也看着他。

"……"一郎的头埋得更低，无语。他虽然没有表态，但谁都看出了他的态度。

我看到父亲母亲很失望，于是我把肩膀靠在母亲身上，紧紧握住母亲的手。母亲也低下头，用右腮摩挲着我的头发。

三十多年的情结，此行的目的，就这样默默地结束了。

八

第二天一早，我们收拾整齐，吃过早餐，川崎和一郎开车去往机场，我回头望了一眼，有些留恋，这毕竟是我生活过一个星期的地方啊。

在机场大厅里坐了一会儿，喇叭响了，我们走向通往候机室的入口，一郎跟在后面。

安检过后，川崎和明子紧紧地抱住我，泪流满面地说："回来，带着妻子和孩子来看我们。"我点了点头："会的，也欢迎你们到中国来。"

川崎和明子又分别拉住父亲母亲的手说："欢迎你们再来。"
　　父亲说："欢迎你们到中国去，我们还住在老地方。小林就拜托你们了。"说完，向后面的一郎望过去。
　　就在我们转过身要进入候机室时，一郎突然跌跌撞撞地奔过来，发疯似的紧紧搂住父亲和母亲，失声痛哭道："爸爸！妈妈！对不起！"然后掏出两个红色小盒子塞在母亲的衣袋里。
　　母亲为他擦着眼泪，也哭着说："没什么，保重！有机会回国看看。"
　　一郎不住地点头说："会的会的，一定。"
　　我们走了，留下三个人在那里招手。
　　飞机起飞了，东京在我们的脚下迅速变小。母亲掏出那两个小盒子打开，是一大一小两枚铂金戒指。母亲的眼泪又掉了下来。
　　天空很晴朗，机舱内很明亮，我的心逐渐开朗起来。俯视着下面茫茫的大海，感慨万分——"一衣带水"，这条衣带未免太厚了，太宽了，拉开几千里，相隔三十年！但是，即使再多的海水也淡化不开那血与土凝成的不可分割的家国情缘！
　　向西飞了几个小时后，我看见，一片广袤的国土在我的脚下铺展开来……

华居灯影

皮特先生的客厅豪华明亮,拱形棚顶中央垂下的水晶吊灯流溢出缤纷的光彩,壁炉中的火烧得正旺,和屋子里的人一样,欢快,热烈。满屋烟笼雾绕,是皮特先生的雪茄使大家陶醉在幸福中。

皮特先生春风满面,两只手插在西裤吊带里,好像是在捧着他那肥硕的肚子,踱着步向大家讲述着一个贵妇人和一个小有名气的画家私奔的风流韵事,吊带上的银质扣环在彩灯下闪着夺目的光亮。

"你们猜怎么着?那老家伙竟跪在地上求画家可怜可怜他!"

大家兴高采烈地笑,只有杰西——一位年轻的留着一头棕色鬈发、脸色略黄的先生似乎不习惯满屋的烟草味,坐在落地窗边的藤椅上,透过乳黄色的窗帘望着外面,欣赏着路灯下摇曳的树影。

"喂!我们的作家,靠近一点儿嘛。最近又有什么大作?"银行家威廉扭过头,满脸笑意地招呼着。杰西也扭过身,目光在厅里扫了一圈,头微微动了两下,不知是点头还是摇头,又转向了窗外。

皮特夫人从楼上下来了,一位女仆端着摆满咖啡的托盘跟在后面。夫人穿一身米色的猎装,头戴一顶咖啡色的丝绒小帽,脚蹬麂皮长筒小靴，与往日头戴雪白的镶着天蓝色缎带的宽檐帽、一身肩头隆起花边的洁白的连衣裙的雍容高贵的她截然不同，轻盈而干练。

"哇！"满屋的人同时惊叫起来。威廉夸张地耸起肩膀，张开两臂，似乎要把她揽入怀中。就连窗前的杰西也目不转睛地看着，并且很满意地点点头。

皮特先生笑容满面，迎上两步，不无骄傲地大声说："哦！我的女主人，客人都来了好一会儿了，您不觉得失礼吗？"

夫人微笑着，朝大家殷勤地点点头，用余光瞥了一眼窗前的杰西，开始给客人送咖啡。她最后端着杯子走向杰西，杰西慢慢接过，两人低语几句，然后夫人回来坐在边侧的小沙发中，继续微笑着听大家聊天，矜持而优雅。

大家兴致很高，提琴手贝卡眉飞色舞地讲起城中一个富豪和女仆私通，害死妻子的故事。雪茄的烟与咖啡的雾优雅地升腾缭绕着，更增加了大厅的温馨与和谐。

外面传来了汽车的引擎声，有灯光在窗子上晃了几下。杰西站起身朝大家走来，神色凝重而平稳地说："各位尊敬的先生，我要离开这里了。感谢各位对我的垂怜和照顾。可是我混不下去了，几年来，我的作品只受到一个人的青睐，我要到一个陌生的地方去——夫人，"他把脸朝向皮特夫人，"请原谅我的吝啬，把书稿还给我。"

大家张着嘴看着他，事情来得太突然了。皮特夫人站起来，与杰西对视两秒，朝楼上走去，不一会儿就拎着一只棕色皮箱走下来。她没有把皮箱交给杰西，径直朝门外走去，大家也跟着走出去，为杰西送行。

汽车就停在台阶前的树荫下，见人们出来，司机拉开车门。皮特夫人把皮箱放进去，趁势坐在里边，杰西也登上车。皮特着急地喊:"快下来,亲爱的!"夫人动也没动,用手指着司机,示意他快开车。皮特好像恍然大悟,紧紧地扳着车窗,连声喊:"为什么?到底为什么?"皮特夫人平静地一字一句地说:"我爱他,从读他的第一部作品就爱他,上个星期我们就定好了。"杰西仿佛有点儿不耐烦,用手往前一指,汽车开动了,差点儿把皮特带倒。

　　汽车绕过小树林,消失了。皮特稳了稳身子,往前走两步,站住了。威廉也和皮特一样,神情痛苦而茫然。大家都僵住了,只有路灯下摇曳的树影,来回抚摸着冰冷的路面。

教研组的故事

序

某校一个年级的语文教研组。

老赵，男，五十九岁，教研组组长。

老钱，男，五十五岁。

老孙，女，四十五岁。

老李，男，四十五岁。

小周，男，三十六岁。

小吴，女，二十五岁。

人数不多，共六个。

空间不大，约十五平方米。

工作单一，备课讲课。

关系单纯，同事。

除了寒暑假和周末，天天上班。然而这里并不单调，每天都上演着平凡人的平凡故事。

一

新学期开学的前一天，教师签到，学生明天入学。

按理说，这一天没什么事可做，早点儿晚点儿上班都没关系。可是人来得很齐，很早。因为凭经验都知道，要新分办公室，谁都想占一个好位置，这可关系着起码一年的心情呢。

宽三米、长五米的空间，"品"字形地摆了六张办公桌。靠南窗的两张，拿钥匙的组长老赵自然占了一张，老李紧随其后，占了另一张。

老孙坐在了左边对门的一张，招呼小吴说："来，小吴，咱俩坐对桌。"小吴把办公用品放在桌上。

小周笑嘻嘻地说："我就坐这儿了。"于是在右面对门的位置坐下来。

老钱毕竟年岁大些，行动迟缓，只好坐在小周的对面，一声不吭。

气氛很沉闷。

小周耐不住寂寞，看着老孙和小吴，说："搭配得还真恰当，你们孙吴一伙，雄霸一方呢！"

老孙不阴不阳地搭话了："没有曹操的狡诈阴险，也没有刘备的虚伪，不偏居一隅能咋的？"

老李坐在了靠窗的位置，心里很高兴，点上一支烟，陶醉地享受着。虽时值九月，但暑热未消，于是打开了窗子，悠然地欣赏着外面的景致。南风徐来，好不惬意。

"老李，你干什么？明知道我怕烟，还打开窗子，故意让风把烟吹到我这儿来！"老钱说话了，很生气。

"这是怎么说话呢？"老李转过身说，"好像我故意熏你似的，我不抽不就完了吗？"

老李把烟头扔在地上，一脚踩灭了，气愤地说："真是！"

老钱和老李都气呼呼的，其余的人大眼瞪小眼，都不吭声，但谁都知道：抽不抽烟是小事，没抢到好位置，窝火！

过了一会儿，小吴没话找话地说："赵老师，明天上周一的课吧?"

老赵说:"嗯,大家备课吧。"

二

第一节课下来,老师陆续回到办公室。老钱沏上一壶茶,老李掏出一支烟,刚想点着,又把打火机关了——他看见了老钱。

这时老赵回来了,把教材放到办公桌上就气愤地说:"这届学生,什么也不懂!我问他宝盖儿的'它'是什么词,他说是'人称代词'。我说指人的'他'是这个'它'吗?明明是'指事代词',他还不服呢。啥也不是,照上届我教的学生差老远了!"

老李正无聊,接过话茬儿说:"这个?他还真说对了,真是人称代词。"

"这个'它'能指人吗?不是指事物的吗?"老赵有些激动。另几个人也都睁大了眼睛。

"是不能指人,但也属于人称代词。指示代词的'示'是'表示'的'示',告诉你是'这儿''那儿''这样''那样',根本没有什么'指事代词'!"老李还侃侃而谈,压根儿没看见老赵已经面带愠色了。

另几位赶紧翻书查字典,然后面面相觑。

小吴说:"我查到了,还真是人称代词。"

对面的老孙对小吴微微摇了摇头,眨了眨眼,小吴感到莫名其妙。

上课铃响了,小周说:"上课了,快走吧。"大家夹起书本,走了。

三

刚一上班,老孙便眉飞色舞地说:"下面播送一则新闻,本社消息:据可靠人士透露,今年暑假,我校有三名教师被请到派出所喝茶,每人罚款五千。"

大家立刻震惊,抻脖瞪眼,问道:"真的?"

"我不说了嘛,'据可靠人士透露'嘛。"孙女士不无得意地说。

"谁啊?怎么回事?"好奇之心人皆有之,对这种事情穷追不舍,实属正常。

孙女士继续说道:"物理郑,男,和英语王,女,在河边树林里逗留,被抓获;体育冯,男,假期和今年毕业的体育生在某饭店聚会,酒后失态,猥亵一个女体育生,女体育生回家向其父哭诉,家长到派出所报案,结果冯被抓。据说是其妻托一个在公安局的学生家长才保释出来。"

小吴不解,问:"在树林里逗留还不行啊?"

"那是一般的逗留吗?在树林里逗留的有的是,他咋没抓别人呢?"老孙显出不屑的样子。

"哎呀妈呀,有这等事儿?那我咋看开学那天全校职工开会时,他们都来了呢?"

"那有什么!他们也没被开除,怎么就不能来呢?"小周轻描淡写地说。

"要是我可不敢来,那么多人看着,没那个脸,多磨不开面啊!"老李连连唏嘘。

"那算个啥事儿啊!"小周说。

老赵说:"啥事儿?这事儿小啊?这是搁现在,要搁过去,就得开除！六几年时，有一个老师在寒假时和一个女生在一个旅馆里住了一宿，马上被开除公职了。前几年市高中的陈某，和一个女生谈话时有不正当的举动，不也被剥夺了讲课的权利，去做后勤了？你说这是小事儿吗？"

"听说咱县一个小学民办女教师为了转正，委身某局长好几年。后来局长又有了新欢，抛弃了她，她一怒之下把局长告到纪检委，然后上吊死了。"小周说道。

老李赶紧向小周使眼色，小周不明就里，话却停下了。

"小周，你很危险啊，以后要注意哟。"老孙笑嘻嘻地调侃说。

"我？有那个贼心也没贼胆哟。"小周也笑嘻嘻地说。

上课了，有课的走了。

老李说："小周，以后不要瞎说。你知道那个女教师是谁？"

"谁？"

"就是老钱的亲外甥女。你没注意钱老师的脸红成啥样？"

"啊？"小周愕然，那个悔哟，恨不得抽自己两个嘴巴。

四

周六，七、八节课学生大扫除。

小周说："反正现在也没事，咱也娱乐娱乐？"

"娱乐啥？"老孙问。

"打红十！谁来？"小周说。

"我算一个。小吴，你也来。"老孙说。

"我就不玩了。赵老师，钱老师，你们玩。"小吴自觉资历浅，让着两位年纪大的。

老钱说："我不会，李老师玩吧。"

"好，那我就凑一把手。"老李说着走过来，"钱老师，你去我那里坐。"

老孙说："赵老师，过来啊。"

老赵过来坐下。

四个人围起来，老赵在南右，小周在南左，老李在北左，老孙在北右。

小周利落地把牌交叉洗了一遍，然后从中间分成两摞，说："赵老师，您先抓。"

抓完牌，小周说："有人亮红十没有？"

没人吭声。

小周抽出俩王，啪的一下往桌上一拍说："揪！"

老赵和老孙无奈地拿出了红十。

第一把，小周和老李胜。老赵、老孙各输4分。

第二把，没人亮，也没人揪，开始出牌。

有红桃三的老孙先出，然后依次是老赵、小周、老李。

几轮过去，老孙出Q，老赵用2管上，小周上9，老李上红十。

老李出7，老孙出J，老赵出A，小周出2。

小周出A，老李出2，老孙出9，老赵红十。

老李一看，说："赵老师，你这是干什么？咱俩是一伙，你打我干什么？"

小周和老孙哧哧地笑。

老赵说："你都管我嘛！"

"我管你是不知道你有红十。我的红十都出来了，你还管，这还能玩吗？"老李生气地说。

"不玩拉倒，没有臭鸡蛋还不打蛋糕了呢。"老赵把手里的牌啪地甩在桌上，"别觉得自己了不起！"

"我怎么觉得了不起了？有啥说啥！不就是因为那天指出你讲课时的错误了吗？"老李也急了。

"各人讲各人的,不要指手画脚!"老赵生气地说。

"什么叫'指手画脚'?你有错误别人就说不得了?当个组长就了不起了?"

"你想当还当不上呢,干气猴!"

"嘿嘿,屁大的小官儿,自己还挺当回事儿呢!放在眼珠子里都不磨得慌!"

老孙和小周赶紧劝解说:"都少说几句,一个玩的事儿,犯不上生气,别人听到了会笑话啊!来来来,抓牌。"

老李说:"你们玩吧,我不玩了。憋气!"

老赵自然也不会再玩。

小周和老孙面面相觑,讪讪地收起了扑克。

五

星期三午后第二节课,组长老赵去听小吴的课。下课回来,小吴倒了一杯水坐下来,还没等喝,老赵就十分严肃地坐在了她的对面。

"你怎么能随便否定参考书的说法呢?"老赵发出质问了。

"我觉得参考书上的解释讲不通啊。"小吴说,"课本上说:'一看见丈夫瞪着金子的眼光,葛朗台太太吓得惊叫起来:"救救我吧,上帝!"'那不是说葛朗台太太看见丈夫用眼睛瞪着镶着金子的梳妆匣的眼光吗?怎么能说葛朗台的眼光是金色的呢?"

"人家参考书上明明写着呢,'金子的眼光有两重意义,一是外国人的眼珠是黄色的,二是葛朗台的眼睛瞪着梳妆匣,被上面的金子映得黄澄澄的。'你怎么就说不对呢?年轻人,不能轻易否定书上的说法,要谦虚些!"老赵义正词严。

小吴仍不服气,说:"反正我觉得参考书说得不对。"

这时小周站起来招呼老李:"走,李老师,上厕所去。"

老李说:"我没有要办的事儿啊。"

"走吧,就当给我做个伴。"于是两人出了办公室。

到了外面,老李问:"你有什么事儿吧?"

小周说:"你没听见老赵和小吴的争辩哪?咱不出来,老赵一会儿就得问咱俩,咱俩咋说啊?你要说老赵对,那是'助纣为虐'。你说小吴对,那老赵还不得恨死你?上次那个'指事代词'就恼羞成怒了,你再说他不对,他就得认为你故意和他找别扭。这种人惹不起!"

"你说的还真是那么回事,还是你小子精,我就没想到。"老李说。

"不是精不精,他是啥人还不知道?狗屁不是,自以为是,专横跋扈,唯我独尊!"

"我还不知道他?'文革'时就是'三种人'!"

两个人在外面逛了一圈回去了,只见小吴趴在桌子上,老赵回到了自己的座位,依然面红耳赤,其他两个默不作声。

六

午前第四节课,老李正在备课,忽然透过窗子看见已经退休的张老师进了教学楼,就赶紧跑出去,想打听一下他老伴的病情。张老师就是因为老伴患有脑瘤才提前退的。可是等老李出去,张老师已经去楼上了,于是他又回到办公室。

"说张老师他老伴患了脑瘤,也许不是呢,这都一年了,不还挺好的吗?"老李说。

"得了脑瘤就得死咋的?"老赵的声气很难听。

老李说:"不都说一般的癌症都不超过半年吗?"

"你是医生啊?活多长时间你说了算啊?"

"你这叫什么话,我不就是出于关心才打听打听嘛。如果不是脑瘤那不更好吗?"

"别拣好听的说,你啥意思我明白!你不就是说她得的不是脑瘤,不应该报销医疗费吗?"

"报不报医疗费与我啥关系?报,也不用我花钱;不报,也不把钱给我,什么逻辑呢?"

"要不咋叫损人不利己呢!"

"你别拿小人之心度君子之腹好不好?"

"整天想别人死不死,还'君子'呢!"

"你真能血口喷人,怪不得是'三种人'呢!"

老李这句话显然冲击了老赵的肺管子:"我是不是'三种人'与你啥关系?"说完就要伸手打老李。

老李一把抓住老赵的胳膊,说:"你还想打我啊?要不是看在你岁数大的份儿上,我早就想揍你了!"说完,把老赵的胳膊甩了回去。

老赵终于气馁了,骂了两句,但声调明显降了下来。老李把门用力一带,回家了。

午后,老赵没来上班,老李就把午前发生的事儿告诉了大家。老孙神秘兮兮地说:"你知道老赵为啥发火?"

"为啥?"

"他老伴得了肺癌!"

七

这天,别人上课去了,只有老赵、老李、小周在屋里。

老李说:"前几天我看了从维熙的《雪落黄河静无声》,写得真挺好,但是对于故事的结局颇有争议。有人说应该让男女主人公结合在一起,因为陶莹莹并不是真的叛国;有人说还是不结合好,让他们结合了,就削减了作品的主题。"

小周接过去说:"现在的小说讲什么主题不主题。"

"哎,小周,现在咋的了?我哪里对不起你?"老赵说话了。

小周说:"我们说的是小说,没谈政治,别往政治上拉。"

"小说也是政治的一部分,你对现实有什么不满就公开说啊,何必借题发挥?"老赵不依不饶。

"我有什么不满?别再搞'文革'那一套,总想给谁扣大帽子。跟你能说清什么!"小周有些激动。

"跟我说不清,咱们找个地方说去。走,马上就去,就找郑书记去!"老赵凑了过来,要拉小周。

老李一看事情要闹大,赶紧说:"你俩都别激动,这事儿赖我,是我挑起话题的。看在我的面子上,都别往下说了。"

于是两人都不再说,呼呼地喘着气。

一个星期以后的一个下午政治学习,领导分到各组当主持人,讨论"建设有中国特色的社会主义"理论问题,郑书记分到了语文组。

念了一篇报纸后,郑书记让大家讨论。一个中学语文教师,哪里懂得这高深的理论?于是谁也不作声,气氛沉闷而尴尬。

小周终于沉不住气了,说:"郑书记,你说中国的特殊国情是什么?"

"嗯……中国的国情……就是……坚持马列主义,坚持四项基本原则……建设有中国特色的社会主义嘛。"郑书记吞吞吐吐地说。

"那是我们的目标和做法,也不是中国的国情啊。"小周继续说。

"所以我们才要学习讨论嘛。今天就到这里,以后继续学习。"郑书记说完,站起来,走了。

过了一会儿,小周不无得意地和老李说:"我问他,他也没回答出个子丑寅卯啊。"

老李看着小周说:"你是聪明啊,还是愚蠢啊?说你愚蠢吧,你还真很聪明;说你聪明吧,你还真够愚蠢。"

"咋的?"小周不解。

老李说:"你说这次学习为什么郑书记到咱们组来?还不是因为你?"

"我咋了?"

"咋了?不就是认为你思想激进吗?"

"我也不和他接触,激进不激进他也不知道啊。"

"不知道?世上没有不透风的墙!"

小周皱起了眉头,他想起了老赵。

八

不知不觉,一个学期结束了。学生放假回家了,老师们在评卷。

老赵给每个人分配完任务,说:"大家都要抓紧进度,不要因为一个人拖了大家的后腿。"于是每个人都拿过一沓试卷,不抬头地判了起来。只听见一片哗哗翻卷子的声音。

两个小时后,大家抬起头来,都说太累了,该休息一会儿。

老赵说:"反正这么多卷子,早判完早回家。"

于是大家互相询问都判多少了。

老钱说:"老赵啊,我这两道题太费事了,给我调一下吧。"

"你那个费事，谁不费事？当初你咋没提出来？"老赵很不客气地说。

"当初我也不知道这么费事啊。"

"那你说，让谁替你判？"

"那……那我怎么说啊？"

"你自己都没法说，我怎么说？"

"你不是组长吗？"

"组长就这么说了，谁判完谁回家！"老钱一时语塞，只好忍气吞声。

大家都有些看不下去，就说："钱老师，你别着急，我们判完就帮你判，弄完一起走。

老钱没再说什么，继续判下去。先判完的就帮老钱判，一直到晚上六点钟才忙完回家。

九

第二天，是本学期最后一天。

八点多钟，人都到齐了，学校要求教师交学期总结，于是大家伏案忙碌。

十点左右，教务处干事小张把考试成绩表发到了各教研组，大家都赶紧过来看。不但有各班学生成绩表，还有任课教师所任班级平均成绩排名表：第一老李，第二小周，第三老钱，第四老赵，第五小吴，第六老孙。

"李老师，还是你厉害啊！"小周说。

"什么厉害不厉害，瞎猫碰上了死耗子。"老李说。

其余的人默不作声，空气似乎凝固了。

吃完午饭，老李就回了办公室。刚到门口，就见老孙趴在老赵的办公桌上和老赵窃窃私语:"赵老师,你说老李的成绩那么高,是不是他私自改动分数了?"

"说不准,也许真的改过,比咱们高好几分呢。"老赵说。

"昨天晚上他是和咱们一起交的试卷吗?"

"记不清啊。"

老李一听,再也沉不住气,直闯进来说:"你们说我改动分数,拿出证据来!我什么时候改的?在哪里改的?"

老孙说:"要改也是秘密的,能让别人看见?"

"没看见就瞎说,是说话还是放屁啊?"老李急了。

"你要有理骂什么人?狗急跳墙啊?"老孙也不示弱。

"赵老师,昨天是不是涂完卡你把试卷送到教务处的?"老李问。

"是啊,但是谁啥时候交的,我也记不清。"

"那好,咱们把领导和教务处的找来,看看我是不是没和大家一起交。"老李说完就怒气冲冲地出去了。

不一会儿,教导主任和教务处干事小张来了。小张说全部试卷都是赵老师一起抱过去的,现在都放在教务处的卷橱里。

"好,主任,你听着呢,既然我没有改卷,那我就要求孙老师在全组老师面前澄清事实,向我道歉!"老李说。

老孙和老赵脸憋得通红通红,一声不吭。

过了一会儿,教导主任说:"李老师别生气了,既然大家都明白了怎么回事,就算了。能在一个组搭伙,就是缘分,小事就别计较了。嗯,老李?"

憋了一会儿,老李说:"主任,看在你的面子上,我就不追究了。有工夫好好研究研究业务,别天天净想整人那一套!"

尾　声

　　新学期开始了，老赵退休了；老钱因为身体不好也不再任课，到学校教研室去了；小周被调出，到一所初中去了；老李当了组长。组里又添了三个新人。新的人在新的学期将继续上演新的故事。

朋　友

要说朋友哥们儿，没有比张磊和康佳更铁的了。铁到什么程度？简直像一对恋人。

念高中时两人同班同座，一到星期天，张磊就领着康佳去他家改善生活。每年放暑假，康佳就带着张磊去他家消夏。毕业时一商量，两人都报考了同一所大学。四年后，他们又一起分配到同一所高中任教。不要说上下班，就是上厕所都得一块儿去。同事们开玩笑说："你们俩要是一男一女，不等毕业就生小孩儿了吧？"他俩笑着说："那是必须的！"他们毕竟不是同性恋，三年后都结了婚，但往来依旧频繁，哥哥嫂子、兄弟妹妹地叫得比亲兄弟还亲，一晃就是十年。

又到了每年一次的晋级的日子。晋职称，可是一件大事哟！不仅涉及工资，还涉及名誉，甚至影响到老师在学生心中的地位和威信。这一年，两人都具备参评高级教师的资格，都有些紧张，于是在一块儿商量。张磊说："咱俩都得努力哟，想什么法也得弄上啊！""有什么法好想，这点儿事不都是秃子头上的虱子——明摆着？"康佳说。

今年政策调整，同样够资格的只能上报百分之五十。这一年学校共有十一个人够资格，该上报五点五人，经过领导和上级争取，多得了零点五个，可以上报六人。于是学校领导就把这些人按资历、业绩、领导考核意见排了个队。这些人听说后，都急着去看排队结果，康佳也去了，一看，张磊排名第六，自己排名第七！这不啻一声闷雷，轰的一下在心头炸开。他定了定神，细看张磊的分数，比他多两分，就是比他多了一个市级优秀论文证。他心里不平衡了：张磊这张证是假的！他亲眼看见前几天张磊鬼鬼祟祟地拿个小红本去复印，问他的时候，他支支吾吾，脸有点儿红。这件事他知道，并且只有他知道，他很恼火。

回家一进门，妻子就问："怎么样，评上没有？"

他气鼓鼓地说："没有！"

"张磊呢？"

"他评上了，比我多两分。"

妻子立刻火冒三丈："你咋这么完蛋？人家都评上了，你就评不上？"

"我完蛋？是他弄了个假证，要不比我还少一分呢！"妻子的鄙夷使他更没好气。

"那你为啥不揭发他？"

"这么多年的关系了，咋好意思？"

妻子更怒了，说道："你是跟他过还是跟我过？你是为了他还是为这个家？"

康佳一想，也对，张磊要是不作假，自己就上去了。是他不够意思。

第二天一上班，康佳就直奔校长室，进门就说："张磊的证是假的，这事我知道！"

校长说："真的吗？如果属实是要取消申报资格的。"

"确凿无疑，我能做证！"

康佳回到办公室不一会儿，张磊就被校长叫去了。

半个小时后，只听办公室的门哐地一响，张磊怒气冲冲地坐到座位上。

"真是知人知面不知心！"

康佳抬起头说："你骂谁？"

"骂谁谁知道。"

"你弄虚作假排挤别人，你是人吗？"

"有能耐你也弄啊！做蜜不甜，做醋可酸，背后下黑手，是人吗？"

康佳呼地站起来，一把抓住张磊的衣领，伸手就给张磊一个大嘴巴。

大家一看不好，上前硬是把两人拉开，把张磊拽出了办公室。张磊边走边骂。

晚上，张磊躺在床上，越想越气："他把我整下来，我也不能让他上去，宁可鱼死网破！"他开始积极思索。一个小时后，他紧皱的眉头舒展开来，对自己的打算很满意，带着笑意进入了梦乡。

第二天上班后，他去找校长，说："这次晋级，我退出，明年再申报。"校长很高兴，说："也好。反正一年一次，机会还多着呢。"张磊乐呵呵地走了。

张磊走后，校长想，不错，还算想得开。但不一会儿就回过味儿来——他一撤，申报人数就只有十人了，上报人数不就只能是五个人了吗？臭小子，真精！

事情很快就在全校传开，同事们见到张磊挤眉弄眼，张磊也报之一笑。只有康佳，哑巴吃黄连，有苦说不出。

谁也没想到，三天后，校长把他们俩都叫到校长室，笑盈盈地说："领导班子经过研究，又向上级多要来两个指标，你们俩赶紧回去填表吧。"他们俩听完心里自然很高兴，但谁也没有喜形于色。

康佳回家后很高兴地对妻子报告了这个好消息。妻子很高兴，说："多亏了校长！……今晚去校长家表示表示吧。"

康佳没有太早去，怕别人看见。八点左右，他敲响了校长家的门。进屋一看，冤家路窄，张磊也坐在屋里，心想："他的行动总是比我快一步。"

校长说："老师的利益，领导总是想着的，能争取的尽量争取。你们本来是好朋友，因为这点儿事弄得不愉快，不合适啊。"

"谢谢校长！"两个人竟然异口同声地回答，心里都想："真倒霉，怎么和他一起说了呢？"

不一会儿，康佳说："校长，我告辞了。"

张磊也站起来说道："我也走了。"

校长送他们到门口，说："这多好，这才叫和谐呢。"

两个人一出楼门，就分道扬镳，昏黄的路灯下摇曳着两个孤独的身影。从此，两人再没有说过一句话。

良　心

在第一班公交车刚刚驶过，晨练的人陆续往回走的时候，张老汉的包子铺就开张了，浓浓的香气涌了出来，飘散在大街上。三三两两的街坊陆续走进铺子打起招呼："老张哥，早啊！""张大爷，早上好！"张老汉和老伴满脸笑意，热情地应答着，给这位端来一盘包子，给那位送过一碗绿豆粥，有的把包子给装进食品袋，叮嘱说："趁热赶紧拿回去，孩子还等上学吧？"

一个多小时后，铺子里渐渐冷清下来，老两口面对面在桌边坐下，慢慢整理抽屉里散乱的零钱。老汉看见朝门的水泥地面上印出了一个人影，便抬起眼来，看见一个戴着鸭舌帽的男人正扒着门框，探头探脑地向里面张望。

"吃饭吗？"张老汉热情地问。

那人没有立刻回答，回头朝门外看看，又回过头望着盆里的包子。

"请进吧，很便宜的。"张老汉往里让着。

男人的脸红了，说："我……没钱。"说完就要往外走。

张老汉走过去，招呼着："没关系，谁没有为难着窄的时候？秦琼还卖过马呢。"

男人蹭到一张桌子边，坐下了。张老汉给他端来五个包子，老伴给他盛来一碗粥，说："吃吧，不够还有。桌上有咸菜，随便吃。"

男人用手抓起包子，大口大口地吃起来。

老汉这才仔细打量起这个人来：三十多岁，体格很壮，粗眉大眼，挺英俊的，里面穿着白底蓝格衬衣，外面是棕色小夹克，不像一个以乞讨为生的流浪汉。只是那顶压得很低的鸭舌帽掩盖了半脸英气。看着他的吃相，老汉心想，大概几天没吃过饱饭了。

不过五分钟，男人就把五个包子、一碗粥、一碟咸菜一扫而光了，抹了一下嘴巴，打了两个饱嗝儿，站起来。

"饱了吗？"

"饱了。谢谢！"男人说完就走到门口，探头往外看了看，回身点点头，走了。

老汉望着他的背影，对老伴说："这人准是遇到难处了。"

第二天，还是这个时候，男人又来了，这回似乎比第一天从容些，依旧坐在昨天坐的桌边。

老汉又给他端来五个包子，老伴又给他端来一碗粥。他吃得比昨天斯文些，临走时笑笑说："谢谢叔叔婶子，以后我会还的。"

"快别说还不还的，多大的事儿啊。如果方便，明天还过来。"老汉爽快地说。

第三天，男人来得稍晚些，但没有戴帽子，进屋就说："再给我几个包子吧。"

老汉又给他端来五个包子，老伴又给他端来一碗粥。

男人吃完，环视了一下屋子，站起来深深地鞠了一躬，说："叔叔婶子，明天我就不来了。二老的大恩大德我永远不会忘记，这辈子不能报答，下辈子做牛做马也要报答您的！"说完就走了，到了门口，又回头仔细地看了看老两口，好像要把他们印在心里。老汉目送着男人出去，老伴收拾碗筷。

"咦？老头，你看这是什么？"老伴吃惊地说。

老汉走过去，看见桌子上放着一张纸，上面赫然印着三个黑色大字"通缉令"，下面就是那个英俊男人的头像，正文写着："犯罪嫌疑人王晓义，男，三十三岁，农民，河北人。2010年4月30日晚因杀人畏罪潜逃。省公安厅下发此令，望发现其行踪者及时举报，对有效举报者奖励人民币三万元。"老汉震惊了，他是杀人犯？

老汉又把纸翻过来，只见背面有挺长一段用铅笔写的字：

叔叔婶子：

到了向你们说实话的时候了。我是一名杀人犯，原来在省城一个公司做保安。"五一"前一天晚上回家时，一进院就听到我妻子拼命挣扎呼救的声音，我进屋一看，一个男人正把妻子压在身下，妻子的手被捆在后面。我冲上去，给了那人几个大嘴巴，那人就伸手去取衣服，我手疾眼快，一把抓过来，衣服很重，原来里面有一把手枪。他过来和我抢，我拔出枪对准他，他的大手扇过来，我一激灵不自觉地扣动了扳机，正好打在他的脑袋上，他大叫一声，倒下了。我慌了，不知所措。妻子说："还不快跑！"我换了一件衣服，连钱都忘了带，连夜跑了出来，藏在你们这个镇子边的一根水泥管子里。四天了，我又冷又饿又怕。我知道，最终是逃不掉的。昨天晚上，我看到了抓捕我的通缉令，就把它揭下来，准备拿给你们，请你们马上举报，那奖励的三万块钱，就顶我还你们的饭钱了。你们一定照我说的去做，否则死后我也会不安的。就是你们不举报，别人也会举报。不然我就主动去自首，我再也不愿过这种担惊受怕的日子了。我就站在你们铺子前面公交车站那里，等着警察来，你们一定要成全我最后的心愿！叩首，再叩首！王晓义拜托。

老两口面面相觑。

"举报吗？"老伴问。

老汉犹豫了一下，说："举报吧，完成他最后的心愿！"

于是，电话拨通了。

不一会儿，就听见一阵警笛响。老两口向外望去，只见警车里钻出了几个荷枪实弹的警察，向那个男人扑过去，那个男人一动没动，主动伸出双手，让警察戴上手铐，押上警车。就在被塞进警车的一刹那，他突然转身朝张老汉的铺子方向点了点头，笑了一下。

五天后，在开往双龙县的公共汽车上坐着一位老人，怀里紧紧地抱着一个皮包。这位老人就是张老汉，但似乎比前几天衰老了。尽管5月的风清爽怡人，老人却眉头微锁，眼巴巴地向前望着，心想："有了这三万块钱，那个小伙子的妻子也许会过得好些……"

华夏一家亲（情景剧）

人物：华春生，男，八十八岁，穿着西装，外面是一件米色风衣。
　　　　夏秋生，男，八十七岁，穿一身草绿色旧军装。
　　　　华春兰，女，八十五岁，穿淡蓝色开衫，下面是灰色裤子。
　　　　夏思华，女，二十五岁，穿黄色风衣、牛仔裤。
时间：2015年秋。
地点：梨树沟村头老梨树下，老梨树枝繁叶茂，硕果累累，树下几块大石头可供人坐。

（幕启）

思华：老梨树？爷爷，快走啊，我看见老梨树了！
春生：（急上）老梨树，在哪儿啊？
思华：您看，那不是？

（音乐起）

春生：（步履踉跄地抱住老梨树，热泪纵横）老梨树啊老梨树，七十年没见你了，我想你啊！春天，想你满树的花；秋天，想你满树的果；就是梦里醒来吧嗒吧嗒嘴，都是你的滋味啊！
思华：爷爷，您别太伤感了，这不回家了吗？您应该高兴才对啊。
春生：唉，七十年的风风雨雨，恐怕已是沧海桑田、物是人非了啊。

思华：不会的。您都八十八岁了，不是还很硬朗吗？更何况秋生爷爷比您还小一岁呢。

春生：但愿如此啊。思华啊，我们老家在山东，本姓华。那年山东发大水，颗粒无收，在河边干活的你太爷爷被大水冲走了。没办法，你太奶奶只好领着我和你姑奶奶沿途讨饭。太阳落山的时候，走到这棵大梨树下，连病带饿，说什么也走不动了，就坐在这块石头上。我说，妈，我上树去摘几个梨吧。你太奶奶说，不行，人家的东西不能乱动。我和你姑奶奶望着满树黄澄澄的梨，肚子咕咕地叫，口水簌簌地流，眼泪哗哗地淌。我忍不住捡起一块小石头想往树上扔。这时，只见一个人从村外走过来。我和你姑奶奶吓得赶紧躲在你太奶奶身后，大气不敢出。

思华：这个人是谁啊？

春生：就是你秋生爷爷的父亲，他站住问我们是哪里人，干什么来了。你太奶奶一一回答了，说，您别怪孩子，他实在是饿急了。那个人说，这有什么，来，他捡起一块石头撇上去，哗啦啦掉下十几个大梨。他捡起来递给我们，吃不完的，给我装进衣兜里，并拉着我说，走，到我家去！

思华：真是个好人啊。

春生：他们一家都是好人哪。他们收留了我们，同吃一锅饭，各住一间屋。一年后，你太奶奶因病去世了，他们就认我做了干儿子，认你姑奶奶做了干闺女，我俩也改成了他们的姓氏，姓夏。他们的儿子比我小一岁，叫夏秋生，我便叫了夏春生，你姑奶奶叫了夏春兰，华夏两家就变成了一家。那时，你夏太爷爷白天到前村教私塾，晚上教我们三个孩子学文化，那时我们也就是十二三岁。

　　　　一晃七十多年过去了,真是"少小离家老大回,乡音无改鬓毛衰"啊!

秋生:(上,朗声接诵)"儿童相见不相识,笑问客从何处来。"老哥,从哪儿来啊?

春生:我们是从台湾来的。

秋生:(若有所思)台湾?到这儿干啥来了?

春生:回家!寻亲!

秋生:多少年没回来了?

春生:唉,七十多年了。

秋生:七十多年……那你认得我吗?

春生:(眯缝着眼睛看,摇头)

秋生:(摘下帽子)你再仔细看看。

春生:(恍然大悟)秋生!是你?

秋生:是啊,是啊!我就是秋生啊!

春生:我看到你额上的伤疤,就想起来了。那不是你上树摘梨,被树杈挫伤的,当时鲜血直流,可把我吓坏了,我赶紧扯下裤腰带,帮你裹上。

秋生:大哥!

春生:老弟!(两人抱在一起,痛哭拍打)

思华:两位爷爷,快坐下慢慢唠吧。(二人坐在大石头上)

秋生:这位是……

春生:我的孙女思华啊。快叫爷爷!

思华:爷爷好!

秋生:好,好!孙女都这么大了?

春生:是啊,要不咱们咋都老了呢。

秋生:这么多年,你咋一点儿音信没有啊?(用手捶着春生胸脯)

春生：当时时局紧张，部队不让写信，后来去了台湾，联系更难了。

秋生：你走时咋不言语一声？

春生：怕老爹不让啊。当时家里贫困得很，你没听说"半大小子，吃死老子"？再说，当时当兵给三块大洋呢。我把大洋塞在枕头底下，就偷偷地跟中央军走了。

秋生：还说呢，没把全家人急死！找你到天黑，后来焐被子时发现了三块银圆，才知道你准跟队伍走了。哥，你没抽空回来一趟？

春生：回来过一次啊。那年我军接到八路军的情报，说是一个日本中队要去咱们村扫荡，我们营接到在前山阻击敌人的任务。一听到去打鬼子，将士们别提多高兴了，个个憋足了劲儿。我们埋伏在前山，眼看鬼子从沟底往咱们村方向走，等他们到了山脚下，营长一声怒吼："打！"机枪步枪一齐开火，小鬼子被打得蒙头转向，立刻掉头逃跑，没想到八路军早就在沟两侧的山上端着枪等他们呢，枪声大作，飞木滚石一起下，小鬼子哇哇乱叫，鬼哭狼嚎。两军从山上冲下来，大刀长矛一起挥舞，把小鬼子一个个削得脑浆迸裂，全玩完了！这是我打得最痛快的一仗啊！

秋生：你可知道，那次战斗就有我啊！是我去给你们送的情报，定下的伏击地点。

春生：怎么？你参加八路军了？

秋生：是啊。你走后，日本鬼子占领了咱们县，拿咱中国人不当人哪。他们说咱爹向学生宣传抗日思想，就把他抓进宪兵队，打得皮开肉绽。咱爹临死时对我说："男儿有志须报国。秋生，给咱中国人报仇啊！"从此，我就想去当兵打鬼子。没过半年，咱妈也去世了，就剩下我和老妹子艰难度日。

春生：老妹子还在吗？

秋生：在呢，待会儿你就见到了。有一天，我从地里刨茬子回来，刚进院，就听到屋里传来老妹子的哭喊声。我拎着镐头冲进去，看见老妹子正和一个小鬼子厮打，我上去一镐头就把小鬼子的脑袋打开了花，我带着妹妹连夜跑到河北，参加了八路军。

春生：好兄弟，总算替咱爹报仇了！

秋生：你后来怎么到台湾去了呢？

春生：唉，别提了。国民党战败后，上级命令部队转移，就让我们上了船，上船后才知道是去台湾，多少人号啕大哭，朝着大陆跪拜啊。

秋生：是啊，这里是咱们的根啊。远隔几千里，一别七十年，想家吗？

春生：怎么不想？晚上想得睡不着觉，趴在窗口数星星，恨那条隔断牛郎织女的天河；白天想得魂不守舍，坐在门前看燕子，羡慕燕子还有归巢的那一天。忘不了咱俩一起上山砍柴掏家雀儿的快乐，忘不了咱妈做的小米干饭豆腐脑的喷香，忘不了咱爹灯下教咱俩念古诗的情景：醉里挑灯看剑。

秋生：梦回吹角连营。

春生：八百里分麾下炙。

秋生：五十弦翻塞外声。

　合：沙场秋点兵。

春生：马作的卢飞快。

秋生：弓如霹雳弦惊。

春生：了却君王天下事。

秋生：赢得生前身后名。

　合：可怜白发生。（大笑）哈哈哈……

思华：看你们老哥俩，变成一对老顽童了。

春生：是啊，回家了，心里高兴啊！

春兰：（上）哎——老头子，吃饭喽。

春生：（指着春兰问秋生）这是我妹子？

秋生：是啊，这可是你的亲妹子春兰啊！

春兰：这是……

秋生：春生哥啊。

春生：春兰妹！

春兰：春生哥！（二人相拥而泣）

春兰：哥，这些年过得好吗？

春生：一言难尽啊。到了台湾以后，我们这些老兵就不吃香了。那点儿薪水，刚够生活。好不容易成了家，有了孩子，就更艰难了。退伍后，用那点儿退伍金买了一片果园，维持一家人的生活，可是经济衰落以后，果子卖不出去。直到前两年，大陆开始从台湾收购水果，日子才好起来。这不，咱孙女思华刚刚从果业大学毕业，就趁机会陪我探家寻亲来了。思华，快叫姑奶奶！

思华：姑奶奶好！

春兰：好，好！这闺女真漂亮啊。是学果业的？

思华：是的。

春兰：好，好！老头子啊，咱村的水果栽培加工厂不正缺技术人才吗？就让思华来帮忙呗。

秋生：哈哈，老太婆，什么时候学会挖墙脚了？

春兰：什么挖墙脚，这叫人才引进！你这个顾问咋当的！

秋生：那可得问问大哥和思华喽。

春生：同意，同意，我正想回老家来住呢。

思华：我也同意。大陆地大物博，可以大有作为啊！

秋生：那就一言为定喽？

春生、思华：一言为定。

思华：这可真成华夏一家亲了。

春兰：本来我们就是一家人嘛！好了，咱回家！

春生：家？还是那三间茅草房吗？

秋生：哈哈，草房早就拆了，现在是三层小洋楼，宽绰着呢。哎，老太婆，中午吃啥饭啊？

春兰：小米干饭豆腐脑。

春生：好啊，好啊。小米干饭豆腐脑。

秋生：撑你一个仰巴脚儿！

齐：哈哈哈……

诗歌卷

SHIGEJUAN

七律·自嘲

固守杏坛卅六春，人间烟火惯食贫。
风来风去山巅树，我素我行宇外云。
不慕豪居金似土，何趋虎座势如秦。
薄书数本床头挤，自炒新茶味尚醇。

七律·花甲抒怀

风霜雨雪六十年，秋月春花尽等闲。
三载天灾摧幼体，十年人祸乱心田。
改革始沐熏风暖，迟暮不觉夕照寒。
苦辣酸甜皆有味，抑扬顿挫始成篇。

七律·退休感言

忝列师行卅六春，喜瞻花木已成荫。
春风桃李如人意，秋雁枫菊似我心。
智弱难因白发懒，身疲恐负少年勤。
不求寸草春晖报，唯愿金梁承厦钧。

七律·回顾

年逾古稀未看真,半窗风雨半窗云。
幼时懒和苍蝇曲,成后怯随江鲫群。
身似浮萍凭浪卷,心如朽木任渊沉。
双足稳踏一寻板,乐享杏坛四季春。

七律·纪念父亲逝世五十四周年

　　吾父生于1910年,卒于1964年,今年已是逝世五十四周年,正与其生年相等。父亲生逢乱世,几经沧桑。读书不多,然见识博深,深受正统文化熏陶,又顾恤亲族,广交朋友,屈己待人,声名颇佳。其对子女管教甚严,子女敬而畏之。

先考一别五四秋,青山载恨水悠悠。
生逢乱世多惊悸,历处荒年少饭馐。
孝悌兴家兄弟敬,宽仁待客友朋稠。
苍天肯遂德崇愿,赐予后人福禄优。

七律·祭母去世三十三周年

先妣辞亲逾卅秋，风朝露夜似空流。
雁来雁去长啼恨，花落花开总带愁。
在日艰难倾赤血，殁时孤寂冷坟丘。
风飘纸屑难为祭，唯愿旧痕脑际留。

七律·残荷

一塘潦水半塘浑，独立西风半卷尘。
昨日红颜凝血迹，今朝褐袄伴啼痕。
霜摧雪覆枝犹挺，水浸冰封藕尚存。
莫道冬寒枯百草，应知明岁必回春。

七律·文竹

文竹矮小皿中栽，似柏如松又类苔。
短毳翩翩翔浩宇，绿云扰扰扫尘埃。
意为蓬岛逍遥客，疑是黄山俊逸才。
不以身微乏壮志，也拨迷雾荡云开。

七律·咏老梨树

　　暮春周日,"新荷"诸友到树启家乡赏梨花,见老树干大部分腐烂,唯余半面树皮,但仍叶茂花繁。树启说树越老结的梨子越好吃。

雨打风摧不自哀,襟怀坦荡迓春来。
铮铮铁骨朝天指,俏俏琼花傲世开。
何计残生余几日,只知今世为谁栽。
人间父母诚如是,为飨儿孙岂吝哉!

七律·水仙

淡水零石植此身,素颜绿袖不沾尘。
华堂几上添春色,陋室案头驱倦神。
宫苑花肥争幸宠,沙溪朵瘦耐清贫。
凌波仙子独垂顾,携手登仙绝淖沦。

七律·紫牵牛

红消翠减始出来,墙角篱边叠紫台。
不喜娇柔着意卷,偏钟豪放尽情开。
名花榜落孙山远,秋艳群标榜眼才。
一任西风凋碧树,常开笑口敞胸怀!

七律·折扇

似矩还圆柔且刚,张合有度自端方。
坚竹作骨撑风雅,素帛为宣写画章。
雅室案头驱暑热,冠沿袖底动肌香。
清氛一缕难敌夏,且送人间片刻凉。

七律·春游黑山(二首)

一

四月春来天气佳,驱车携友赏春花。
杜鹃松下覆红锦,粉杏石边斗玉华。
溪畔犹余冬日雪,林间常断去年丫。
花开花谢皆成韵,何必临风叹暮鸦。

二

春芳赏罢日西发,野径山边逢酒家。
代幌红灯招客饮,留人绿柳拽冠滑。
长毡暖炕宜舒体,净盏方桌好品茶。
不为酒香人易醉,久离故里忆桑麻。

七律·游龙潭大峡谷

驱车百里访龙潭，万亩平畴托远山。
陡峭青石通谷底，通灵白玉卧溪间。
翠峰倒影寒潭碧，泠水激石雪浪翻。
只晓江南多秀景，谁知塞北有奇观！

七律·忆长寿山游

　　2009年秋日，新荷文学社社友曾同游河北长寿山。转眼一年即逝，忆景思人，颇有感慨。

去岁同游长寿山，欢歌笑语伴华年。
悬阳洞仰悬阳小，一线天穿一线纤。
寿字碑前祈永寿，九重天上貌群山。
缅怀旧日欢愉事，逝水残花淡似烟。

七律·寻春

建昌何处可寻春？水上公园好问津。
白雪拥冰失半壁，清涟映日踊千鳞。
柳芽初醒慵睁眼，丁蕊微萌羞吐心。
莫怨东风移步缓，深闺玉女总骄矜。

七律·惊蛰飞雪

今冬白雪太骄矜，待到惊蛰始见人。
昨夜云低星耀隐，今朝天暗晓风沉。
梨花朵朵来天外，鹤羽翩翩落树身。
唯恐日出先化去，只留洁净与清新。

七律·冬至抒怀

生于冬至适迎寒，半世风霜半欲残。
常愧平庸白似雪，总因聪慧懒如蚕。
荒唐早把青春误，荣盛频将白发添。
羡鱼无力重织网，西望斜阳已入山。

七律·秋夜感雨

凄风冷雨暗梧桐，漏断更深梦未成。
几处高楼闻笑语，谁家矮牖亮昏灯。
白头磨枕悲花落，老叟忧心叹雁鸣。
且把浮生从细数，红尘风月总匆匆。

七律·冬夜听雪

灰云惨淡北风寒,炉火稀零书厌翻。
且上薄床挪旧枕,忽闻窗外撒新盐。
檐间冻雀不安寝,庭内细枝难任繁。
唯恐明朝天愈冷,雪深辙厌上班难。

七律·贺"小城春秋"群友首聚

二月山城气象新,春秋雅苑聚同群。
屏前屡见描云笔,耳畔方闻落玉音。
曾羡右军觞契友,愿学司马赏瑶琴。
今朝喜会风骚客,燕舞莺歌满室春。

七律·重阳登高

九日寻幽步小岑,龙头点砌鸟惊音。
满山枫叶丹砂画,一路松涛绿尾琴。
极目远天追雁影,回思往事忆故人。
悲欢荣辱随风去,且趁重阳把酒斟。

七律·白狼山追春

追春索迹白狼山，十里葱茏四百旋。
山脚桃枝红半落，峰巅杏蕊粉初妍。
清风拢发精神爽，细草铺茵脚步绵。
闹市罗衫多厌暑，此中恰适放绢鸢。

七律·春来

莫怨东风脚步迟，春来总在夜深时。
忽闻紫燕呢喃语，乍见白堤袅娜枝。
杏粉桃红花几树，鸥翔鹭蹈影一池。
红颜鹤发云泥改，也趁初阳赋好诗。

七律·同学聚会有感

中秋八月涌春潮，学友相逢逐浪高。
东道举杯频敬客，远宾伸筷喜尝肴。
夜阑月冷人不寐，时过境迁兴未消。
但愿年年有此聚，莫随流水等闲抛。

七律·喜迎学友来访

　　金秋十月，凌源同学来访，登白狼山，赏秋光，谈往事，心旷神怡。

欣迓同学赴建昌，驱车十里访白狼。
葱茏略减三分翠，蓊郁新添五彩妆。
放眼江天心万里，缅怀过往梦一场。
青山踏遍秋光美，笑论群猴曾跳梁。

七律·88级师生葫芦岛聚会

廿八年后再相逢，霜叶流丹柿正红。
弟子仍呈昨日貌，愚师早现暮年容。
长江后浪推前浪，黄岳新松换老松。
莫道夕阳无限好，快趁韶华建伟功。

七律·凌师建昌学友秋游白狼山

秋入白狼赏叶红，昔年华少尽龙钟。
豪车坦路添游趣，笑语欢歌伴爽风。
山主情深殷待客，同学意盛屡端盅。
群峰披彩临窗外，满目青山夕照明。

七律·十月看雪

西风早过北风来,谁洒梨花尘世裁?
该是貂蝉①分素手,又疑成大②散新裁。
远山涂蜡披银甲,近水结冰敛镜台。
楼院小儿不惧冷,搓球勇战乐开怀。

七律·千岛湖好运岛观光

野渡车歇信步游,山光湖色眼前收。
春风已绿新安水,浅草才匀建德洲。
船剪蓝绸梨蕊碎,人拍美照靓妆留。
再登翠岛观猴戏,好运常陪不老秋。

七律·黄山松

风雕雪塑造型奇,绝顶危崖据险栖。
两臂长伸迎远客,一身扭曲斗云霓。
竖琴弦响虬龙舞,连理枝交夫妇依。
百态千姿难画尽,英雄气概世间稀。

---

① 貂蝉:十月女花神。
② 成大:即范成大,宋代诗人,十月男花神。

七律·黄山石

开天辟地鬼神功,赋予群峰奇异形。
梦笔生花云作墨,仙人指路鸟潜踪。
老僧采药攀绝壁,童子躬身拜圣灵。
踏遍青山人未老,莫惜屐履趁足轻。

七律·凌河源广场漫游

缓步携游广场间,依稀辨得是城南。
广山可望遥昂首,凌水不闻近敛言。
半世风霜添鹤发,一生坎坷老红颜。
转头西望楼深处,该是当年母校园。

七律·北国秋意

天高水净远山明,雁影悠悠湘楚行。
半壁牵牛白间紫,两行枣树绿夹红。
片云无定几滴雨,朗日有情一缕风。
北国清佳八九月,篱边酒洌酬晚晴。

七律·读兴忱兄美篇《我心中的凌师》（二首）

  赵兴忱同学在微信群里发了一篇美篇，展出当年在凌师读书时的学生证、学生手册、教科书、图画作业、成绩册、老师评语，看后心潮起伏。

一

半世芳华铸美篇，一诗一画动心渊。
风吹桑绿春蚕好，雨打旗红幼树残。
黄叶飘零忽散场，白头聚会再衔缘。
凌师既已垂青史，重奏高山流水弦。

二

再览兴忱大美篇，校徽手册复依然。
读诗看画当年影，睹物思人旧日颜。
终是善良无愧疚，仍余邪恶掩羞惭。
沧桑总会海田靖，伏跃无须待百年。

七律·答致中兄

诗社聘致中兄为主讲老师,兄却因染疾而未能开课。今日发微信告知痊愈,甚是高兴。

兄行数日放归舟,贺喜春来小恙瘳。
天悯贤才酬健体,弟怜挚友少良谋。
殷期小聚慰长想,何意无缘遭离愁。
百里难称平路远,随时命驾酒堪留。

七律·致致中兄

孙致中同学讲完三节后,说有事忙,不再讲课,余写此诗致意。

诗社方兴日渐隆,孙兄何故解舟行?
可因众友难为伍,或感同交叵共营?
耳畔犹余江左忆,嘴边仍唱鱼雨晴。
渡头不忍送归客,落日秋风孤影茕。

七律·悯农

冬无片雪怕春干,三月甘霖润草滩。
买种赊肥修杖具,耘苗除秽碎泥团。
伏天雨断飚风起,赤日禾黄半叶残。
两季辛劳成泡影,农家几日得心宽。

七绝·随心老翁

我是随心一老翁,不求功利不求名。
任凭四季花开落,且赏风清与月明。

七绝·雨中问苗

今年初雨晚来急,马路低平作浅溪。
遥问家乡苗几寸,答云三日可出齐。

七绝·春花三咏

杏 花

覆径出墙开满坡，如霞似雪绽晴和。
不习栏砌勤呵护，碧野蓝天自放歌。

桃 花

溪畔园边张粉绡，天然丽质尽妖娆。
东风有幸为媒妁，崔护多情善宠娇。

梨 花

一场春雨玉颜开，莹润不施粉黛来。
雪蕊潇湘何必窃，清光自映海棠白。

七绝·秋夜闻蛩

秋深夜永犬声稀，梁上织娘句句急。
岂止殷勤催懒妇，寒床白首亦心戚。

七绝·野菊（二首）

一

烂漫黄花遍野开，不需播种不需栽。
秋阳有意多垂顾，笑对西风我又来。

二

抖落繁星满地黄，云蒸霞蔚放馨香。
西风霸道难摧骨，山脚溪边任疏狂。

七绝·悲秋（二首）

一

退休将近已心灰，篱畔堆黄独自悲。
回首平生多憾事，无名无利叹身微。

二

花谢花开共几何？悲风冷雨叶飞多。
秋山有智应知老，落日无心懒作歌。

七绝·红楼（四首）

春

大观园内艳群芳，醉卧花丛好梦长。
可叹麒麟不配玉，空怀豪放暗思量。

夏

蕉卷榴红莲步匆，轻扬小扇入花丛。
恼人最是双飞蝶，扑向西来又向东。

秋

西风阵阵动潇湘，瑟瑟秋声催断肠。
犹记锦囊收艳骨，谁悲落叶葬虚荒。

冬

芦雪庵中鹿肉香，红梅槛外绽芬芳。
孤标傲世青灯冷，雪化梅残梦一场。

七绝·题《红梅报春》图(二首)

2008年6月,游桂林,酒店有卖画者,余见而爱之,购幅雪梅图,赏而咏之。

一

红颜铁骨报新春,朵朵花开戴玉痕。
雪覆冰封不作泪,风高月淡抖精神。

二

一树红梅傲雪开,红妆佩玉点瑶台。
断桥风冷黄昏月,铁骨丹心色不衰。

七绝·答兴忱兄

江南旅游回来,写几首诗以记。兴忱兄热情鼓励,余答之:

花艳花香蝶自痴,好山好水易为诗。
莫夸小弟才情富,全赖江南春暖时。

五律·夏夜迎凉

暑热难安寝，临窗窃晚凉。
朦朦天上月，淡淡水中光。
栖鹊惊高树，鸣蛙唱远塘。
人生如四季，但愿夏天长。

五律·登栈桥抒怀

　　2018年春，凌师学友聚会于建昌，游白狼山、龙潭峡谷，走玻璃栈桥。

古稀登栈道，白发衬青天。
脚下千山矮，胸中万壑宽。
一生多坎坷，半世历峰渊。
借我凌云翅，再活五百年。

古风·中秋咏月

中秋夜，中秋月，中秋夜赏中秋月。
山陬海澨初涌出，华光万里清流泻。
稀星隐曜银河浅，岭若披霜水若缣。
云似薄纱风似帛，帛纱拂镜镜无纤。
明月几时照楼榭？秦娥梦断秦楼月。
斜阳残照西风里，阅尽人间几兴灭。
谁知明月何时有，试问霸陵桥边柳。
柳枝绵绵不堪别，冷月围舟江水悠。
水悠远，月缠绵，羁旅无眠思故园。
遥望家乡三千里，床前枕上霜露沾。
月中天，月色寒，月下独酌影孤单。
举杯邀月月无语，千里婵娟有人怜。
月转廊，照西厢，窈窕淑女暗焚香。
情迁国灭无由计，柳暗花残梦一场。
今夜月明照九州，鱼龙劲舞歌未休。
春秋鼎盛四海晏，万户同欢将月酬。

鹧鸪天·咏菊

独立东篱饮露华，蕊寒香冷奋枝丫。
不嫌白首托衰鬓，更喜重阳伴落霞。
花瘦瘦，影斜斜，西风晚照望天涯。
陶公最解悠然意，薄酒粗茶也种花。

采桑子·雨雁

西风惨淡携秋雨,
蕉瓣恓惶,梧叶蔫黄。
点点滴滴阶砌凉。

归鸿千里愁天暮,
云路迷茫,何处衡阳?
句句声声欲断肠。

满庭芳·咏瘦西湖

三月江南,烟花似梦,肯负十里扬州?
绕石拨竹,一带绿如绸。
嫩柳夭桃夹岸,画船动,晃阁摇楼。
斜阳里,鹅儿戏水,知暖竞先泅。

悠悠,曾几度,城隳湖瘦,舞罢歌休。
杜郎恁风流,算也生愁。
今日春风浩荡,春台下,人涌花稠。
心暗问,吾生渐老,何日再重游?

满江红·黄山抒怀

壮也黄山，抬头望，千岩百转。
云散处，莲花仗戟，天都竖剑。
索道横空飞窈壑，阳光彩彻冲霄汉。
飘欲仙，再看广畴间，何足恋！

松迎客，岩做伴。
涛悦耳，风揩汗。
纵石级窄仄，心怡脚健。
贵贱穷通无所绊，悲欢荣辱不须怨。
临高崖，再去览群山，皆平看。

一剪梅·秋至荷塘

霜落荷塘盛事休，
风也飕飕，雁也啾啾。
折枝褐叶尽垂头，
唯见泥稠，不见鱼游。

人过七旬万事休，
眼也昏花，躯也佝偻。
几曾携酒觅芳柔，
不见莲开，唯见蓬眸。

鹧鸪天·扬州个园有感

雅苑深深多种竹,通幽小径桂枝疏。
前屋连比三伦谨,后圃逶迤四季殊。

丰尚俭,裕崇读,清风传世酒亏壶。
谁说富贵尽奢靡,巨贾豪商更重书。

如梦令·病中唱和(两首)

  2018年5月17日,余做手术,备受煎熬。填词一阕,野叟君见后和之。

一

昨夜天阴室热,创痛难眠转侧。
睁眼盼天明,两点三点数过。
难彻,难彻,几日可得舒乐。

二[①]

病似后庭狮豹,驱赶无须惊闹。
邪秽已清除,只有耐观时效。
休躁,休躁,心态平和为妙。

---

①野叟赠词相和。

行香子·斜阳舞影

宴罢微醺，学友相邀，
正天晴气朗菊娇。
忽闻雅乐，心涌春潮，
快伸出手，移开步，影轻摇。

轻歌健舞，谁知既老，
让忧愁烦恼尽消。
身姿妙曼，兴致弥高，
似水中鱼，云中燕，风中苗。

自度曲·村头晚眺

落日临山，余影照平川；
晚霞下牧群归来，添得四五声鞭。
村边潺潺流水，屋顶袅袅炊烟；
三两农夫荷锄归，一路喜谈丰年。

自度曲·喜相逢

毕业十年后，1978年8月2日，余来朝阳评卷，幸会张大泽老师、袁绍谦老师及同学张盛华、王少华、武玉成、张凤起。晚上，齐集于在朝阳市法院工作的赵兴忱同学办公室，畅谈至深夜。

紫李红桃，八月齐艳朝。
师生久别重相会，小楼笑语飘。
来客无拘谨，主人情更高。
沏得浓茶当美酒，打开西瓜作佳肴。
说不尽离愁别绪，唱不完旧曲新谣。
谁料十年凌河水，今日又翻新浪潮？
早盼重逢日，今幸好风饶。
开怀说往事，感慨咏良宵！

相约在明秋（歌词）

一

分别五十秋，再见白了头。
紧紧拉着你的手，知心话儿说不够。
一问分别后，身体康健否。
再问子孙可优秀，更上一层楼。

二

相聚再分手，欢乐变离愁。
紧紧拉着你的手，一声珍重难出口。
情依旧，人难留，
今夜风吹杨柳瘦，明月照西楼。

三

分别在今秋，山高水长流。
且将离怨付渠沟，但愿人长久。
人长久，情长久，
朝花夕拾香盈袖，再约明年秋。

重逢（歌词）

久别的老朋友再聚一堂，容颜改声音变写满沧桑。
搂住你含热泪问候一声：朋友啊别来可无恙。

曾记得当年你的模样，像花蕾在春天正待开放。
手拉手肩并肩河边徜徉，知心的话儿飞出心房。

西风冷天气凉燕雀分行，道别的啼鸣声凄切悲凉。
睡梦中梦醒后把你想望，仰起头遥望你去的方向。

历经了几十度雨雪风霜，月儿缺月儿圆余梦悠长。
我这里早已经桃李芬芳，你那里想必也筑起新房。

人生就像轻舟随流漂荡，心相通影相追再聚一堂。
举起杯共祝愿青山不老，我们的友谊地久天长。

要路沟中心小学校歌(歌词)

　　要路沟中心小学是我的母校,我于1955年入学,1961年毕业。记不准是哪一年,时任校长姜维春请我写一首校歌,实难负命,当晚词曲即成。

赤山脚下,凌水之源,有一座美丽的校园。
书声琅琅,歌声阵阵,阳光下成长着一代少年。
听铃声催动着脚步,看火炬把理想点燃。
让我们好好学习,天天向上,继往开来,任重道远!

白墙红瓦,柳绿花鲜,是我们可爱的校园。
德智体美,全面发展,春风里成长着一代少年。
想人民把我哺育,听祖国把我召唤。
让我们奋发图强,刻苦锻炼,把握今天,开创明天!

校园之恋

像江河依恋大地,像白云依恋蓝天,
像帆船依恋大海,像绿树依恋青山。
我依依地恋着你呀,我的校园!

像蜂蝶深爱花丛,像鸟雀深爱林间,
像儿女深爱母亲,像游子深爱故园。
我深深地爱着你呀,我的校园!

我爱你楼群挺拔,我爱你红旗招展,
我爱你教室明亮,我爱你操场平坦,
我爱你蓬勃的清晨,我爱你宁静的夜晚,
我爱你琅琅的书声,我爱你铮铮的琴弦。
我是如此爱着你呀,我的校园!

我爱我纯真的学生,我爱我神圣的讲坛,
我把阳光洒满教室,我把雨露滴进心田,
我把世界染成彩色,我把远古带到眼前,
我把教书当作事业,我把知识当作财产。
叫我怎能不爱你呀,我的校园!

也许粉笔末会染白我的双鬓,也许黑板擦会拭去我的容颜,
也许我的身姿不再挺拔,也许我的声音不再甘甜,
也许我的心血将会干涸,也许我的琴弦将会绷断,
可我会永远永远地恋着你呀,我心爱的校园!

原野童歌

一个天真的男孩儿,生长在辽阔的原野。
眼睛像夜空的星星,脸庞像中秋的满月。
奔跑像灵敏的小鹿,张臂像翩飞的蝴蝶。
活泼像跳荡的溪水,沉静像酣睡的荷叶。

男孩儿喜欢唱歌,歌唱多彩的原野。
白天歌唱太阳,夜晚歌唱星月。
清晨歌唱朝霞,傍晚歌唱乌鹊。
春天歌唱鲜花,夏天歌唱蝴蝶;
秋天歌唱丹枫,冬天歌唱白雪。
风天歌唱柳摇,雨天歌唱燕斜;
热天歌唱旺盛,冷天歌唱清冽。
歌声清朗嘹亮,引得泉水羞怯;
嗓音甜美动人,逗来黄莺相谐。

不知道什么叫张扬,也不知什么叫扭捏;
不知道什么叫桀骜,也不知什么叫服帖;
不知道什么是奉承,也不知什么是污蔑;
不知道什么是忠诚,也不知什么是奸邪。
他只知尽情地歌唱,甜美的歌声永不停歇!

但愿他永远不要长大,纯洁的心永远不会流血。
像山花永远开放在清晨,像星星永远闪烁于黑夜。

秋　歌

秋风，像一把柔韧的梳子，梳理着静静的田野；
秋阳，像一汪澄澈的金水，在褐色的麦尖上流泻。

空气哟，好像一坛浓香的美酒，
飘散着果实的芬芳，浸透了新谷的汁液。
醉了黄蜂，醉了彩蝶，
醉了坡上的高粱，醉了院里的紫茄。
连白胡子的老汉也醉了，倒在苞米堆边醉眼乜斜。

秋光哟，像调色盘上炫目的水彩，
泼洒了一格又一格，渲染了一页又一页。
蓝了青天，黄了山野，
白了河畔的芦花，红了满坡的枫叶。

那是谁家的小姑娘，
挎着筐，簪着野菊，含着酸枣，
在收割后的田垄上踯躅？
大雁扇动起黑色的翅膀，排成整齐的队列。
它们唱着深情的秋歌，
既像是与今年告别，又像是与明年相约。

火车与铁轨

火车擒住铁轨,碾轧着贫瘠的肋骨。
任凭坚韧的躯体,也在淫威下匍匐。
听不见呻吟者的求饶,唯有那施暴者的啸呼。
但是最长的火车,也长不过最短的铁路。

跋

　　冬夜，万籁俱寂，一个人坐在电脑前，用笨拙的手指敲击着一个个沉重的文字。

　　二十世纪五六十年代的冬夜，我吃完粥就跑到当街和伙伴们玩去了。打杂、撞拐、抢山、捉迷藏，直到把浑身弄得全是土，才推门进屋。家人还没睡，就和姐姐妹妹一起围着油灯、火盆剪纸花，烧苞米粒。父亲发话了："睡吧，明早早点儿起来！"我们钻进被窝，看着母亲在炕梢灯下做着我们的衣服或缝补我们的鞋袜，昏黄的灯光把母亲的背影映在墙上，动作显得格外舒展。柜子上的老座钟嘀嗒嘀嗒有节奏地响着，把我们带进了甜蜜的梦乡。于是，我的博文里便呈现出《冬夜絮语》《荞麦花开满地霜》《记忆深处的煤油灯》《怀念小火盆》《老座钟》几篇小散文。

　　那个时候的生活很苦，粥，是我们最主要的食品，糠皮、野菜也经常摆上餐桌，当然不是尝鲜，而是为了填饱肚皮。春天，去野地挖来苣荬菜，蘸酱、做粥；月下，抱过白天钩来的杨树枝，择芽、炸烂；夏天，掰下南瓜叶、南瓜花，炸酱、炒着吃；秋天，地瓜叶、地瓜梗又成了佐餐的美味。这些东西，本来不是什么美食，但是母亲凭着一双巧手，把它们调理得有滋有味。《高山仰止》《我的母亲》《苔痕星影》《老房三间半》《过年的"意思"》《山杏情怀》《漏哥》《花落知多少》《悼同学赵喜庭》几篇，都如实记录了自己的经历，也是那个时代的缩影。那时的生活的确是苦涩的，但少年的心却是快乐的，艰苦阻挡不住人们对幸福的向往，所以，《东北春·东北人》《杏花开北国》《夏夜清凉》《夏日黄昏》《秋林》《秋韵》

《北国之冬》《在盘锦的日子》等，都展现了东北的风土人情，充满了浓郁的诗情画意。《阳台上的风景》描绘了小区里的生活场景，《雪狼》刻画了一个少年坚强不屈的精神意志。

《2009年春黑山行》《8月盘锦游》《本溪水洞》《江南游记——上海》《江南游记——乌镇》《孤寂的海》《枣树》《爱竹说》《潇洒谈》《生命之光》等篇什，或写景记游，或咏物抒情，或感慨世事，闲窗佐茶，或能悦目赏心。

几篇小说作品，是为"新荷"文学社供稿而写的，那是我亲手创办和培植的文学社，自然要花费更多的心思。《教研组的故事》和《朋友》是有原型的，《华居灯影》《家国情缘》《古镇流香》《良心》和情景剧《华夏一家亲》则是虚构。我知道，小说是反映现实生活的。但一则自己阅历太浅，生活面窄，感悟不深，不能集中和提高；二则想象力差，不善于编故事；三则是不敢涉及身边的人和事，怕贪影射之嫌，所以必然浮光掠影，缺少深度和广度。但本人喜欢追求意境的唯美、生活的诗意，如果读者能从中获得一丝美的享受，我将感到十分欣慰。

本书选进六十七首诗歌，多为格律诗。我是一个懒惰者，做什么都不愿下功夫，但为了丰富文学体裁，开始学写格律诗。写了几首后，同事、同学、朋友给了我热情的鼓励和赞扬，于是胆子就大了，现在，倒成了我的创作中最主要的样式。我的主张是：一、用新韵写旧体，因为是写给今人阅读，用新韵才能体现格律诗的音乐美。二、流畅浅白，忌晦涩拗口。读诗是为了消遣，获得快乐。大多数人的作品很难成为经典，研究价值不大，浏览之余，能给人带来一些愉悦或启示，就算不错了，谁愿意像背着石头爬山一样去费力地品读你的作品呢？

我的文字终于结集成册了，感谢我的父母，在食不果腹、衣难蔽体的艰苦岁月一心供我读书；感谢两个姐姐，在父亲生病和去世后的日子，支撑起这个家，助我完成了学业；感谢我小学五、六年级的班主任袁树桐老师，用他丰富的知识，激发了我对文学的热爱；感谢二姐夫赵宝珠，在文学荒芜的年代，借给我一套《中国历代诗歌选》，为我埋下了写诗的种子；感谢2008年，在建昌高中遇到了几位热爱文学且颇富才华的同事，成立起"新荷文学社"，催生了多篇作品；感谢我的同学、同事、亲友、家人给予我的鼓励和帮助，使我有了出书的勇气和决心。在编审过程中，春风文艺出版社的领导和编辑认真负责地对作品进行编辑、修改，《辽宁青年》总编辑王志多先生精心为我的作品作序，郭兴文先生、黄广亮先生为我的书挥毫题字，我在此向诸位表示真诚的谢意和致敬！

十年来，习作颇多。为了压缩篇幅，舍弃了很多篇目，但有些还是敝帚自珍，不能割爱，所以本书体裁驳杂，诗歌、散文、小说都有。由于年纪大，精力不济，虽然几经审核校对，疏漏之处仍在所难免，恳请有识之士予以批评指正。谢谢！

李纯普
2019年6月19日于舒适沙龙